エノク第二部隊の遠征ごはん
Enoku Dai Ni Butai No Ensei Gohan
6
江本マシメサ
Mashimesa Emoto
イラスト／赤井てら
Tera Akai
GC NOVELS

クロウ・
ルードティンク
アンナ・ベルリー
リーゼロッテ・
リヒテンベルガー

ジュン・
ウルガス
ザラ・アート
メル・リスリス
第二遠征部隊、
夜の屋台で大奮闘!?

「メルちゃん、ありがとう」
ザラさんは私の手をぎゅっと握り、頭を下げる。
「私も、可愛くって、頑張り屋で、
いつも私の心に寄り添ってくれるメルちゃんのこと、
ひとりの女の子として、大好き！」
その言葉を聞いた瞬間、だーっと滝のように涙を流してしまう。
せっかく綺麗に化粧をしてもらったのに、台無しだ。

# エノク第二部隊の遠征ごはん

Enoku Dai Ni Butai No Ensei Gohan

Contents


黒い鷹獅子と、ジャガイモと黄金チーズグラタン
7

一角馬の乙女と狩猟期の肉包みパン
89

大繁盛のピリ辛麺屋台と、暗躍する売人
125

幸せの実の菓子と、ルードティンク隊長の結婚式
195

雪山と、純白スノーベリー
267

あとがき
309

おまけ
ウルガスと○○○○の絶品遠征クッキング
312


Enoku Dai Ni Butai No Ensei Gohan

6


Story by
Mashimesa Emoto

Illustration by
Tera Akai

# 黒い鷹獅子と、ジャガイモと
# 黄金チーズグラタン

Enoku Dai Ni Butai
No
Ensei Gohan

森の奥深くにあるフォレ・エルフの村で育った私、メル・リスリスは、財産なし、魔力なし、器量なしのないない尽くしが悩みだった。

おまけにどんくさく、狩猟が苦手な私は、生まれたときから決まっていた婚約者のランスに、婚約破棄を言い渡されてしまう。

フォレ・エルフの生活の基本は、自給自足だ。そして、家事は魔法を使って行う。風魔法を使って洗濯物を乾かし、火魔法でかまどに火を点け、土魔法で畑を耕す。

魔法が使えない私は、人の倍家事に時間をかけてしまうのだ。それ故に、結婚をお断りされたのだろう。

ランスとの婚約が破棄されたあと、両親は大慌てで新しい結婚相手を探してくれた。フォレ・エルフの村では、ほぼ全員、生まれたときに結婚相手を見繕う。

それには理由があって、魔力の相性がいいと、子どもが生まれやすいという言い伝えがあるらしい。そのため、生まれたばかりの子どもは、魔術医の先生のところに連れて行き、魔力の質を見てもらう。

私の魔力なしという事実は生まれたときから明らかだった。ランスの両親も承知の上で、婚約を許してくれたのだ。

というのも、当時はランスと同世代の女児がいなかったからだ。そのため、「まあ、成長してから魔力がぐんぐん上がる子もいるし、なんとかなるだろう」と譲歩してくれたのだという。

しかし、しかしだ。私の魔力は片鱗を見せることなく、十八歳の誕生日を迎えようとしていた。

フォレ・エルフは成人である十八歳となった年に、婚姻を交わす。

私が十八歳になる一週間前に、ランスは婚約破棄をしてくれたのだ。本当にありがとうございましたと言いたい。

両親がなんとか見つけてきた結婚相手は、若くして奥さんをなくした知り合いのおじさんだった。年が二十も離れている上に、近所の優しいおじさんとしてお付き合いしていたので、今更夫として見ることはできない。

両親は「立派な子に育てられなくてごめん」と、ワッと声を上げて泣き始めた。

フォレ・エルフの森では、結婚してやっと一人前と見なされる。結婚の面倒を見るのは親の義務なので、気に病んでいるのだろう。

私がいたら、両親は悲しい思いをしてしまう。それに周囲からも、子どもを一人前に育てられなかった親として後ろ指を指されてしまうだろう。私のせいで、そんな事態になるのは絶対に許せない。

この問題は、私だけのものではないだろう。

妹達は愛らしく、魔力も豊富だ。けれど、持参金が十分にない可能性がある。

私みたいに、婚約破棄されたら気の毒だ。どうすればいいのか考えた結果、私は王都に行って出稼ぎすることを思いつく。

王都は職も豊富にあり、人々は自由気ままに暮らしているという話を、聞いたことがあったからだ。

名案だと浮かれつつ家族に報告したが、両親は大反対だった。

フォレ・エルフの森から出たことがない年若い娘が、王都で働けるわけがない。それに、エルフは人に嫌われている。受け入れられるわけがないと。

両親は言った。「苦労をするから、お止め」、「周囲からはいろいろ言われるかもしれないが、ずっとこの家にいてもいい」と。「可愛い娘に、辛い思いはさせたくない」、そんな言葉を聞いたときは涙が出そうになった。けれど、私の考えは揺らがない。

両親の反対を押し切り、私は「お金」と「自由」を求めて、フォレ・エルフの森から王都へ旅立つ。

王都までは一ヶ月もかかった。その道のりは、想像を絶する辛さだった。

まず、エルフという存在は、人里に出てこないらしい。物語の世界の住人という認識だった。

そのため、どこに行っても魔物を目にしたような奇異の視線を受けてしまう。宿泊を断られたり、食堂では入店拒否を食らったりと、踏んだり蹴ったりだった。

けれど、私はへこたれない。両親が私のことで涙するより、辛いことはないから。

幸い、私は食べられる薬草や木の実を知っている。湧き水のありかを探したり、安全な寝床を作ったりもお手のものだ。自給自足生活が長いおかげで、人を頼らずともなんとか旅を続けられたのだ。

こうして、私は王都にたどり着いた。

王都でも、エルフというだけで偏見を受ける。今までは宿に泊まれなかったり、食堂で食事をできなかったりするだけだったが――なんと、王都ではエルフだという理由で仕事がないという問題が浮上する。

食堂、商店、工場、掃除など、どこも門前払いを食らってしまった。

まさか、財産なし、器量なし、魔力なしの仕様以外で、私がエルフであることが問題点に挙がるなんて。

いや、でも、両親は確かに言っていた。人はエルフを嫌っていると。

わかっていて反対を押し切り、王都までやってきたのは他でもない私だ。

エルフの耳を隠して、どこかで働けないか。そう思っていた折りに、親切なおばさんから教えてもらう。

騎士のところだったら、エルフである私も働けるだろうと。

王国騎士隊エノク――どんな種族の者でも受け入れ、平等に仕事を与えてくれる。さらに、給料は高い。

ただ、騎士といったら、筋肉ムキムキで魔物をちぎっては投げ、ちぎっては投げ、という印象がある。私にはとても務まらないだろう。

がっくりうな垂れていたが、もしかしたら、私にもできる雑用があるかもしれない。

騎士の全員が全員、前線で戦う精鋭ではないだろう。前向きな私は、喜び勇んで騎士隊エノクへ入隊を希望した。

人事部の騎士達は、私を見ても驚かなかった。なんでも、騎士隊エノクには、さまざまな種族の者が集まっているらしい。獣人に魚人、竜人など。どれも、物語の世界にのみ生きていたと思っていたような種族である。エルフごときがやってきても、驚かないわけだ。

得意なことは食べられる野草探し。計算もできると面接で主張する。もちろん、騎士隊で役立ちそうな魔法は使えないと、これでもかと伝えておいた。魔力がないせいで、婚約破棄されたという身の上話までした。

面接官は、私に気の毒な視線を向けながら「魔法が使えなくとも、できる仕事はたくさんある」と励ましてくれる。

これで、前線で戦う部隊に配属されることはないだろう。心の中で、どうか事務部に入れてくださいと祈りを捧げた。

しかし、しかしだ。そんな私のささやかな願いは――叶わなかった。

騎士隊の採用通知をもらったものの、配属先を見て目を剥いてしまう。そこには、こう書かれていたのだ。

メル・リスリスを『第二遠征部隊』へ配属すると。

騎士隊にはいくつか部隊がある。国王陛下に仕える『親衛隊』、王族に仕える『近衛部隊』など。この辺は貴族や優秀な人材が配属される、雲の上に存在する部隊だ。

他に、街の見回りをする『警邏《けいら》部隊』、門を守る『守衛《しゆえい》部隊』、そして配属が決まった『遠征部隊』がある。

遠征部隊は各地で起きた問題を解決するため、王都から派遣される部隊だ。魔物の討伐や盗賊や山賊の退治、行方不明者の捜索など、さまざまな地に赴いて任務を遂行する部隊である。

騎士隊の中でも、もっとも過酷な任務を負うという説明を受けた。

なぜ、私がその遠征部隊に配属されたのか。

薬草の知識があると主張したのが悪かったのか。それとも、計算できるという話を信じてもらえなかったのだろうか。

思わず、頭を抱えてしまう。一応、人事部に遠征部隊への配属は間違いではないか、回復魔法すら使えない私が、なぜ遠征部隊に振り分けられたのか、問い合わせにいった。

面接を担当した騎士は笑顔で、間違いないと返してくる。フォレ・エルフの森から王都まで旅する根性があれば、遠征なんてどうってことない、と言われてしまった。

遠征部隊への入隊が決まったきっかけは、エルフである私が王都へやってきた根性を買われてのようだった。

どうしてこうなったのか。しかし決まったからには、受け入れる他ない。就職できただけでも、ありがたいと思わなければ。

そんなわけで、入隊した第二部隊であるが――隊員は個性的な面々ばかりであった。

まず、隊長であるクロウ・ルードティンクは、見上げるほどの大男で厳つい顔に加えて髭も生やしているので、騎士というよりは山賊のようだった。性格は豪快というより、山賊そのもの。身の丈ほどもある大剣をぶんぶん振り回すという、信じられない筋力の持ち主でもある。

そんな彼は私を見て、笑いながら叫んだ。

「なんだ、エルフというから美人が来るかと思ったが、野ウサギみたいじゃないか！」

誰が野ウサギなのか。

しかしルードティンク隊長は人の中にあるエルフ像に私を当てはめず、野ウサギとして受け入れてくれた。

……いや、それはそれで大問題だったが。

それでも、これまでエルフだからと差別され続けていたので、ホッとした。

アンナ・ベルリー副隊長は、清廉潔白な理想の騎士様といった凜々しい容貌と、心優しい性格の持ち主である。騎士隊のメイドさん達で結成された『ベルリー様親衛隊』があるほどだという。女性が憧れるカッコイイ女性像ということで、人気があるらしい。その気持ちは大いに理解できる。双剣を華麗に操って魔物を討伐する様子は、物語に出てくる騎士様そのもののようにカッコイイ。思わず「アンナ様ー！」と言いたくなるほどだ。

しかし、ベルリー副隊長は見た目だけでなく、性格もカッコイイのだ。婚約破棄をされて騎士になったという私に、ある言葉をかけてくれた。

「結婚は縁だ。当事者以外が決めて、無理矢理するものではない。だから、気にするな」

以降、私は婚約破棄された自らを責めることを止めた。おかげで、ずいぶん気が楽になった。ベルリー副隊長のおかげである。

槍を操るガル・ガルさんは、狼獣人。ルードティンク隊長より体が大きく、隙のない瞳に鋭い牙や爪を持っていた。初対面のときはぶるりと震えてしまったが、見た目とは裏腹に心優しい性格をしている。

初めての遠征で、遅れがちだった私を何度も振り返ってくれたり、足場が悪いところでは手を貸してくれたり。魔物を討伐するときには、果敢に戦っている。無口だけれど、なんとも素敵な紳士だったのだ。

ジュン・ウルガスは私より一つ年下の弓使いだ。かなりの腕前で、放った矢は百発百中。外れているところを見たことは一度もない。

明るく素直な性格で、エルフである私をすぐに仲間として認め、受け入れてくれた。他人のいいところを見つける天才で、しきりに私を褒めてくれる。

「なんていうか、一ヶ月もかけて王都にやってきて、騎士になるってとんでもないことです。尊敬します」

彼に倣って、私もいいところを探す天才になりたい。

あとから第二部隊に入ったのは、美しき戦斧使いのザラ・アートさん。たくさんの姉妹に囲まれて育ったために、美意識の塊と化した人物だ。髪はいつもさらさらで、いい匂いがする。肌は毎日手入れをしていて、ツルツルだ。

ザラさんはお姉さんのような優しさを持ちながら、お兄さんのような力強さと勇敢さを併せ持つ希有な人である。

そんなザラさんの趣味は裁縫と料理で、とても気が合う。休日も遊んだり、一緒に食事やお菓子を作ったりして過ごしている。

ザラさんは田舎にある雪国出身で、育った環境が似ているからか、話しているととても心が安らぐ。

「メルちゃん、王都はいいわよね。男だから、女だからと役割を決めつけて、糾弾する人はいないわ」

皆、自分が生きることで精一杯だからだろう。他人のすることにああだ、こうだと意見する者はいない。

それが冷たいと思う人もいるだろうが、私やザラさんにとって過ごしやすい環境だった。

最後に入隊したのは、リヒテンベルガー侯爵家のお嬢様リーゼロッテだ。

彼女は幻獣保護局の局長の娘で、何よりも幻獣を愛する変わった娘である。かなりの美人だが、他人をどうとも思っておらず、辛辣な態度を取ることも多い。非常に残念な人物である。

ルードティンク隊長と言い合いになることもあるが、彼女にとってはいい刺激になっているらしい。

「わたくしって、世間知らずだったのね。誰も言ってくれなかったから、わからなかったわ」

面と向かって「お前は世間知らずだ！」なんて指摘する人なんて、ルードティンク隊長以外いないだろう。

入隊をきっかけに、リーゼロッテは変わった。最初は幻獣のために第二部隊にコネ入隊したが、しだいに騎士としての自覚が生まれつつある。

幻獣以外にも大事なものを見つけたリーゼロッテは、これまでよりずっと、素敵な人になった。

以上、第二部隊は個性豊かな隊員の集まりであるが、それ以外にも、仲間はいるのだ。

まず、無人島で出会った幻獣鷹獅子《グリフォン》のアメリア。世界的にも珍しい全身純白の美しい鷹獅子で、私が助けたことをきっかけに契約を結んだ。

拾った当初は抱き上げられるほど小さかったのに、ぐんぐん成長して今は馬よりも大きい。

遠征部隊の任務にも参加し、背中に隊員を乗せて山越えしたり、空から地上の様子を調べたりと、騎士のお仕事にも協力的だ。

普段は乙女チックなものを愛する、オシャレ好きな女子である。

アメリアとの生活を支えてくれるのは、幻獣保護局の局長であり、リーゼロッテの父親であるリヒテンベルガー侯爵だ。出会いは最悪だったが、今は和解している。

娘のリーゼロッテ同様、幻獣を心から愛しており、日々、幻獣を保護するために活動している。

冷静沈着で、目的のためには手段を選ばず、といった感じの人物であった。

「――私は私の人生をかけて、幻獣を保護し、守る」

最近は愛が溢れるあまり鷹獅子《グリフォン》の仮装をしたり、珍しい幻獣を目にして失神したりと、面白い行動も見せてくれるようになった。そんなリヒテンベルガー侯爵の様子を、アメリアと共に生暖かい目で見守るばかりだ。

次に出会ったのは、スライムのスラちゃん。

魔物研究局のスライムマニアが作った、突然変異で生まれた人工スライムである。

円らな瞳が愛らしく、おちゃめな性格である。ガルさんと仲良しで、いつも一緒にいる。

そんなスラちゃんは、特殊能力がある。呑み込んだ食材の泥抜きをしたり、細かく砕いたりと、料理に便利な能力を持っているのだ。おかげで、遠征中の調理が楽になった。頼もしい仲間である。

スラちゃんと同じく任務中に出会ったのは、イタチ妖精のアルブム。悪さをしていたので、第二部隊が保護した。その後、リヒテンベルガー侯爵とイヤイヤ契約を結んでいる。

食いしん坊で、特にパンケーキが大好物な変わった生き物だ。お喋りで、私のことをなぜか『パンケーキノ娘』と呼ぶ。

『アルブムチャンハ、パンケーキノ娘ニ、ツイテイクノ!!』

私と一緒にいると、おいしいものを食べられると思っているようで、遠征部隊の任務についてくることもある。

アルブムの食材探しの能力は、案外遠征の地で役立ち、珍しい食材を手に入れることもあった。今では遠征になくてはならない、仲間の一匹である。

遠征に出かけた第二部隊の隊舎を守ってくれるのは、狐獣人のシャルロットだ。

彼女は奴隷市に出品されていた少女で、いろいろと縁があって第二部隊の専属メイドとなったのだ。

天真爛漫な性格は、第二部隊の隊員の清涼剤となっている。

生まれ故郷を焼かれた悲しい過去を持つが、今は乗り越えて明るく元気に過ごしていた。

「シャルね、みんなのことが、大好き！」

第二部隊の隊員達も、シャルロットのことが大好きなのだ。

このような人々で、第二部隊は構成されている。


遠征部隊に入隊したばかりのころの話に戻りまして。

辛いという任務についてこられるか不安だった私は衛生兵となり、初めての遠征に参加した。

山賊な隊長は私を置いてズンズン先に行くのではと不安だったが、そんなことはまったくなかった。

皆、私を気にしてゆっくり進んでくれる。山賊隊長……ではなく、ルードティンク隊長は「野ウサギ、意外と体力あるじゃないか」と褒めてくれた。

初めて見る魔物を討伐する様子は衝撃的だったが、想定していた悪いことは何も起きなかった。

一番びっくりしたのは、返り血で血まみれになった山賊隊長ではなく——不味すぎる兵糧食。

パンは酸っぱく、肉は岩のように硬く……！

とても食べられたものではないので、調理させてもらった。周辺で摘んだキノコや薬草を入れて、兵糧食の素材の不味さをなんとか隠すことに成功する。完成したスープは、隊員にも大好評だった。

その瞬間、ここでは私の居場所があるのだと、嬉しくなった。

財産なし、魔力なし、器量なしの、ないない尽くしの私にも、できることはあったのだ。

そんなわけで、私は第二部隊の健康のため、遠征先での食生活の改革を始めたのだった。


私生活のほうでは、アメリアが成長し過ぎて寮暮らしが困難になったため、大の仲良しであるザラさんと家を買った。

未婚の男女の二人暮らしは世間体が悪い上に、私もなんだか恥ずかしいので、シャルロットと三人で住むこととなる。

好きな柄のカーテンをかけ、好きな食器を選び、好きなときに料理ができる。持ち家は最高だ。

そんな我が家に、新しい仲間が住み始める。

とある大国の大英雄シエル・アイスコレッタ様と、お付きの精霊コメルヴだ。

アイスコレッタ卿は全身鎧に身を包み、素顔を拝んだことはない。声の感じから、おそらく七十代くらいのお爺さんだろうことは予測しているが。

なんでも、異世界の勇者が提唱していた『すろーらいふ』をするために、この国へやってきたらしい。

毒キノコを食べて腹痛に苦しみ、毒草でお茶を淹れて生死を彷徨ったこともあるようだ。

そのたびに、大根《ラバネロ》に似た小さな精霊コメルヴの頭から生える万能薬を煎じて飲み、生還していたという。

アイスコレッタ卿が言う『すろーらいふ』とは、人生に自ら課する辛い試練なのか。そう問いかけると、違うという。

なんでも、『すろーらいふ』とは、大自然の中で自給自足し、豊かな生活を送ることだという。決して、毒キノコや毒草を進んで口にする行為ではないと。

つまり『すろーらいふ』とは、私がフォレ・エルフの森でしていた生活のことなのだろう。

ならば、『すろーらいふ』についての知識を教えられる。すると、アイスコレッタ卿は私のもとで『すろーらいふ』について学ぶ意思を示した。

そんなわけで、大英雄シエル・アイスコレッタ様が仲間入りしたわけである。


と、このように、賑やかな中で暮らしている。

思い切ってフォレ・エルフの森を飛び出してよかったと思う毎日であった。

＊

本日はお休み。朝は遅くまで寝て、各々好きな時間に目覚める。

先日の遠征の疲れを引きずっているのか、太陽が高く昇っても布団から起き上がりたくない。一日中寝ていたいくらいだ。

仕事をしているときは、休日にあれをしたい、これをしたいと意欲的に考える。それなのに、実際に休日になったら途端にぐうたらになるのだ。

寝台と布団は給料半月分もした、よい品だ。寝台の高さはほどよく、布団はふかふかで寝心地がいい。

アメリアは寝台の隣で丸くなって眠っていた。敷かれた布団は、幻獣保護局より賜ったホロホロ鳥の高級羽毛布団だ。私の給料一年分を出しても買えない品である。恐れ多くて、私は寝転がることができないでいた。まあ、アメリア専用の布団なのだけれど。

カーテンの隙間より、朝日が差し込む。明るさから推測して、きっと普段なら今頃通勤しているような時間帯だろう。しかし今日はお休み。いくらでも、ゴロゴロしてもいい。我が家で目覚める休日の朝は、本当に最高だ。

体を起こすと、アメリアがパチッと目を開く。

『クエクエ～』

「おはようございます」

アメリアは背伸びをして、翼を広げる。それができるほど、広い部屋なのだ。

彼女の成長に合わせて買った家だけれど、のびのび暮らしている様子を見ていたら、思い切って買ってよかったなと心から思う。

アメリアは自ら朝食の準備を行う。その様子を、寝台の上からのんびり眺める。

まず、食事用の敷物を広げ、陶器のお皿を並べていく。続いて、棚から食べたい果物を嘴で摘まみ、お皿に盛り付ける。最後に、嘴をナプキンで拭ってから食べ始めるのだ。

食事風景は、優雅な淑女そのもの。いったい、どこで覚えてきたのやら。

おいしそうに果物を食べる様子を見ていたら、お腹がぐ～～っと鳴った。

いくら寝台の寝心地がよくても、空腹には抗えない。地上の天国である布団から起き上がった。

「アメリア、私も朝食を食べてきますね」

『クエ！』

休みの日の朝食は、適当に食べるのが決まりである。今日は、この前ザラさんと作った山栗《マロン》の甘露煮をパンに載せて食べようか。そんなことを考えながら、台所へ向かった。

「ん、あれ?」

なんだか、いい匂いがする。誰かが料理を作ったのだろうか。

「ザラさんかな?　それとも、シャルロット?」

ザラさんは朝が弱いし、シャルロットは朝から散歩に出かけることが多いが……。

「おはようございます」

声をかけ、台所をのぞき込む。

すると、鎧にフリルたっぷりのエプロンをかけた姿を発見する。ピカピカな鎧の輝きが、寝ぼけ眼《まなこ》に眩しく感じた。

「おはよう、メル嬢よ」

「お、おはよう、ございます」

台所に立っていたのは、アイスコレッタ卿だった。

「朝食を用意したぞ!」

「あ、はあ……それはそれは」

大英雄が一介の騎士に朝食を用意するなんて。夢かと思って目を擦ったが、アイスコレッタ卿は全身鎧で眩しいままだ。これは、紛うかたなき現実である。

「この前シャルロット嬢に教えてもらったキノコを摘み、メル嬢から習ったキノコの旨みを閉じ込める乾燥を行い、昨晩から水に浸けておいた乾燥キノコでスープを作った。レシピはアート卿に習ったものである」

ザラさんの絶品キノコスープを作ったと。鍋の中を覗き込んだら、おいしそうなスープがコトコト煮えていた。

　ここでふと気付く。

「あれ、コメルヴはどうしたのですか？」

　常にアイスコレッタ卿の肩に乗っているコメルヴの姿がなかった。

「コメルヴならば、庭で太陽の光を浴びている」

「日向ぼっこですか」

「ああ、そうだ」

　精霊であるコメルヴにとって、太陽の光が活力となるようだ。他に、砂糖や蜂蜜《ミエレ》を水で溶かしたものを好むらしい。

「お腹が空いただろう。たくさん、食べるとよい」

　アイスコレッタ卿はスープをたっぷりお皿に注ぎ、昨日シャルロットが焼いた丸いパンを切り分けて渡してくれた。紅茶も淹れてくれるという、至れり尽くせりである。

　食卓につき、食前の祈りを捧げる。

　食材の恵みに、そして、朝からスープを用意してくれた大英雄に感謝を。

「では、いただきますね」

「たくさん食べられよ」

「ありがとうございます」

　さっそく、スープを一口飲んだ。キノコの深い出汁が、しっかりスープに溶け込んでいる。

「うわっ、おいしいです！」

「それはよかった。たくさん作ったから、何杯でもお代わりするとよい！」

そう言って、テーブルの中心にどん！　とスープの鍋を置き、去って行った。

あっという間に、飲み干した。遠慮なく、二杯目のスープをいただく。

乾燥キノコはコリコリで、歯ごたえがいい。生のキノコも入っていて、味わいを豊かなものにしている。

途中、ザラさんも起きてきた。

「メルちゃん、おはよう」

「おはようございます」

ザラさんは朝にめっぽう弱い。まだ寝たりないのか、「ふわ〜」と欠伸をしつつ席に腰かける。

遠征のときは常にキリリとしているので、朝に弱いと聞いたときは驚いたものだ。

いつも他人に隙を見せることはなく完璧な人だったが、こうして一緒に暮らすうちに素の姿も見せてくれるようになった。嬉しい変化である。

ザラさんの分のスープをお皿に注ぐ。祈りを捧げたあと、「おいしそうね」と言って食べ始めた。

「これ、ザラさんのキノコのスープのレシピを使って、作ったみたいです」

「あら、そうだったのね。私のスープより、おいしく仕上がっているわ。でも、作ったみたいって、これ、メルちゃんのスープではないの？」

「はい。アイスコレッタ卿が朝からせっせと作ってくれたそうで」

「――――ッ!!」

ザラさんはスープを気管に入れてしまったようで、ゲホゲホと咳き込む。

「だ、大丈夫ですか？」

「え、ええ。なんとか」

アイスコレッタ卿のお手製スープだとは、夢にも思っていなかったのだろう。私とザラさんは、世界で初めて大英雄のスープを食べた騎士なのかもしれない。

「本当に驚いたわ。ちょっと前まで毒キノコを食べて、腹痛で苦しんでいるような人だったのに」

「ですよね」

飲み込みの速さは流石大英雄と言えばいいのか。今日はこのあと、シャルロットとコメルヴを連れて、森に薬草採りに行くという。

「そうだわ。私達も、街に出かけない？　新しい雑貨屋が開店したらしいの。面白い物があるかもしれないわ」

「いいですね」

「じゃあ、決まりね！」

「はい！」

新しい雑貨屋だなんて、ドキドキする。いったい、どんな品物が並んでいるのか。

「骨董品や輸入雑貨を扱うお店だそうよ。古い物は味があって、私は好きだわ」

「わかります。革製品とか、使えば使うほど味が出てきますもんね」

「そうなのよ～」

そんなことを喋りながら、ザラさんと一緒に食べた食器を洗い場に持って行く。

「ふむ、腹は満たされたか？」

アイスコレッタ卿が洗い物をしていた。足下には、ザラさんと契約した幻獣山猫《イルベス》がいて、口元をペロペロ舐めている。

「え、ええ。とってもおいしかった……あら、ブランシュ⁉」

「ブランシュには、蜂蜜水を与えておいたぞ」

「それは……お手をわずらわせてしまいました」

「気にするでない」

ブランシュはアイスコレッタ卿にスリスリと身をすり寄せる。

「ふっ……愛《う》い猫よ」

まるで、子猫を可愛がるように、ブランシュを撫でていた。

「アイスコレッタ卿は、このあとシャルロットと出かけるんですよね？」

「ああ、そうだ。昼食は、森で食べる。今から、お弁当とやらをシャルロット嬢と作るのだ」

バタバタと足音が聞こえる。シャルロットが散歩から帰ってきたようだ。

「鎧のお爺ちゃん！　シャル、山兎《ヒース》を狩ってきたよ！　これで、お弁当作ろう！」

「おお、立派な山兎だ」

シャルロットは山兎の両足を持った状態で、やってきた。彼女もかつては森暮らしで、フォレ・エルフとよく似た環境で暮らしていたらしい。そのため、狩りは得意だと。

「シャルロット、今日はアイスコレッタ卿と一緒にお出かけするのですね？」

「うん、そうなの！　一緒に行く？」

「私はザラさんと街に行ってきます。お土産を買ってきますね」

「やった！　シャルも、頑張ってたくさん薬草摘んでくるね」

「ええ。楽しみにしています」

ここから別行動となる。一時間後に、出かけることにした。

廊下で軽く打ち合わせをして解散しようとしていたら、引き留められる。

「あ、あの、メルちゃん」

「はい？」

「えっと、ちょっと聞きたいことがあるのだけれど」

「なんでしょう？」

なんだか言いにくそうにしている。遠慮はしなくていいと微笑みかけたら、ホッとしたような表情で話し始めた。

「あ、あのね、私、久しぶりに可愛い恰好がしたくて」

「フリフリのブラウスとかですか？」

「ええ、そうなんだけれど……どう思う？」

「いいと思いますよ」

「えっ、いいの？」

「はい。男性の恰好をしているザラさんも素敵ですけれど、女性の恰好をしているザラさんも綺麗なので。どっちも好きです」

「メルちゃん……！　あ、ありがとう」

「楽しみにしていますね」

「ええ」

ザラさんの瞳が、若干ウルウルしているような気がしていた。ここ数ヶ月もの間、ずっと男性物の服を着ていたけれど、女性物の服が恋しくなったのだろうか。

「私のことは気にせず、着たい服を着たいときに着たらいいんですよ」

「でもメルちゃんは、イヤじゃないの？　女性の恰好をした私と外を歩くのは？　周囲の目とか、気にならない？」

なぜ、私に許可を取るのか謎だったが、ザラさんは周囲の目を気にしていたのだろう。

「今までは、私ひとりだったから、大丈夫だったんだけれど……」

「どうして、周囲の目を気にする必要があるのですか？　私は、ザラさんがその日に着たい服を着て、楽しく過ごせたら、それでいいと思っています。他の人の目は、気にしていません」

「メルちゃん！」

ザラさんは感極まったのか、私の体をぎゅ～～っと抱きしめる。耳元で、「本当に、ありがとう」と囁いていた。

離れようとした瞬間、背後からカチャッという金属音が聞こえた。振り返ると、アイスコレッタ卿が壁を背にして佇んでいた。私達が見ても、微動だにしない。

もしかして、置物の甲冑の振りをしているのだろうか。貴族の大豪邸であれば、ごまかしきれただろう。しかし、そこまで広くないこの廊下では、違和感しかなかった。

私達が抱き合っていたので、気を遣って置物の甲冑の振りをしていたのだろうが。

「えーっと……」

「じゃあ、メルちゃん、一時間後に」

「そうですね」

アイスコレッタ卿については気付かなかった振りを決め込み、解散することとなる。

部屋に戻ると、アメリアが幻獣保護局からもらったふかふかの絨毯に寝そべっていた。

「アメリア、出かけますよ」

『クエ』

声をかけると、アメリアは木箱の中を探る。この中に、オシャレ用のリボンが入っているのだ。

『クエー……クエクエ』

アメリア専用の大きなドレッサーの台に、リボンを並べていた。どれを結んで行くか、悩んでいるような仕草を取っている。

『クエクエ、クエクエー？』

「そうですねえ」

ベルベットの赤いリボンと、絹の青いリボンの二択らしい。どっちがいいかと質問を受ける。

「今日は天気がいいので、青いリボンが映えるような気がします」

『クエ！』

それにするというので、首に巻いてあげた。

「よしっと。可愛いですよ」

『クエ～～!!』

アメリアは照れたように鳴いたあと、鏡を覗き込んでリボンの角度を前脚で調節していた。オシャレに余念がない。

私はどの服を着ていこうか。ワンピースを数着手に取って、寝台の上に並べていく。ついでに、リボンもお店みたいに広げてみた。

「うーん」

悩んでいたら、アメリアがやってくる。じっとワンピースを見つめ、私の姿と見比べていた。

『クエクエ！』

アメリアが「これがいい」と嘴で差したのは、真っ赤なケープ付きのワンピースである。袖口がふんわり膨らんでいて、胸にあるリボンが愛らしい。リーゼロッテより譲ってもらった上等な一着だ。十三歳の誕生日にリヒテンベルガー侯爵から贈られたワンピースらしいのだが、子どもっぽくて似合わなかったと。リヒテンベルガー侯爵家のお針子さんが私に合うように、仕立て直してくれたようだ。

「でもこれ、ちょっと派手じゃないですか？」

『クエクエ、クエ！』

アメリア曰く、ザラさんの容貌は派手なので、これくらいではまったく目立たないという。なるほど、だったら問題ないだろう。

さっそく着用してみたが、自分で言うのもなんだが似合っていた。

「アメリア、どうですか？」

『クエクエ～！』

アメリアからも、似合っている、可愛いと絶賛された。

「髪型はどうしましょう？」

『クエクエ、クエクエクエ』

「なるほど」

ワンピースのデザインが可愛い系なので、髪型は大人っぽいほうがザラさんと釣り合いが取れると。

おさげの三つ編みでいいかなと思っていたが、なるほど。一緒に歩くザラさんとのバランスを考えるとは、さすがアメリア。オシャレ視点である。

頬にかかる髪を三つ編みにして冠のように頭に巻いてピンで固定させ、後ろの髪は高い位置で一つに結んだ。リボンは絹の黒いリボンを合わせてみた。なかなかいい感じに仕上がったように思える。

軽く化粧を施し、鏡の前でおかしなところがないか確認した。

「――よし。こんなものでしょう」

『クエ～！』

ちょうど一時間くらいで身支度が調った。カゴを持ち、外で待機する。すぐに、ザラさんもやってきたようだ。パタパタという、足音が聞こえた。ブランシュも、見送りをするために玄関へやってくる。

「メルちゃん、ごめんなさい。遅れてしまって」

「いえ、私も今来たところですよ」

ザラさんは袖にフリルが施された詰め襟のセーターに、タイトなパンツ姿で現れる。長い髪は付け毛だろうか。三つ編みにして胸の前から垂らしていた。靴は女性用の踵が高い靴である。

スカートを穿いてくると思いきや、ズボンでやってくるとは。

でも、なんか今までの中間的な恰好で、大変すばらしい。女性らしくもあり、男性らしくもある。実にザラさんらしい服装だ。

「わー、ザラさん。すっごく綺麗です！」

「はい！　男性的であり、女性的でもある恰好なのですね。新しいです」

「メルちゃんが、どっちも好きって言ってくれたから、合わせてみようって思って。着てみたら、意外としっくりきたの」

「とっても素敵ですよ。お似合いです」

「ありがとう。メルちゃんも、大人っぽくて素敵ね」

大人っぽいと褒められて、嬉しくなった。「でへへ」と、笑いそうになったが、ぐっと堪えた。今日の私は、大人っぽいのだ。

アメリアが言っていた通り、ザラさんが華やかなので、赤いワンピースを着ていても派手過ぎないような気がする。

「あの、メルちゃん。これ、作ったんだけれど、どうかなって思って」

ザラさんが差し出してきたのは、レースと銀のチェーンを合わせた腕輪である。

「か、可愛い。これ、ザラさんの手作りなんですか？」

「ええ。メルちゃんとお揃いで作ったの」

ザラさんの腕にも、同じ腕輪が巻かれていた。お店に売っていてもおかしくない仕上がりである。

「これ、いただいてもいいのですか？」

ザラさんは淡くはにかみ、コクリと頷く。受け取るつもりで手を差し出したら、丁寧に巻いてくれた。

「すっごく可愛いです！　気に入りました」

「よかったわ」

さすがザラさんだ。腕輪まで手作りできるなんて。

「行きましょうか」

「はい！」

『にゃう〜〜』

ブランシュが太い尻尾を揺らしながら、見送りをしてくれた。

「お留守番を頼みますね、ブランシュ」

『にゃう！』

本日は特別にザラさんと二人乗りしてもいいとアメリアが言うので、お言葉に甘えさせていただく。

アメリアは翼を広げ、飛び上がった。

「天気がいいから、気持ちがいいわね」

「そうですね〜」

上空はちょっぴりひんやりしているけれど、ザラさんと密着しているのであまり気にならない。

お喋りしていたら、あっという間に王都にたどり着く。

アメリアは人込みが苦手だというので、空を飛んでくるという。いつも街歩きをするときは、屋根で昼寝をしているので珍しい。晴天の飛行が、楽しかったようだ。

「アメリア、大丈夫ですか？　たまに、空には飛行系の魔物も出現すると聞きますが」

『クエクエ〜』

アメリアが「大丈夫！」と言ったのと同時に、黒い羽根がヒラヒラと落ちてきた。

上空より、低く渋い『クエクエ』という鳴き声が聞こえた。空を見上げると、大きな影に覆われる。

「わっ、黒い鷹獅子《グリフォン》っ！」

『ク、クエ～～!!』

黒い鷹獅子は、アメリアの前に優雅に降り立つ。突然の登場に、言葉を失ってしまった。

この黒い鷹獅子は一ヶ月前くらいにアメリアを見初め、「妻にしてやる」と宣言していた強引な性格の持ち主である。

アメリアは迷惑しているように見えた。

『クエクエ、クエクエクエ』

『クエクエッ』

アメリアは「行きたくない」と返していた。もしかして、デートにでも誘われたのか。契約を交わしていないため、黒い鷹獅子の発言はまったくわからない。

『クエクエ、クエ』

『クエ～』

「アメリア、彼はなんと言っているのですか？」

アメリアが通訳してくれた。

『クエクエ、クエ、クエー』

「な、なるほど」

「メルちゃん、アメリアはなんて？」

「空に飛行系の魔物がいたそうです。単独で飛ぶのは、危険だと」

アメリアが空を飛びたいのならば、付き合ってやらなくもないと言ってきたらしい。なんという俺様発言なのか。

「ダメよ。デートに誘うんだったら、贈り物の一つでも持ってこないと」

ザラさんの言葉に、黒い鷹獅子はピクンと反応を示す。どうやら、こちら側の言葉は理解しているようだ。さすが、幻獣である。

それに止《とど》めを刺したのは、アメリアの一言だった。

『クエクエ、クエクエ、クエクエ！』

アメリアは「強引な人は大嫌い。私は、正義感が強くて、紳士的な人が好きなの」と言っていた。

『ク、クエ～～!!』

黒い鷹獅子は悔しそうに鳴いたあと、回れ右をして飛び去った。アメリアはホッと、安堵の息を吐いているように見える。

『クエクエ、クエエエ』

「ザラさん、アメリアがありがとうと言っています」

「いいのよ。ああいうのをあしらうのは、慣れているから」

さすが、である。こういうふうに言い寄られる事態が、過去に何度もあったのだろう。

『クエクエ～』

魔物がいると聞いたので、空のお散歩は諦めるようだ。いつもの通り、屋根の上でお昼寝をするらしい。

「では、買い物が終わったら、呼びますね」

『クエクエー』

アメリアに見送られ、私とザラさんは雑貨屋を目指す。

「この腕輪に使っているチェーンは、街の雑貨屋で買った掘り出し物だったのよ」

「そうだったんですね」

「もともとは首飾りだったの」

「半分に切って、腕輪にしたんですね」

「ええ、そうよ」

すばらしい創意工夫だ。私も見習いたい。

「あ、あそこが新しいお店ね」

「店名は、ガラクタ屋、ですか」

「すごい名前ね」

中は薄暗いようだが、営業中の札がかかっている。ザラさんが扉のドアノブを引くと、カランと鐘の音が鳴った。

「……らっしゃい」

お店の奥から、おじさんの低く小さな声が聞こえた。姿は見えない。店内へ一歩足を踏み入れた瞬間、パッと明るくなった。

「わっ、驚いた」

「魔法仕掛けなのね」

そこまで大きなお店ではないが、品数は多そうだ。細長い品物は、天井からぶら下がっている。

「あ、ザラさん。見てください、空飛ぶ箒ですって」

本当に空を飛べるのか。気になる。

「それは、魔力を箒に流し込むと、本当に空を飛べるよ」

「うわっ！」

気配もなく店主が近づいてきたので、驚いてしまった。片眼鏡をかけ、品があるシャツにベストを着込み、パイプ型の煙草《タバコ》を持った渋いおじさんである。

「おたくはエルフか。ならば、一瞬で隣国まで飛んでいってしまうだろうよ」

「ははは」

魔力の制御は不可能なので、手を出さないほうがいいだろう。

「魔法雑貨も扱っているのですね」

「数は多くないがな。何か気になる商品があったら、声をかけてくれ」

「ありがとうございます」

店主は煙草を吹かし、ふーと吐き出す。煙が雲のようにもくもく漂い始めた。

「わっ、何ですか、これは？」

「雲煙草だ。金貨三枚で販売している。あの魔法の箒は、金貨十五枚だ」

「高っ！」

私の言葉に店主は気を悪くすることなく、笑いながら店の奥へと引っ込んでいった。

「なかなか、個性的な店主ね」

「ですね」

高価な品も置いてあるというのに、店にいなくてもいいのか。そんなことはさておいて、店内の商品を見て回る。

高級雑貨店と思いきや、お手頃な値段の品々も並んでいた。

貝殻の耳飾りだったり、海賊船から押収されたサーベルだったり、外国産の飴だったり。

「メルちゃん、見て、鍋があるわ」

「あ、本当ですね」

「それは『かまど鍋』だ」

お店の奥に引っ込んでいた店主が、再び顔を出す。

「かまど鍋、ですか。初めて聞きます」

「海の向こう側にある国から仕入れた、とっておきの鍋だ。驚くなよ？　かまど鍋は、焼く、蒸す、煮る、揚げるなど、多彩な使い方ができる鍋なんだ」

「えー！　すごいですね」

最大の特徴は、かまどで焼くように、表面に焼き目を入れられることだという。

「たとえばだ。普通の鍋では、グラタンは作れないだろう？」

「はい。表面をこんがり焼くためには、かまどで焼き目を入れないといけません」

「だろう？　しかし、このかまど鍋は、焼き目を入れることができる」

「ど、どうやって入れるのですか⁉」

普通の鍋でも火で表面を炙ったら、焼き目を入れることも可能だろう。しかし、火加減が難しく、すぐに焦がしてしまう。

「まず、普通にグラタンを作り、材料が煮えたら蓋を閉じるんだ。そして、その上に、炭や焼いた石を載せる。すると、鍋の中身がかまどと同じ状態になり、焼き目が入るんだよ」

「な、なんと‼」

驚いた。鍋でかまどでしかできない料理を作れるなんて。これがあったら、遠征先でパンを焼いたり、グラタンを作ったりできるだろう。

「これって、もしかして魔法の鍋なんですか？」

問いかけたら、店主のおじさんに笑われてしまった。

「これは魔法の鍋ではない。鋳鉄《ちゅうてつ》製の鍋だよ。この辺りでは手に入らない、特別な鍋であることは確かだがな」

「そうなんですね～！」

遠征用に、ぜひともほしい。作れる料理の種類が、ぐっと増えるだろう。

「でも、お高いんですよね？」

「まあ、半銀貨程度だな」

「半銀貨！」

普通の鍋は半銀貨もしない。やはり、それなりのお値段が付いているようだ。

「メルちゃん、これくらいだったら、第二部隊の予算で買えると思うわ」

「本当ですか⁉」

「ええ。私が立て替えとくから、買っちゃいましょうよ」

「やったー！」

そんなわけで、かまど鍋を購入することとなった。

「おじさん、これください！」

「まいど！」

ほくほく気分で、店を出る。

「あ、シャルロットにお土産を買わなければいけないですね」

「市場に寄って行きましょうか」

「いいですね」

遠征部隊の買い出しのときに、気になるお店があったのだ。

今日も、中央街にある市場は賑わっていた。天幕が張られ、肉に野菜、パンに香辛料と、さまざまな物がこれでもかと高く積み上がって販売されている。

「あ、ザラさん。あれです。レンガみたいに大きなケーキを売っているお店」

「あら、すごいわね」

ずらりと並ぶのは、大きな四角いケーキ。台に振動が伝わると、生地がぷるぷる揺れるのだ。

「これ、絶対おいしいヤツですよ」

「私もそう思うわ」

そんな会話をしていたら、お店のおばちゃんに味見用のケーキをもらった。

「これはね、もくもく雲ケーキっていうんだよ」

生地が晴天時の雲のようにふわふわわ、ふかふかなので、そう名付けられたらしい。

「おいしいから、食べてみな」

「わっ、ありがとうございます」

手の平にポンと置かれた一口大のケーキを、パクリと食べる。表面の生地はフワフワで、中はぷるぷる。

卵とバターの優しい風味が、口いっぱいに広がった。しゅわっと、一瞬で消えてなくなる。

「お、おいしい！」

「こんなケーキ、初めてよ」

あまりにもおいしかったので、シャルロットの分だけでなく、自分達用とアイスコレッタ卿の分も購入した。

「崩れやすいから、注意して持って帰ってね」

「はい、ありがとうございます」

シャルロットのお土産を確保したところで、お腹がぐーっと鳴る。

「ザラさん。何か、食べて帰りません？」

「いいわね。メルちゃん、何か食べたいものがある？」

「えっと……まだ、気になっている屋台がありまして」

またもや、遠征部隊の買い出しのときに見つけたお店である。

「いつも、行列ができているんですよ。お店の裏手に、テーブルと椅子があって、その場で食べられるようになっているんです」

「だったら、それにしましょう」

記憶を頼りに、気になっているお店を目指す。たどり着いた先には――行列ができていた。

「今日も多いですね。ザラさん。どうします？」

「メルちゃんが苦じゃなかったら、構わないわ」

「私は大丈夫ですが、ザラさんはかまど鍋重くないですか？」

「どうってことないわよ。遠征時に持ち歩く戦斧に比べたら、ぬいぐるみを抱えているようだわ」

「そ、そうですか」

言われてみれば、ザラさんは普段から身の丈ほどもある大きな斧を抱えて遠征に参加していたのだ。鍋の一つくらい、なんてことないのだろう。

「ありがとうございます。では、お言葉に甘えて」

最後尾に並ぶ。二十人くらい並んでいるだろうか。調理時間のかかる料理ではないようなので、三十分くらいで順番が回ってくるだろう。

「メルちゃん、ここはどんな料理を売っているの？」

「茹でた麺に、角煮を煮込んだとろみのある汁をかけて、半熟卵がどん！　と添えられた料理です」

「おいしそうね」

「ええ。いつも誘惑に耐えながら、帰っていました」

どうやら、角煮麺というらしい。ザラさんに角煮麺への思いを語っていたら、あっという間に順番が回ってきた。

「いらっしゃい」

「すみません、角煮麺を二杯、お願いします」

「あいよっ！」

手打ち麺を一回調理台に叩きつけて表面の粉を落とし、ぐらぐら沸騰したお湯の中に投下する。

茹で上がった麺を器に入れ、別の鍋で煮込んでいた角煮入りの汁を注いだら完成である。

ほかほか湯気が漂う器を受け取り、裏手にあるテーブルへ運んだ。

「念願の角煮麺を、食べられる日が来るなんて」

「メルちゃん、熱いだろうから、火傷しないようにね」

「はい！」

まずは、トロトロになるまで煮込まれた角煮から。ふーふー息を吹きかけ、冷ましながら食べる。

「んんーっ‼」

お肉は驚くほど柔らかくて、脂身は甘くてとろける～～！　あっという間に、口の中からなくなってしまった。

続いて、麺に汁を絡めたものを頬張る。麺はもちもちしていて、噛むとプツンと弾ける。汁にお肉の旨みがこれでもかと溶け込んでいて、どんどん食べ進められてしまう。

「これ、本当においしいわ。行列ができるのも、納得ね」

「ですね～～」

食べている間、ずっと幸せだった。付き合ってくれたザラさんに、感謝、感謝である。

お腹いっぱいになったが、食後の甘味は別腹である。今度は、ザラさんオススメの一品をいただくことにした。

「このお店、すっごくおいしいの。いつか、メルちゃんに紹介しなきゃって思っていたのよ」

「楽しみです」

昼食の時間だったが、ここでも行列ができていた。おいしいお店の証だろう。

お店には鍋がいくつもあって、陶器のカップにいろいろ注いでいるように見える。受け取ったお客さんは、細長い管から吸っているようだ。面白い食べ方である。いったい、どのような甘味なのか。

「ザラさん。ここは、どんな甘味を出しているのですか？」

「水菓《すいか》っていう、異国から伝わったお菓子らしいの。果物のジュースの中に、いろんな甘い具を入れて楽しむのよ」

「なるほど」

「カップに挿してある管から、ジュースと具を一緒に吸い込んで、食べると飲むを同時に楽しむの」

「あの管は、そういう意味があったのですね」

さすが王都である。まだまだ知らない、未知の食べ物があるようだ。

甘い具とやらは、五種類ほどあるらしい。ザラさんが詳しく教えてくれる。

「美肌ゼリーに、芋から作ったモチモチ玉、プチプチ食感の種に、寒天を固めたもの、豆の甘露煮、かしら？」

「へー、いろいろあるんですね。ザラさんのオススメはなんですか？」

「モチモチ玉ね。食べたことのないくらい、モッチモチなのよ」

「ほうほう」

「二種類くらいだったら、具同士が喧嘩することなく、おいしく食べられると思うわ」

「そうなんですね。どれにしようか、迷います」

結局、ザラさんオススメの、森林檎《メーラ》ジュースに、美肌ゼリーとモチモチ玉を合わせたものにした。これも、お店の裏手でいただくことにする。まずは、ジュースを一口。

「うーん！　甘酸っぱくて、おいしいです」

続いて、底に沈んでいるモチモチ玉と美肌ゼリーを食べてみる。

「うわっ！　なんですか、これ！」

未知の食感といえばいいのか。モチモチ、そして、モチモチである。

「私の中にある、モチモチの概念がガラリと変わってしまいました。すばらしく、おいしいです」

「よかったわ」

ザラさんは頬にかかった髪をかき上げ、水菓を飲んでいた。周囲の男女から、注目が集まる。

カッコイイ男性にも見えるし、きれいな女性にも見えるので、性別問わずに注目を集めているのだろう。

こんなのは、初めてだ。今までは、女性の恰好をしていたら男性から熱い視線を受け、男性の恰好をしていたら女性から熱い視線を受けていた。

今日は中性的な恰好だからだろう。ザラさんの真の美しさが開花したと表せばいいのか。

それにしても、王都にやってきて、ザラさんみたいな人と仲良くなれるなんて、まったく想像もしていなかった。人生、何があるのか本当にわからないものである。

と、考え事をしているうちに、水菓を飲み干してしまった。

「メルちゃん、行きましょうか」

「あ、はい」

帰りがけに、アメリアにもお土産を買った。ザラさんと一緒に選んだ、花の刺繍入りのリボンである。きっと、気に入るだろう。尻尾に結んだら、絶対可愛い。

「メルちゃん、今日はありがとう」

「なんのお礼ですか？」

「こんな私に、付き合ってくれて」

「ああ、そういう意味ですか。だったら、私のほうこそ、お礼を言わなければいけなくなりますよ」

「どうして？」

「私って、フォレ・エルフじゃないですか。種族を気にせずに、遊んでくれることは、ありがたいなと思っていまして」

「メルちゃんは、メルちゃんじゃない。エルフだからとか、気にしたことなんて一度もなかったわ」

「ありがとう、ございます」

ザラさんの言葉を聞いて、ちょっぴり泣きそうになる。王都に来るまで、私はたくさんの奇異の目と差別を受けた。一方で、ザラさんは最初から、普通の女の子として接してくれた。それが、どれだけありがたかったか。

「私のほうこそ、変わった恰好をしていたのに、仲良くしてくれて嬉しかったわ」

「ザラさんは美意識が飛び抜けて高いだけで、女性の服も似合っていましたし、変わった恰好とは思っていなかったですよ」

「ありがとう」

ザラさんはザラさんで、いろいろ考えていたらしい。この先、年齢を重ねるにつれて、女性の恰好が似合わなくなるのではないのかと。

「髪が短くなったのをきっかけに、男性の恰好をしなければいけないって、強く思うようになっていてね」

それでも、買い物をしていて気になるのは女性物の服で、男性物の服を見てもまったくときめかなかったらしい。

「メルちゃんも、もしかしたら、男性物の服を着ていたほうが、一緒に歩いていて恥ずかしくないのかなって、思っていたんだけれど……。朝、言ってくれたでしょう？　好きな服を着ればいいって。あれ、すっごく嬉しかった。ただ、女性物の服が似合わなくなるという不安はまた別の問題で――でも、こういう中性的な恰好だったら、年を重ねても綺麗に着こなせると思うの」

「ええ、とっても素敵です」

「メルちゃんのおかげで、吹っ切れたわ」

にっこり微笑むザラさんの笑顔は、今まで見たどの笑顔よりも美しかった。


アメリアと合流し、帰宅する。

アイスコレッタ卿とシャルロットも、帰ってきたばかりのようだった。

「見て見て～！　黒い猪豚《スース》を、お爺ちゃんが仕留めたの～！」

「うわっ……黒い猪豚、初めて見ました」

「私もよ」

毛並みはツヤツヤでむっちりと肉付きがいい。

アイスコレッタ卿はどうだと言わんばかりに、胸を張っている。肩に乗っているコメルヴが、ぽつりと呟いた。

『コメルヴが、見つけた。そして、マスタがやっつけた』

「さすがです」

今から解体して、猪豚の香草焼きを作るらしい。庭で調理するようでシャルロットが石を並べ、かまどを作っていた。

「だったら、私はかまど鍋を使ってパンを作りましょうか」

「むっ、かまど鍋とはなんぞや⁉」

アイスコレッタ卿に本日の戦利品であるかまど鍋を見せると、今までにない食いつきを見せていた。

「むう！　かまどの機能が付いた鍋があるとは！　羨ましいぞ！　どこで買ったのだ？」

「王都に新しくできた、雑貨屋さんです。在庫がまだあるかは、わかりませんが」

「そうか。明日、コメルヴと見に行ってこようぞ」

『マスタ、また街に行くの？　今度は、目立たないように、してね』

コメルヴはヤレヤレといった感じだった。前回、街にでかけたとき、めちゃくちゃ目立ってしまったらしい。

『マスタ、商店の売り上げを盗んだ人を、捕まえたの』

商店の主人に感謝され、名前を聞かれたが「名乗るほどの者ではない」と言ってかっこよく立ち去ったようだ。

『そのあと、誘拐されていた女の子を助けて――』

なぜか、アイスコレッタ卿の行く先々で事件が起きていたらしい。まさか、王都の平和を守っていたとは。

「コメルヴ、そうそう事件など、起こるものではないぞ」

『マスタ、いつも、そう言って、事件に巻き込まれて、いるよね？』

「今度は大丈夫だろう」

そう言って、アイスコレッタ卿はナイフを使い、黒い猪豚《スース》を解体する。

「む⁉」

「どうかしたのですか？」

「心臓に、魔鉱石があるぞ！」

「なっ⁉」

魔鉱石――それは、野生の獣が持つはずがない物だ。通常は、魔物の心臓部にある物である。

三ヶ月ほど前に、第二遠征部隊は大猪豚《メガ・スース》と対峙した。恐ろしい強さで、壊滅寸前まで追いやられたのだ。偶然居合わせたアイスコレッタ卿が助けてくれたおかげで、なんとか助かったが……。

当時のことを思い出し、ゾッとする。

「少々凶暴だと思っていたが、まさか魔鉱石を持つ猪豚だったとはな」

アイスコレッタ卿が取り出した魔鉱石は、小石のような粒状だった。大猪豚の中にあった魔鉱石は拳大だったが。

「生きとし生けるものの血肉を啜り、魔力を得ると魔鉱石は肥大する。まだ、そこまで魔力を得ていない個体だったのだろう」

アイスコレッタ卿は魔法陣が描かれた革袋に魔鉱石を入れ、ため息を一つ落とす。

そして、シャルロットの前に片膝を突いて頭《こうべ》を垂れた。

「シャルロット嬢、すまぬ。この猪豚の肉は魔鉱石に汚染されているが故、食べられぬ」

「うん、いいよ。大丈夫！」

今から、騎士隊に提出に行くという。ザラさんが同行することになった。

「じゃあ、シャルは別のお肉を焼いておくね！」

「ならば、コメルヴを助手として置いて行こう」

アイスコレッタ卿は、シャルロットの肩にコメルヴをそっと置いた。

「コメルヴ、頼んだぞ」

『うん。ほどほどに、頑張る』

「よろしくねー！」

「私も、パンを作っておきます」

「あいわかった。楽しみにしている」

「じゃあ、行ってくるわね」

手を振って、二人を見送る。アイスコレッタ卿が転移魔法を発動したため、姿はすぐに消えてなくなった。

「さて。頑張りますか！」

「うん！」

すっかり日が暮れてしまった。角灯《ランタン》を点して庭に置き、かまどの火も点す。なんとか作業できるくらいの灯りを確保した。

シャルロットは、家から猪豚肉を持ってくる。なんでも昨日帰りがけに、市場で買っていたらしい。

「このお肉で、香草焼きを作るね」

「ええ、楽しみにしています」

私は家に戻り、台所でパンの生地を捏ねることにした。と、その前に、一日買い物に付き合ってくれたアメリアの夕食を準備する。留守番をしていたブランシュの分も同様に。

『にゃう！』

『クエクエー』

鷹獅子《グリフォン》と山猫《イルベス》は種族は異なるが、アメリアとブランシュの仲は良好だ。並んで食事を取る様子は、震えるほど愛らしい。幻獣大好きなリーゼロッテや、リヒテンベルガー侯爵が見たら卒倒してしまうだろう。

「じゃあ、私はパンを作りますので」

『クエー』

『にゃうー』

幻獣女子達と別れ、パン作りをする。腕をまくり、エプロンをかけた。

せっかくなので、いつもより豪勢なパンを焼くことにした。棚から小麦粉、塩、砂糖、酵母、バター、卵、それから炒って保存していた木の実を取り出す。

最初に砂糖を溶かしたぬるま湯に酵母を入れ、そこに小麦粉を三分の一加えてよく混ぜる。ダマがなくなったら、バターと塩、残りの小麦粉を入れてなめらかになるまで捏ねるのだ。

生地がツヤツヤになったら、一次発酵。湯を沸騰させたあと、中身を捨てた鍋の中に入れて蓋をして一分待つ。ふっくら膨らんだ生地のガスを抜き、生地を十等分くらいにして二次発酵を行う。お湯で絞ったタオルを被せておくのがポイントだ。

三十分後――ふんわり膨らんだパンを、オリヴィエ油を塗ったかまど鍋に並べていく。木の実を載せて、水と一緒に溶いた卵を表面にたっぷり塗る。あとは、外で焼くばかり。

庭に出ると、お肉が焼けるいい匂いがした。シャルロットが額に汗をかきながら、真剣な表情で猪豚肉を焼いている。

『シャル、こっち、焦げそう』

「あ、本当だー！」

コメルヴと連携し、お肉を焼いているようだ。その様子は、どこか微笑ましい。

「シャルロット、おいしそうですね」

「うん。コメルヴのおかげで、上手に焼けたよ！」

付け合わせに、胡椒茸《ペペリ》をバターで炒めたものを作ったようだ。

続いて、パンを焼く。かまど鍋の蓋に焚き火の中にあった炭を置き、中の生地を加熱する。

「へー、こうやったら、パンが焼けるんだー」

「不思議ですよね」

十五分ほどで、ふっくら膨らんだ木の実パンが焼き上がった。

「わー、いい匂いー。おいしそうだね」

「ええ。思っていた以上に、いい焼き色がつきました」

あとは、ザラさんとアイスコレッタ卿が帰ってくるのを待つばかり。

『あ、帰ってきた！』

コメルヴがそう呟いたあと、魔法陣が浮かび上がる。パチパチと瞬きする間に、アイスコレッタ卿とザラさんが庭に降り立った。

『マスタ、お帰りなさい』

「おかえりなさい！」

「うむ」

「ザラさんも、おかえりなさい」

「ただいま」

二人とも、若干疲れた表情でいる。大勢の前で、報告を行ったらしい。

「とりあえず、黒い猪豚《スース》と魔鉱石は、魔法研究局と魔物研究局に調査を頼むようだ」

前回の大猪豚の件でさえ原因がわかっていないのに、さらに頭を悩ませる事件が起きた。両機関の局員は、大慌てで調査をしているに違いない。

「お爺ちゃん、お腹空いたでしょう?」

「そうだな」

「食べましょうか」

朝、アイスコレッタ卿が作ったスープも温める。庭に敷物を広げ、食事をすることとなった。

「おお、肉もパンも、おいしそうだ」

「シャルは、猪豚の香草焼きを作ったよ」

「私が作ったのは、木の実パンです」

オリヴィエ油をたっぷり塗っておいたので、お皿の上でひっくり返すとパンはすぐに取れた。皆のお皿にちぎって配る。

まず、スープから飲んだ。朝より味が深まっている。体がポカポカ温まっていった。続いて、シャルロットが作った猪豚の香草焼きを食べる。

「わっ、柔らかいです」

「おいしく焼けているね!」

アイスコレッタ卿とシャルロットが採った香草を揉み込み、塩胡椒を振って焼いた一品である。シンプルな味付けなのに、とてもおいしかった。

私が作った木の実パンも、外側はカリッと、中はふっくら焼けていた。口に含んだ瞬間、木の実の香ばしさを感じる。

「むうっ！　かまど鍋で作ったパンは、絶品だ」

「本当に。メルちゃん、すごくおいしいわ」

「このパン、何も付けなくても、パクパク食べられちゃう。シャル、大好き！」

アイスコレッタ卿だけでなく、ザラさんやシャルロットも気に入ってくれたようだ。

食後は市場で購入した、もくもく雲ケーキを食べる。

「わー、何これ。こんな大きなケーキ、シャル、初めて見たよ」

「もくもく雲ケーキというそうですよ」

「えー、なんで雲なの？」

「食べてみたらわかります」

シャルロットは豪快に、そのままかぶりつく。瞳がキラリと輝いた瞬間を、見てしまった。

「ええー、すごい!!　青空に浮かぶ雲みたいに、もくもく、ふっかふか!!　中はプルプルで、しゅわーっと、口の中からなくなっちゃう!!」

どうやら、もくもく雲ケーキを気に入ってくれたようだ。アイスコレッタ卿は、すでに食べ終えたようである。

「もくもく雲ケーキとやらが、一瞬で消えた……!?」

『マスタが、食べたんでしょう？』

「そうだが……！」

驚く気持ちは大いに理解できる。ずっしり大きなケーキに見えるが、口に含んだらあっという間に消えてなくなるほど柔らかいのだ。

「あー、シャル、もうお腹いっぱい！　幸せー！」

「私もだ」

キラキラ瞬く星を見ながら、心もお腹も満たされた気持ちになっていた。

＊

今日も今日とて、仕事が始まる。

騎士舎に行く途中に、キャアキャアと盛り上がるメイドの集団がいた。いったい何事かと覗き込んだら、自主稽古をするベルリー副隊長を発見する。他の部隊の騎士相手に木刀を使った模擬戦をしているようだ。

大柄の騎士相手に、ベルリー副隊長は果敢に攻めていた。

「アンナ様ー、頑張って！」

「負けないで！」

もう片方の騎士を応援するメイドは、ひとりとしていなかった。

皆の応援がベルリー副隊長に届いたのか、勝利を収める。

「アンナ様、カッコイイ！」

「世界一素敵！」

負けた騎士は膝を突いたまま、がっくりとうな垂れている。なんというか、気の毒である。

騎士舎の前では、ウルガスが洗濯物をしていた。ルードティンク隊長が使ったタオルを朝から手洗いしたらしい。

「ウルガス、朝からどうしたんですか？」

「あ、俺、休み前の昼休みに、壁に向かってボールを投げる遊びをしていたら、執務室の窓を割ってしまって」

「罰として、洗濯を言い渡されたんですね」

「はい、そうなんです」

給料から天引きしないところは、優しいと評すればいいのか。とりあえず頑張れと、応援しておいた。

休憩室にはガルさんとスラちゃんがいて、カードを積み上げて遊んでいるようだ。

二人とも器用なので、カードを高々と積んでいる。崩してしまわないよう、振動を立てずに長椅子に腰かけた。それなのに――。

「おい、ガルはいるか？」

ルードティンク隊長が豪快にバン！　と休憩室の扉を開いたため、カードの山が崩れてしまった。

「あー、せっかくガルさんとスラちゃんが作ったのに！」

「な、なんだよ」

ガルさんはしょんぼり耳を伏せ、スラちゃんは両手を挙げて「やれやれ」と言いたげな姿勢を取っている。

「わ、悪かったよ」

素直に謝れるルードティンク隊長は、とってもいい子だと思いました。

ザラさんは朝から、ルードティンク隊長の執務机に花瓶に生けた花を飾っていた。

「お花とか見ていたら、クロウの気持ちも優しくなると思って」

ザラさんのささやかな努力が、実を結んでほしいと切に願う。

最後にやってきたリーゼロッテは、アメリアの羽根を拾ったと喜んでいた。きちんと、アメリアにもらっていいか聞いたらしい。

「なんだか、いいことがありそうだわ」

と、リーゼロッテは言っていた。今日も、第二部隊は平和だと思っていたが——急遽、お昼前に執務室に集められる。伝令が駆け込んできたので何かあったのだと思っていたが。

険しい表情のルードティンク隊長が、遠征任務を告げた。

「えー、昨日、魔鉱石を体内に持つ猪豚《スース》が王都近郊の森で討伐された」

アイスコレッタ卿が仕留めた個体である。

「一部の隊員はすでに把握していると思うが」

ルードティンク隊長は私とザラさんをチラリと横目で睨む。「知らない間に、面倒事に巻き込まれやがって」、という心の声が聞こえたような気がした。

「今回の事件で、魔物研究局が猪豚の血液を分析した結果——凶暴化の反応が見られた。おそらく、魔鉱石に生き物の性質を変える術式が組み込まれているのだろう、ということだ」

その後、騎士隊の隠密部隊が独自に調査をした結果、怪しい組織の発見に至ったという。

「王都から馬で三時間ほど駆けた先に、貴族の別荘街があるだろう？　そこで、何やら疑わしい活動を行っている奴がいると」

現地へ向かい、調査を行うのが第二遠征部隊の任務らしい。

三ヶ月前、大猪豚《メガ・スース》に襲われた記憶が甦り、ゾッとする。

ルードティンク隊長ですらぶっ飛ばされるほどの、強力な戦闘能力を持っていた。ザラさんが怪我をし、血が噴き出す様子も、鮮明に覚えている。

ガタガタと、震えてしまう。私達だけで大丈夫なのか。強い不安を抱いてしまった。

ルードティンク隊長と目が合った瞬間、こちらへズンズンとやってくる。私の肩をポンと叩き、そのまま通り過ぎたかと思えば、扉の前で立ち止まる。

「今回、協力者がいる。共に、任務に参加してもらう」

ルードティンク隊長が執務室の扉を開くと、板金鎧《フルプレートアーマー》姿の騎士がいた。

「なっ！」

「わっ！」

ウルガスと同時に、驚きの声を上げてしまった。扉の向こう側にいたのは、アイスコレッタ卿だった。

「前回の任務で、俺達は魔鉱石を埋め込まれた大猪豚に苦戦した。もしかしたら、現場に同じような凶暴化した生物がいないとも言えない。そのため、アイスコレッタ卿に協力を仰いだ」

ルードティンク隊長はアイスコレッタ卿と握手を交わし、今日一日よろしく頼むと頭を下げていた。

「諸君。私も、可能な限り協力しよう」

アイスコレッタ卿がいれば、第二部隊が危機に陥ることはないだろう。まだ任務は完了していないのに、ホッと胸を撫で下ろしてしまった。

「三十分後に出発する。総員、各自準備をして、広場に集合せよ」

「はっ！」

ルードティンク隊長の号令と共に、皆散り散りとなる。今から出発するのであれば、途中で食事を取ることとなるだろう。

さっそく、昨日購入したかまど鍋を鞄に入れる。食材を持ち、アメリアの鞍に乗せた。

「よし。こんなものですね――ん？」

どこからか、声が聞こえた。振り返っても誰もいない。

「気のせいですか？」

『ココダヨオ、パンケーキノ娘ェ～～！』

地面を見ると、アルブムがブンブンと手を振っていた。

『アルブムチャンヲ、忘レテイルヨオ』

「ああ、そうでした」

このイタチ妖精アルブムはリヒテンベルガー侯爵と契約を結んでいるものの、こうして遠征任務に参加するためノコノコやってくる。

リヒテンベルガー侯爵はもう悪さはしないだろうからと、アルブムを好きにさせているらしい。

アルブムを荷鞍に積んだ鞄に詰め、集合場所へと急いだ。すでに、皆揃っている。私が最後だったようだ。

「そろそろ時間か。出発する」

ルードティンク隊長を先頭に、次々と馬で駆けて行く。

二時間後――湖の畔で休憩を取ることにした。休憩といっても、各々することがある。ルードティンク隊長とベルリー副隊長、アイスコレッタ卿は地図を広げ、現場までの道のりについて話し合っていた。ザラさんとガルさんは、馬のお世話。リーゼロッテは魔物研究局から送られてきた事件の資料を読み込んでいる。

私とウルガスは、食事の準備を行う。

『アルブムチャンモ、手伝イスルヨオ！』

「ありがとうございます」

やる気満々のアルブムは、湖でバシャバシャと手を洗っていた。準備をしていたら、ウルガスがかまど鍋に気付く。

「リスリス衛生兵、これ、新しい鍋ですか？」

「ええ。かまど鍋って言うんです」

「かまど鍋、ですか。初めて聞きます」

「異国の地で生産されている、珍しい鍋みたいですよ。かまど同様の能力があって、パンを焼いたり、鳥の丸焼きを作ったりできるんです」

「へー、すごいですね！」

そんな話をしていたら、ヒラヒラと黒い羽根が上空より落ちてきた。

「こ、これは⁉」

『クエッ‼』

背後より、アメリアの嘆きの声が聞こえる。上空を仰ぎ見ると、黒い鷹獅子《グリフォン》がこちらに向かって降りてきていた。

優雅に着地し、アメリアの前に銜えていた包みをそっと差し出す。

『クエクエ‼』

『クエクエ⁉』

黒い鷹獅子のクエクエに対し、アメリアは「贈り物ですって？」と返している。持ってきた包みは、どうやらアメリアへの贈り物らしい。昨日、ザラさんが「デートに誘うときは、贈り物の一つくらい持ってこなくちゃダメよ」的なことを言ったので、わざわざ持ってきたのか。

ここで、リーゼロッテが全力疾走でこちらへと走ってくる。ゼーハーゼーハーと息を切らしながら、早口でまくし立てるように言った。

「く、黒い、鷹獅子だわ！　こ、この前の個体と、同じ子かしら？」

「みたいですね。アメリアを追って、ここまで来たようです」

「そ、そうなのね。やっぱり、幻獣保護局で保護、したほうがいいのかしら⁉」

「リーゼロッテ、落ち着いてください」

鼻息荒いリーゼロッテをウルガスに託し、黒い鷹獅子が持ってきた包みをどうするかアメリアに尋ねる。

『クエクエクエ、クエ』

「ほうほう」

これをもらったからと言って、デートはしないと。はっきり伝えると、黒い鷹獅子は「ふっ、気が強い女は嫌いじゃないぜ」と言ったという。なんて前向きな性格なんだ。見習いたい。

黒い鷹獅子は、贈り物は好きにするとよいと、寛大な態度を見せる。それに対し、アメリアは私が必要な品だったら、受け取ろうと言ってくれた。

「では、中身を確認しますね」

木の棒で突《つつ》いてみたが、生き物ではなさそうだ。私の恐る恐るといった様子を見て、アメリアが前脚で包みを開いてくれる。

中から出てきたのは、眩しいくらい黄色いチーズ。これは、いったいなんなのか。

その疑問に、リーゼロッテが答えてくれた。

「あら、メル。それ、黄金チーズよ。とっても珍しい食材だわ」

「お、黄金チーズですって⁉」

「ええ。王族や大貴族など、限られた人しか食べられない、伝説の乳製品と言われているの」

「へえ～～……！」

いったいどこで、これを入手してきたのか。アメリアは黒い鷹獅子《グリフォン》に、胡乱な視線を向けて問いかける。

「これは、どこかで盗んできたのではないか？」と。

『クエクエ、クエクエクエ、クエクエ、クエ！』

「アメリア、黒い鷹獅子はなんと？」

『クエ～……』

アメリアは渋々、といった感じで通訳してくれた。

なんでも昨日、とある国の上空を飛んでいたら、魔物に襲われている馬車を発見したらしい。

『クエ、クエクエ、クエ』

わりとよく見かける光景で、いつもだったら見過ごしていたという。しかし、アメリアが昨日、正義感が強い人が好きだと言っていたので、助けたようだ。

『クエ、クエ、クエクエ……クエ』

魔物を倒したあと、馬車から出てきたのは王族だった。感謝されただけでなく、黄金チーズをお礼としてもらったと。

その武勇伝をアメリアに語って聞かせるために、やってきたようだ。目的は果たしたので、「またな」と言って去って行く。

アメリアが紳士的な人が好きだと言ったので、高圧的な態度に出ることはなかったようだ。

「ああ……黒い鷹獅子が、行ってしまったわ」

「大丈夫ですよ、リーゼロッテ。また、アメリアの前に現れるので。昨日も会いましたから」

「まあ、そうなのね。羨ましいわ」

『クエー……』

アメリアは「私は迷惑なんですけれど」とぼやいていた。

『クエクエ、クエクエ』

「え、いいのですか⁉」

なんと、この黄金チーズを、私にくれるらしい。王族や大貴族しか口にできない、超高級食材である。

「じゃあ、これを使って食事を作りましょうか！」

この言葉に、ウルガスとアルブムが反応を示した。

「やったー‼」

『嬉シーイ‼』

チーズを存分に味わえる料理といったら――グラタンだろう。かまど鍋を使って、作ってみることにした。

まずはソース作りから。小麦粉をバターでなめらかになるまで炒めたものに、牛乳を少量ずつ加えてじっくり練る。これに、塩、胡椒、黄金チーズをほんのちょっと加える。

別の鍋でマカロニと丸芋《ポトト》を煮て、火が通ったらソースと混ぜた。ぐつぐつ沸騰した鍋に、刻んだベーコンを加え、チーズを薄く切ったものを載せる。蓋をして、上に炭を置いてしばし放置させた。

五分後——炭を下ろして蓋を開く。

「おお!!」

『オオオオ!!』

かまど鍋のグラタンは、黄金に輝いていた。なんて美しい焼き色なのだろうか。うっとり見入ってしまう。

「題して、『黄金チーズのグラタン』の完成です！」

ウルガスとアルブムが、「わー」と歓声を上げながら拍手をしてくれた。

大きなかまど鍋にたっぷり作ったので、全員分行き渡るだろう。皿にグラタンを盛り、端にパンも載せる。

一緒に、切り分けた黄金チーズも添えておいた。これにて、昼食の完成である。

アルブムが皆に、昼食の準備ができたと知らせに行ってくれた。頑張ったアルブムには、黄金チーズを一切れ多く載せてあげる。

ルードティンク隊長は受け取ったお皿を二度見する。

「ん、グラタンか。なんか、チーズの色が妙に輝いていないか?」

「黄金チーズを使った、グラタンなんです」

「はあ、黄金チーズだと!?　どこで入手してきたんだよ！　幻と言われている超高級食材だぞ?」

「さっき、黒い鷹獅子《グリフォン》が来て、アメリアへの贈り物としてくれたんです」

ルードティンク隊長は湖のほうを向いて話していたので、気付かなかったのだろう。

アイスコレッタ卿は気配で気付いたようだが、害する存在ではないと気付いて見なかった振りをしたようだ。

「冷めないうちに、食べてください」

「そうだな」

神々に祈りを捧げ、いただきます。まずは、焼き色が付いた黄金チーズだけ食べてみる。フォークに絡め、パクリと食べた。

「むっ、むむう！」

思わず、唸ってしまう。豊かな香りに、濃厚の一言。味わいは、「ひたすら深い」としか言いようがない。

「なんだ、これは‼」

叫んだのは、ルードティンク隊長である。

「長い長い熟成を経て、芳醇なコクと旨みがチーズの中に凝縮してやがる！　かといってクセはなく、上品な味わいに仕上がっている。おい、リスリス！　酒を出せ、酒を！」

「お酒はダメですよ。これから任務に行くんですから」

「クソが！」

何がクソが、だ。大人しく食べてほしい。

アルブムは器用にフォークを使い、伸びたチーズを巻き取って食べていた。おいしかったのか、頬に手を当ててジタバタ動いている。

ルードティンク隊長もこれくらい、可愛く味わってほしいものだ。

「アイスコレッタ卿はいかがですか？」

「ふむ。うまいぞ。舌の上で、まろやかに溶ける」

そうなのだ。黄金チーズは、驚くほどなめらか。トロットロに溶けたチーズが、丸芋《ポトト》やベーコンによく絡み、おいしさを深めてくれる。

他の人も、気に入ったようだ。黒い鷹獅子《グリフォン》のおかげで、贅沢な昼食を味わうことができた。

満腹になったところで、再び移動である。このまま王都に帰れたら、どれだけよかったか。

奇しくも、同じような思いを抱く青年がいた。ウルガスである。

「うう、お腹いっぱいで、動けない。このまま帰りたい。もしくは昼寝したい」

「ゴラァ、ウルガス！　何を言っているんだ。さっさと付いてこい‼」

さっき、「酒を出せ！」なんて言っていたルードティンク隊長に言われたくないだろう。私まで怒られたらイヤなので、何も言えないが。

なんというか、アレだ。ウルガス、強く生きろ……！

それから一時間進んだ末に、貴族の別荘街にたどり着いた。ここは社交期に、地方の領地からやってくる貴族が生活する拠点である。王都から三時間もかかる距離にあるため、比較的安価で建てることができるらしい。王都近郊に住めるのは、財産を多く持つ一部の大貴族なのだ。

避寒や避暑、休養を目的とした家ではなく、社交期に住む家なので正しくは別邸である。別荘と名乗っているのは、見栄からだという。

「王都から遠く離れた場所に別邸を建てるのは、恥なんだとよ。その辺の感覚は、俺にはよくわからないが」

ルードティンク隊長の説明を聞きながら、アメリアの鞍を外す。

「皆、武器は持ったか」

「はっ！」

それぞれ手にしているのは、魔物研究局と魔法研究局が共同で作った武器『七つの罪』シリーズだ。

魔物の骨や牙を使って形作られ、仕上げに魔法がかけられた特殊武器である。

ルードティンク隊長が手にしているのは、魔剣――傲慢《スペルビア》。黒い霧が刃となり、敵に襲いかかる力がある。

ベルリー副隊長が手にしているのは、魔双剣――強欲《アワリティア》。視力を奪うほどのまばゆい光を放つ力を持つ。

ガルさんが手にしているのは、魔槍――憤怒《イラ》。大地から蔓を生み出し、敵を拘束する力がある。

ウルガスが手にしているのは、魔弓――怠惰《アケディア》。敵を眠らせる矢を作り出す力がある。

ザラさんが手にしているのは、魔斧――色欲《ルクスリア》。大地を揺るがし、地表を裂く力を持つ。

リーゼロッテが手にしているのは、魔杖――嫉妬《インウィディア》。敵を地獄の業火の中に閉じ込め、生きながら焼かれているような幻覚を見せる力がある。

最後に、私が手にしているのは、魔棒――暴食《グラ》。今まで私が採った食材を、作り出す力がある。

どの武器も、名前にある感情を爆発させたときに、能力を発揮するのだ。

私の場合は、お腹が空きすぎたときに発動された。あれは、第二部隊の皆とはぐれ、ザラさんと二人で遭難したときだったか。あのとき食べた、川鼈《スッポン》の生臭さは、絶対に忘れない……！

私達の持つ特殊武器に、アイスコレッタ卿が興味を示す。

「摩訶不思議な武器を持っているな」

「そう見えますよね……」

アイスコレッタ卿はジッと武器を見つめていたが、小さな声で「気のせいか」と呟いていた。

「どうかしましたか？」

「少々、気になることがある。帰ったら、よく見せてほしい」

「了解です」

馬を木に繋げ、アメリアに番を頼む。別荘街には、二十棟ほどの邸宅が並んでいた。

立派なお屋敷に、広めの庭があった。芝生は綺麗に刈り取られていて、美しい冬薔薇《ふゆそうび》が咲き誇っている。

うっとりするような場所だが、気になる点があった。

「すごく静か……ですね」

街中は人の気配がない。カーテンは閉ざされ、人っ子ひとり歩いていなかった。たしか、今は社交期だったような気がするが、はて……？

「ルードティンク隊長、ここ、人が住んでいないのですか？」

「いや、住んでいる。夜は夜会や晩餐会で遊び回っているから、今の時間帯は眠っているんだよ」

「ああ〜……なるほど」

私達とは生活習慣がてんで異なると。王都の貴族街は使用人の出入りがあって人通りもそこそこあるが、ここはまったくない。なんだか気味悪く感じてしまい、鳥肌が立った腕を摩る。

ふいに、アイスコレッタ卿が水晶剣《クリスタル・ソード》を引き抜いた。

「油断するでないぞ。ここはすでに、敵の本陣だ」

そう叫んで、掲げた剣を振り下ろす。すると、巨大な魔法陣が浮かんだ。ぐらぐらと地面が揺れ、その場に立っていられなくなる。

「こ、これは⁉」

「侵入者避けの仕掛けだわ！」

『エエエエー⁉』

リーゼロッテの返答にアルブムは驚き、慌てた様子で私の肩に飛び乗る。

「皆の者、武器を手放せ‼」

「え⁉」

アイスコレッタ卿の言葉にびっくりしつつも、手に持つ魔棒グラを握っている手がビリビリしびれているように感じてすぐに手放す。皆も、アイスコレッタ卿の言葉に従っていた。

最後にルードティンク隊長が魔剣スペルビアを地面に投げつけた瞬間、武器の表面に刻まれた呪文が怪しく光った。

「あ、あれは、どうしてあのように光っているのです？」

今まで武器が発動したとき以外、反応を示すことはなかったのに。

呪文が発光するだけでなく、ブルブルと震え始めた。そして、まるで武器が生きているかのごとく、自立したのだ。

それだけではなく、『七つの罪』シリーズの武器が一斉に襲いかかってきた。

アイスコレッタ卿が動く。近くにあった魔棒グラを水晶剣で一刀両断し、回転しながら飛んで来た魔剣スペルビアは光の礫《つぶて》を作り出して粉砕させる。

「すごい……、これが、魔法剣士……！」

杖でもあり、剣でもある水晶剣を使い、アイスコレッタ卿は鮮やかな戦いっぷりを見せていた。

「あ、危ない‼」

アイスコレッタ卿の背後から、魔槍イラが襲いかかる。前方からは、魔斧ルクスリアと魔双剣アワリティア、魔杖インウィディアが同時に襲いかかってきていた。
　ここで、リーゼロッテが思いがけない行動に出る。杖もなしに、魔法を発動させたのだ。

「鎛《は》ぜろ――大爆発《エクスプロシオン》!!」

　巨大な火柱が、魔槍イラとアイスコレッタ卿の鎧の一部を巻き込んで燃え上がる。同時に、アイスコレッタ卿は水晶剣《クリスタル・ソード》を横に薙ぎ、魔斧ルクスリアと魔双剣アワリティア、魔杖インウィディアを両断していた。

　すべての武器は、倒された。アイスコレッタ卿は水晶剣を鞘に収め、私達を振り返る。

「ふう。なんとか倒せたな。怪我はないか？」

「ア、アイスコレッタ卿こそ大丈夫ですか？　リーゼロッテの特大炎上魔法が、鎧をちょびっと焼いていましたよね？」

「ああ、問題ない。この鎧は耐魔能力があり、ほとんどの魔法は通さない」

　巻き込まれたであろう部位を見てみたが、焦げ跡一つ付いていなかった。ひとまずホッとする。

「それにしても、リーゼロッテ、杖もなしに魔法を使って、大丈夫なのですか？」

　魔法使いにとって杖は、マッチ棒みたいなものだと聞いたことがある。杖なしに魔法を使おうとしたら、怪我をするらしい。そもそも魔法が発動しないようだ。

「大丈夫よ。お父様から、魔法の指輪を借りていたの」

　リーゼロッテは、銀のチェーンにつけて首から提げていた魔法の指輪を見せてくれた。あれは、リヒテンベルガー侯爵がいつも嵌めている物だ。魔法の杖と同様の能力があるらしい。

「朝、お父様が嫌な予感がするから持って行くようにと、わたくしに渡してくれたのよ」

「リヒテンベルガー侯爵の勘が当たったわけですか」

「みたいね」

それにしても、驚いた。今までさまざまな任務を共にしていた『七つの罪』シリーズに、襲われるなんて。

「先ほど違和感を覚えたときに、詳しく調べたらよかったな」

そういえばアイスコレッタ卿が魔棒グラを見て、訝しげな表情を浮かべていた。

「何か、呪文や形に、おかしな点があったのですか？」

「いや、見た目はごくごく普通の魔法を付与《エンチャント》された武器だった。しかし、邪悪な気配がしたような気がして」

すぐに調べられるものではないので、王都に戻ってからじっくり見ようと考えていたらしい。

「しかしなぜ、今になってあのような状態になったのでしょう？」

「ここの敷地内にある魔法式と呼応し、仕掛けてあった魔法が発動してしまったのだろう」

「仕掛けてあった魔法とは？」

アイスコレッタ卿はしゃがみ込み、折れた魔剣スペルビアの刃を持ち上げる。

「この刃は、魔鉱石でできている」

「なっ！」

大猪豚《メガ・スース》や黒い猪豚《スース》が暴走する原因となった、魔鉱石で武器は作られていたと。ルードティンク隊長は舌打ちし、ぼやくように呟いた。

「魔物の骨や牙で作られた武器だと聞いていたが、まさか、魔鉱石を使っていたとはな」

「もしかして……」

リーゼロッテは言いかけて、口を手で覆う。

「あの、リーゼロッテ？」

「最悪な憶測が浮かんだわ」

「な、なんですか？」

「魔鉱石を使った武器を使って、傀儡《かいらい》騎士を作ろうとしていたんじゃないかって」

「か、傀儡騎士ってなんですか？」

傀儡騎士という響きだけでヤバい感じが伝わっているが、念のために詳細を聞いてみた。

「傀儡魔法というものがあって、対象から魔力と意識を奪い、術者の意のままに操るの。術にかかった者は、生きる屍とも言われているわ。現代では禁じられているのだけれど」

「ええっ、そんなえげつない魔法があるのですか！」

ゾッと、全身に鳥肌が立ってしまう。アイスコレッタ卿も、リーゼロッテと同じ憶測をしていたようだ。

「一刻も早く、犯人を拘束しなければならないだろう」

「しかし、アイスコレッタ卿。俺達は、武器を失っている。このまま先に進むのは、危険かと」

「ならば、私が所持する武器を貸そう」

どこに武器を所持しているのか。首を傾げたのと同時に、アイスコレッタ卿は水晶剣《クリスタル・ソード》を引き抜き、地面へ突き刺す。私達を取り囲むような大きな魔法陣が浮かび上がり、発光する武器が飛び出てきた。

「な、なんですか、これは⁉」

私の疑問に、リーゼロッテが答えてくれた。

「空間魔法よ。魔法で特殊な空間を作り出して、そこに私物を保管できるの。上位魔法の一つで、現代ではほぼ失われたと言われていたのだけれど……」

「さ、さようで」

さすが大英雄である。失われし魔法も、お手のものなのだろう。

ルードティンク隊長の前に出てきたのは、鍔《つば》に翼が生えた神々しい剣。深い海のような青色が、煌々《こうこう》と光を放っている。

「それは聖剣『デュモルティエライト』である」

ルードティンク隊長が柄を握ると、鍔の翼がバサッと音を立てて広がった。なんだろうか。聖剣の効果か、ルードティンク隊長が山賊ではなく、正規の騎士に見えた。

ベルリー副隊長の前に出てきたのは、二本の短剣。銀色に輝く美しい双剣である。

「それは聖双剣『フェカナイト』である」

ベルリー副隊長が手に取ると、キラキラと輝きが増した。ベルリー副隊長の凛々しさが増したような気がする。

ガルさんの前には、十字型の岩石のような槍が突き出してきた。

「それは聖槍『スタウロライト』である」

ガルさんが握ると、地面がドクンと鼓動したような気がした。大地の槍といった感じで、ガルさんの強かさを槍に込めたような武器だ。

ウルガスの前に出てきたのは、ヘビのような鱗がある白い弓矢。

「それは聖弓『サーペンティン』である」

ウルガスが「ほえー」と間抜けな声を出しながら握ると、弓がヘビのようにニョロリと動いた気がした。

ウルガスが「うわあっ！」と悲鳴を上げたのは言うまでもない。

ザラさんの前に出てきたのは、刃まで真っ赤な戦斧。

「それは聖斧『ロードクロサイト』である」

ザラさんが握ると、薔薇の芳香が辺り一面に広がった。ザラさんにお似合いの武器だ。

リーゼロッテの前に出てきたのは、金色に輝く身の丈ほどもある杖。

「それは聖杖『オーピメント』である」

リーゼロッテが握ると、金粉をまき散らす。リーゼロッテは「成金みたい」とボソリと呟いた。笑いそうになるので、率直な感想を呟くのは止めてほしい。

最後に、私の前にも武器が出てくる。先端に石でできた葉っぱが付いた純白の棒がでてきた。

「それは聖棒『ペタライト』である」

やはり、私が持つのは杖ではなく、ただの棒らしい。

突き出てきた聖棒ペタライトとやらを握りしめると、シャンシャンと澄んだ鈴の音のようなものが聞こえた。空気が浄化されたように感じる。

「これらの武器で、問題ないだろうか？」

各々、武器を握ったり、振ったりと使用感を確認していた。私もぎゅっと握ったり、ぶんぶん振ったりしてみる。

『ぬうん!!　くらくらするぞ!!』

「え⁉」

何か、中年男性みたいな野太い声がしたような。武器から聞こえてきたように思えるけれど……？

「メルちゃん、どうしたの？」

「あの、今、変な声が聞こえませんでした？」

「いいえ、聞こえないわ」

聞き違いだったか。もう一度、聖棒を振ってみる。

『ぬおおおおん‼』

「……」

やっぱり聞こえた。野太いオッサンの声が。気味が悪いので、アイスコレッタ卿に報告してみる。

「あの、アイスコレッタ卿。武器から、変な声が聞こえるのですが」

「それは、武器の声だな」

「ぶ、武器の声、ですか⁉」

「ああ。武器を手にすると、声が聞こえるときがある。私の水晶剣《クリスタル・ソード》もそうだ」

「そ、そんなことが、あるのですね。ちなみに、どんな声なのですか？」

「美しい女性の声だ」

「な、なるほど」

言えない。私の聖棒は、野太いオッサンの声だなんて。

「しかし、武器を手にした瞬間、声が聞こえるという話は初めてだ。よほど、相性がいいのだな」

「いや、偶然かと」

「そんなことはない。私のこの水晶剣は、十年使ったあと、声が聞こえるようになったのだ。初めは、驚いたものだ」

「は、はあ」

「その武器は、メル嬢に進呈しよう」

「ええっ、これ、貴重な武器なんですよね⁉」

「しかし、私が持っていても、役立てることはできないからな」

オッサンの声が聞こえる武器をもらっても……と思ったが、アイスコレッタ卿の厚意を無下にするわけにはいかない。

「えっと、では、私が預かっておく、ということで」

「遠慮深い娘だ」

「いえいえ」

アイスコレッタ卿から離れたあと、再びオッサンの声の聖棒に話しかけられた。

『オッホン‼　ご主人、よろしく頼むぞ』

「あっ……えっと、こちらこそ、よろしくおねがいします」

人生とは、何が起こるかわからない。オッサン声の棒を手に、ヒシヒシ思ってしまった。

「おい、リスリス。何ひとりで喋ってんだ。行くぞ！」

「は、は～い」

武器を得たので、任務はそのまま続行となる。

『パンケーキノ娘ェ』

「アルブム、どうかしたんですか？」

『アルブムチャンニモ、武器ガ、出テキタンダヨオ』

アルブムの手には、食事のときに使うナイフとフォークが握られていた。

『聖食器『ヨク・ターベル』ナンダッテェ』

なんだ、聖食器ヨク・ターベルとは。噴き出しそうになったが、アルブムは真面目な様子だったのでなんとか堪える。

『アルブムチャンモ、ガンバッテ、戦ウネエ！』

「え、ええ。無理は、しないでくださいね」

『ウン！』

聖食器ヨク・ターベルを唐草模様の布に包み、運びやすいようにしてあげた。

ルードティンク隊長を先頭に、ズンズン進んでいく。たどり着いた先は、別荘街の中でも古めかしい、蔦が絡んだ屋敷だった。

「ここに、魔鉱石を野生動物に仕込んだ犯人が、潜伏しているらしい」

「よく、見つけましたね」

ルードティンク隊長は苦虫を噛み潰したような表情となる。もしかして、犯人はある程度特定できているのだろうか。

「行くぞ」

「はっ！」

魔法使いがいる屋敷である。私達がやってきたことは、すでに把握しているだろう。

ルードティンク隊長は鍵がかかった扉を蹴って開ける。もともと蝶番《ちょうつがい》や鍵が劣化していたようで、きれいに扉が開いた。

「ここは魔法使いがいる屋敷だ。念のため、先陣を切ろう。一列に並んで、私のあとをついてきてほしい」

ルードティンク隊長に代わり、アイスコレッタ卿が先頭を歩く。ズンズンと、大股で進んでいった。

何やら仕掛けがあるようだが、発動される前に潰しているようだ。アイスコレッタ卿が何もないところにその辺にあった椅子を投げると、魔法陣が浮かび上がる。天井から、槍が降ってきて串刺し状態になっていた。

「ひ、ひええ……！」

アイスコレッタ卿がいなかったら、どうなっていたか。ゾッと背筋が寒くなる。

『フウ。疲レタナ』

アルブムが壁に寄りかかった瞬間、鋭い棘のようなものがいくつも突き出てきた。

『ヒ、ヒエエ……！』

幸い、アルブムは小さいので、棘に刺さることはなかったが。

「アルブム、何をやっているのですか！　アイスコレッタ卿の歩く列から外れるからですよ」

『ゴ、ゴメンナサーイ』

背負った聖食器ヨク・ターベルが重たいのだろう。取り上げて、ポケットの中に入れておく。ついでに、アルブムは首に巻いておいた。

途中、地下へ繋がる部屋を発見する。魔法で封じられていたようだが、アイスコレッタ卿は水晶剣《クリスタル・ソード》で両断していた。なんというか、流石である。

いくらアイスコレッタ卿が激しく動いても、肩に乗っているコメルヴは微動だにしない。あの平衡感覚は正直羨ましい。

地下部屋へ繋がる階段は、アイスコレッタ卿が一歩踏み出すたびに壁から槍が突き出てくる仕掛けがあった。すべて、たたき落としているけれど。たまに、天井からも槍が降ってくる。なんて恐ろしい屋敷なのか。

地下へ繋がる廊下は薄暗かったが、アイスコレッタ卿が作り出した光球で明るく照らされていた。湿気が高いからか、じっとりしていてかび臭い。ポチャンポチャンという、水滴が落ちる音もどこからか聞こえていた。

「気味が悪い、ですね」

「リスリス、暢気に喋っていないで、歩くことに集中しろ。転ぶぞ」

「は、はーい」

ついに、地下部屋の前にたどり着く。いかにも怪しい鉄の扉が、私達を迎えてくれた。

「これは――」

「アイスコレッタ卿、どうかしたのですか？」

「いや、この扉、取っ手に触れただけで、呪いがかかるようになっておる」

「の、呪いですか」

流石のアイスコレッタ卿も、呪いは力技でどうにかできるものではないらしい。

「ふむ……」

アイスコレッタ卿はしばし考える素振りを見せる。こちらを振り返って、ガルさんやスラちゃんと何やら話をしていた。

アイスコレッタ卿は肩のコメルヴをガルさんへ差し出し、スラちゃんを受け取る。

「ど、どうするのですか？」

「何、難しい話ではない。呪いがかかった扉から、入らなければよいのだ」

「え!?」

「少し、下がっておれ」

ベルリー副隊長が私の手を取り、守るようにしゃがみ込んだ。皆も、同様に姿勢を低くする。

いったい、これから何をするのかと思っていたら――アイスコレッタ卿は扉の横にある壁を、水晶剣《クリスタル・ソード》で切りつけたのだ。ドン！　という大きな音と共に、地下全体がガタガタと揺れる。天井から、パラパラと土や石が落ちてきた。すぐさま、穴にスラちゃんが張り付き、窓枠のような形に変化して穴を固定していた。

「な、なるほど。スラちゃんを使って、穴が崩れないように固定したと」

アイスコレッタ卿とスラちゃんの協力で、部屋の中へ入れる状態となる。アイスコレッタ卿は私達を振り返って言った。

「中へ入るぞ」

「は、はあ……」

部屋の中に足を踏み入れると――とんでもないものを目にする。壁一面の大きな水槽に、巨大な猪豚《スース》がぷかぷかと浮かんでいたのだ。以前戦った大猪豚《メガ・スース》より大きくはないものの、今までと雰囲気がまるで異なる。牙や爪は鋭く尖っていて、額からは二本の角が突き出ている上に、目も血走っていた。

目にした瞬間、ゾワリと鳥肌が立ってしまう。

他にも、魔物の標本や骨、革など、怪しい品々が転がっている。壁に立てかけてある、大きな鉈のようなものはなんなのか。血が錆びたようなものがこびりついているのが、気味が悪い。

「まさか、この部屋にたどり着いてしまう者がいたとは、驚きました」

「あ、あなたは!?」

白髪交じりの頭を撫で付け、片眼鏡を掛けた礼装姿の中年男性――魔法研究局の局長ヴァリオ・レフラが暗闇から姿を現す。

魔法使いの証である、杖をしっかり握っていた。

一度、騎士隊の慈善バザーで、リーゼロッテと共に会った記憶がある。ルードティンク隊長はため息交じりに、ヴァリオ・レフラに話しかけた。

「やはり、お前がこの事件の親玉だったか」

「おや、犯人の目処は付いていたのですね」

「証拠は欠片もなかったがな」

今回の事件で、騎士隊や魔物研究局、魔法研究局、幻獣保護局と、国内の機関にも疑いの目を向けていたらしい。それを聞いて、リーゼロッテは憤る。

「ちょっと、どうして幻獣保護局まで疑っていたのよ!?」

「私財をなげうって、幻獣を保護する点が怪しかったようだ」

「失礼ね!!」

ちなみに、幻獣保護局は大変クリーンな団体だったようだ。怪しい部分は欠片も見つからなかったと。

「当たり前よ。幻獣保護局は、幻獣に対する愛のみで活動しているのだから」

続いて怪しかったのは、魔物研究局。魔物の血肉を使い、怪しい研究をしているともっぱらの噂だった。

「あそこも、全力で疑わしい機関だったが、活動は極めてクリーンだったようだ」

魔物の被害を軽減させるため、日々、せっせと人の役に立つ研究をしていたという。

一見して危ない集団のように思えるが、真面目に働いていたようだ。

「最後に、魔法研究局を調べたようだが——怪しい動きをしている者が一名いると。それが、貴殿だ」

週末になると愛人を連れて別荘街へ赴き、週明けになるとひとりで戻ってくる。連れて行った愛人の行方を知る者はいない。

「愛人は、親族がいない者を選んで、捜索依頼がでないようにしていたようだな」

「そこまで調べていましたか。お見事です」

「今、愛人はどこにいる？」

魔法研究局の局長ヴァリオ・レフラは、水槽の猪豚《スース》をチラリと見た。

「彼女らは、あの強化猪豚と共に、血肉となって生きているでしょう」

「——ッ！」

連れてきた愛人は、魔鉱石を体内に入れた猪豚に食べさせていたと？　なんて非道なことを繰り返していたのか。

「なぜ、貴殿は家畜を魔物化させていたんだ？」

アイスコレッタ卿の問いかけに、ヴァリオ・レフラは意気揚々と答えた。

「魔物は、どんな魔法をかけても人に従いません。制御不能な生き物なんです。しかし、家畜は違う。遺伝子に、人に従う情報が組み込まれているのです。そこに、私は目を付けた！」

凶暴化させた猪豚を使った計画は、順調に進んでいたらしい。

「何が目的なんだ？」

「魔法文明の復活ですよ。今、世の中は武力によって支配されている。この、魔石核を使って魔導砲を作り、魔法使いの力を世に知らしめるのが目的です」

ヴァリオ・レフラは、布で覆っていた巨大な魔石のようなものを私達に見せる。淡く光ったそれは、禍々しい空気をビシバシ放っていた。

「それが、魔石核、なのか?」

「ええ。猪豚《スース》の中にある魔鉱石が得た魔力は、すべてこちらに送られるようになっているのですよ」

「そういうわけだったのか」

魔鉱石を埋め込んだ猪豚は、効率的に魔力を集めるための生き物だったわけだ。

「武器に妙な魔法をかけたのも、貴殿か?」

アイスコレッタ卿が低い声で問いかける。

「ええ、そうですよ。あれも、魔力を集める道具だったのですが、失敗でした。魔物を倒す度に、魔力が送られてくるように作っていたのですが、なかなか上手くいかず……」

第二部隊の遠征任務を聞きつけ、『七つの罪』シリーズの魔法を書きかえたらしい。

「武器を核として、あなた方を傀儡にするつもりでしたが、失敗してしまいました。まさか、大英雄であるアイスコレッタ卿がいるとは思わずに」

今まで使っていた『七つの罪』シリーズに、そんな魔法がかかっていたなんて。

「なぜ、魔力吸収の魔法が発動しなかったのか?」

「おそらくですが、そちらのエルフの少女に、何か魔法がかけられているでしょう? その影響かと」

「わ、私、ですか?」

そういえば、私にはフォレ・エルフの村にいる魔術医の先生が、魔力を封じる魔法を施していた。それが、ヴァリオ・レフラのかけた魔法に影響を及ぼしていたのだろう。

知らぬ間に怪しい研究に加担しているところだったが、魔術医の先生のおかげで未然に防いでいたようだ。

「しかし、そんなにペラペラ喋っていいのか?」

ルードティンク隊長の指摘に、ヴァリオ・レフラはにやりと笑う。

「別に構いません。あなた達は、今から凶暴化させた猪豚の餌となるのですから!」

ヴァリオ・レフラは手にしていた杖を掲げる。すると、水槽にヒビが入った。

「総員、戦闘準備!! リスリスはどっか隠れていろ!!」

「どわっ、了解でっす!!」

部屋に水槽の中の液体が飛び散り、中から二足歩行の猪豚が出てくる。ああなったら、猪豚というよりは、オークだろう。壁に立てかけてあった鉈を手に取り、襲いかかってくる。

振り上げた鉈を受けとめたのは、聖剣デュモルティエライトを手にしたルードティンク隊長であった。

押し負けそうになったが、鍔の翼がはためいて小さな竜巻が生まれた。猪豚のほうへ向かっていったが、退避する。一瞬の隙を見て、ガルさんが聖槍スタウロライトで鋭い一撃を放った。だが、猪豚の皮は厚く、金属に攻撃したようなガツン! という手応えのない音しか聞こえない。

「ぐっ……うぅっ!」

床がぐらぐらと揺れたのは、スタウロライトの特殊能力だろう。猪豚は体の均衡を崩す。

ザラさんが聖斧ロードクロサイトから繰り出す一撃は、回避されてしまった。だが、それだけでは終わらない。柄から薔薇の蔓のようなものが伸び、猪豚の体を拘束する。

続けて、ベルリー副隊長が聖双剣フェカナイトで目元に斬りかかる。猪豚の片目を潰し、出血させていた。止めとばかりに刀身が強く発光して、視力を奪う。

ウルガスが、聖弓サーペンティンで矢を番《つが》える。

「うわっ、これ、ニョロニョロ動いて――」

放った矢は、おかしな動きをしていた。ヘビが地面を這うように飛んでいき、猪豚《スース》の前で跳ね上がると、口を塞ぐように刺さっていた。

リーゼロッテも聖杖オーピメントを揮い、魔法を発動させる。

「おい、リヒテンベルガー！　あんまりデカい魔法は使うなよ！」

「わかっているわ」

リーゼロッテの前に、小さな魔法陣が浮かび上がる。

「――巻きあがれ、火《フォティア》よ！」

小さな炎が、猪豚の足下を焼く。金箔がキラキラと舞う演出（？）付きだった。

「何よ、これ……！」

「小さな魔法でも、派手に見える能力、ですか？」

「まったく無駄な能力だわ」

ただ、効果はあったようだ。猪豚は耳をつんざくほどの叫びを上げている。

最後のあがきか、猪豚は鉈をぶんぶん振り回し始めた。

「総員、後退せよ!!」

ルードティンク隊長の号令と共に、皆下がっていく。代わりに前に躍り出たのは、アイスコレッタ卿だ。

水晶剣《クリスタル・ソード》を振り上げ、猪豚の心臓部に突き刺す。そこには魔鉱石があったようで、猪豚は血を吐いて動かなくなった。

「ク、クソ‼」

不測の事態だったのだろう。ヴァリオ・レフラは逃げようとしていた。

『逃ガスカー！』

そう言って、両手に聖食器ヨク・ターベルを持ったアルブムが、ヴァリオ・レフラに襲いかかる。顔に張り付き、左右の頬をナイフとフォークでベチベチと叩いていた。

「こ、こいつ、この‼」

私もアルブムに助太刀しなければ。この瞬間、聖棒ペタライトが囁いた。

『股間だ』

「え？」

『股間を狙え。一発で、仕留めることができる。容赦するな。もう一度言うぞ？　股間だ』

そういえば、以前ベルリー副隊長にも習ったような。一度も試したことはないけれど。

戦闘能力がない私ができる、最大限の攻撃だろう。アルブムが顔に張り付いている間、無防備な股間を、聖棒ペタライトを握りしめて思いっきりぶち込んだ。

「えーい‼」

「ピキャーーーーーッ！！！」

可愛らしい悲鳴を上げ、ヴァリオ・レフラは倒れた。

「リスリス、お前、えげつない攻撃をしてくれたな」

「だって、相手は残虐非道な殺人犯ですよ？　手は抜けませんでした」

ルードティンク隊長は私の肩をポンと叩いて言った。

「よくやった」

『アルブムチャンハ？』

「アルブムも、大した手柄だ」

『ヤッター!!』

そんなわけで、長きにわたって騎士隊や研究機関を煩わせていた問題は解決となる。

ヴァリオ・レフラは逮捕され、今から罪状を吐かせるという。魔法研究局の局長の座から降ろされ、新しい局長が就くことになるという。

リヒテンベルガー侯爵が兼任してくれないかという打診もあったようだが、幻獣の保護で忙しいというので断ったらしい。

相変わらずの、幻獣愛だ。

今回の事件の解決は、アイスコレッタ卿の活躍が大きい。国から勲章を、という話が浮上したものの、あっさり辞退したのだとか。

なんでも、アイスコレッタ卿は『すろーらいふ』で忙しいとのこと。

こちらの御方も、相変わらずである。

アイスコレッタ卿は『聖なる武器』シリーズを、第二遠征部隊へ寄贈すると言ってくれたようだ。

地味に使い勝手のよかった『七つの罪』シリーズを手放したあとだったので、皆ありがたがっていた。

そんなわけで、失った物も得た物もあるような、大事件だった。

無事に解決してよかったと、心から思う。

# 一角馬の乙女と狩猟期の肉包みパン

Enoku Dai Ni Butai
No
Ensei Gohan

今日は雪降る朝だった。しっかり防寒して出かけたほうがいいだろう。

引き出しを開け、ふかふかの襟巻きを首に巻き付ける。温かくて、ほっこりした。

「やっぱり、冬はアルブムを首に巻くに限りますね！」

『デショ〜〜』

「って、なんでここに、アルブムがいるんですか？」

『パンケーキノ娘ノ鞄ノ中デ、眠ッテイタラ、イツノ間ニカ、ココニイタヨ』

まさか、アルブムが鞄の中にいるとは気付かずに、帰宅をしていたなんて。帰り際に鞄の整理をしなかった私が悪いのだけれども。

ぐ〜〜と、大きな腹の虫が聞こえた。もちろん、アルブムのものだ。夕食を食べずに、眠っていたらしい。仕方がないので、食べ物を与えることにする。台所からパンを拝借し、切り目を入れる。そこに、バタークリームと山栗《ルマロン》の甘露煮を切り刻んだものを挟む。

「山栗クリームパンです」

『ヤッター！』

まだ、時間に余裕があるので、ここで食べるように勧めた。

『ワーイ、アリガトウネ』

台所の窓の外から、ザラさんとシャルロットが慌てて出勤する様子が見えた。陸路を馬で走る二人は、私よりも十分早く家を出なければならない。

それにしても、あんなに急いでいる様子を見るのは初めてだ。よくよく見たら、シャルロットの髪が編み込みの可愛い形に結われている。きっと、髪結いをしていたら、あっという間に時間が経ってしまったのだろう。ザラさんとシャルロットは、仲のよい兄妹のようだった。

シャルロットはザラさんと私が日替わりで、職場まで連れて行っている。私達が遠征で帰らない日は、ザラさんの馬を使って帰宅しているのだ。

シャルロットにも馬を、とザラさんと話し合ったこともあるが、なかなか踏み出せないでいる。馬を買うには大金が必要で、飼育費もかかる。さらに、新たに二頭の馬が収容できる厩も必要だ。必要経費を計算したら、家を買ったばかりの私達の手に負える金額ではなかった。

アルブムがパンを食べ終えたようだ。首根っこを掴み、毛皮に付着したパン粉を払ってから鞄にしまう。

「アメリア、行きますよ」

『クエ～～！』

部屋に立てかけてあった、聖棒ペタライトを手に取る。

『ぬうううん！』

「ちょっと、握っただけで変な声を出さないでくださいよ」

『すまぬ。眠っておったゆえに』

聖棒ペタライトは、野太いオッサンの声で言葉を返す。

アイスコレッタ卿から賜ったこの聖なる武器は、内なる声を私に聞かせてくれるのだ。

まあ、オッサンなんだけれど。

魔鉱石事件の犯人に止めを刺したり、洗濯竿に使ったり、干した布団を叩いたりと、地味に活躍していた。

『クエクエ』

アメリアより、「早く行かないと遅れるよ」と声をかけてもらう。

「はいは～い！」

留守番をするブランシュの頭を撫で、フリフリエプロンをかけて雑草取りをしているアイスコレッタ卿の見送りを受けて出発する。

王都周辺を覆う森を飛んでいると、馬を駆るザラさんと同乗するシャルロットの姿が見えた。このペースならば、遅刻しないだろう。

ザラさんとシャルロットを追い越し、通勤する騎士や労働者を飛び越えて騎士舎に到着する。

王都にも、雪が薄く積もっていた。どこもかしこも、砂糖をまぶしたお菓子のようになっている。茶色いレンガで作られた時計塔が、細長いチョコレートのようで特においしそうだ。

雪降る中を、アメリアは軽やかに飛んでいく。季節が移ろう瞬間を、共に堪能した。

門のところで、ガルさんとスラちゃんに出会う。

「ガルさん、スラちゃん、おはようございます」

ガルさんはペコリと会釈し、スラちゃんはぴしっと手を伸ばして敬礼する。先ほどの、門番の騎士の真似だろう。相変わらず、おちゃめさんだ。

「今日は寒いですねーって、ガルさん、素敵な襟巻きをしていますね」

消し炭色の毛糸で編まれた、渋い襟巻きである。ふかふかで、とても温かそうだ。

「えっ、フレデリカさんの手作りなんですか？　わあ、愛ですねー！」

フレデリカさんというのは、ガルさんの婚約者である。春になったら、結婚するのだとか。おめでたい話だ。

ここで、スラちゃんがにゅっと伸びた。

「あ、スラちゃんも、襟巻きを巻いているのですね！」

ガルさんのマフラーに体が半分埋まっていたので見えなかったが、スラちゃんもお揃いの襟巻きを巻いていたようだ。この、小さな襟巻きも、フレデリカさんの力作らしい。

「よくお似合いです」

ガルさんは照れたように鼻先を掻き、スラちゃんは「そうだろう！」と言わんばかりに胸を張っていた。

「もうすぐ結婚式ですね！　楽しみです」

ガルさんは休みの度にフレデリカさんと共に準備に追われているという。婚礼衣装作りに新築の家の家具探し、挨拶回りなど、てんやわんやな日々を送っているのだとか。大変だと言うが、とても幸せそうだった。

来月は、ルードティンク隊長の結婚式がある。ついに、メリーナさんと夫婦になるのだ。

続々と結婚話を聞いてしまい、なんだか羨ましくなってしまう。

もしも結婚できたら、子どもが生まれて、賑やかな毎日を送れるのだろうか。

想像したところで、ザラさんとシャルロット、アイスコレッタ卿にアメリアとブランシュ、おまけにアルブムの姿が思い浮かんだ。

「――あ」

ここで、気付く。別に結婚なんかしなくても、私は家族と同じくらい大切な人達と毎日楽しく暮らしている。それで十分ではないか。

しかし、しかしだ。純白の花嫁衣装は一度着てみたい願望はある。

フォレ・エルフの村でも、結婚式の日に裾が長い白い婚礼衣装と、銀の花模様が刺繍された美しいヴェールを被る。

結婚式のあとは、そのヴェールで小物を作るのだ。

子どもに恵まれたい者は産衣を。豊かな食生活を送りたい者はテーブルかけを。夫婦円満を望む者はシーツの一部に。花嫁のヴェールは、願いによってさまざまな物に生まれ変わる。

私が結婚したら、何を作ろうかなんて考えた日もあったが……。その日は、訪れなかった。

ふいに、元婚約者であるランスから言われた言葉が甦ってくる。

——お前と、結婚できないって言ったんだ！

もう、随分と前のことなのに、鮮明に思い出せる。

フォレ・エルフの村では、成人し結婚して初めて一人前と認められる。そのため、結婚できない者は、できそこないとして扱われるのだ。

ランスから結婚できないと言われ、私の存在意義のすべてを否定されたような気がした。

そのことについて考えるだけで、気分が悪くなる。

スラちゃんからトントンと肩を叩かれた。首を傾げ、まるで「大丈夫？」と尋ねているようだった。

「すみません、大丈夫です」

もう、考えるのは止めよう。王都では、結婚をした者のみが一人前、という認識はない。頑張れば頑張った分だけ、認めてもらえる場所だ。

私はこの地で、騎士としての生き方を見つけた。もう二度と、フォレ・エルフの森には帰らない。

やりがいのある仕事があって、友人にも恵まれ、生涯を共にするアメリアと会い、ザラさんにも出逢えた。

それで、私の人生は十分ではないか。そう、言い聞かせる。

第二部隊の騎士舎の前に、リーゼロッテの姿を発見した。あそこで何をしているのか。

近づいてみると、黒い外套を纏ったリヒテンベルガー侯爵もいることに気付く。

完全に建物の陰と同化していて、気付くのが遅れてしまった。

「うわっ、びっくりした……じゃなくて、そのおはようございます、リヒテンベルガー侯爵、それからリーゼロッテ」

「おはよう」

「おはよう、メル」

「あの、お二人はここで何を？」

「朝礼が始まるまで、待機しているだけだ」

「わたくしは、お父様と一緒にいてあげているだけ」

なんでも、第二部隊へ遠征任務を頼みにきたようだが、早く来すぎてしまったらしい。ルードティンク隊長から、別の場所で待っているように言われたので、外に待機していたと。

国内でも五本指に入る資産家であり、幻獣保護局の局長であるリヒテンベルガー侯爵を外で待たせるなんて。ルードティンク隊長はあまりにも雑な対応をしてくれたものだ。

「あの、寒いので中でお茶でもいかがでしょうか？」

「いや、別にここでも構わん」

「お父様はよくても、これから出勤する隊員が驚くのでは？」

「私がいる程度で、騎士が驚くわけがないだろうが」

いや、十分驚きましたが。私だけではなく、ガルさんとスラちゃんも目を丸くしていたし。

「みなさん、そんなところで何をやっているのですかーって、どわーーーーっ!!」

新たに出勤してきたウルガスも、リヒテンベルガー侯爵を見てびっくりしていた。

「ほら、お父様、よく理解できて？」

「私に驚いたのではなく、朝から大勢集まっていたので、驚いたのだろう」

断乎《だんこ》として、ここから動くつもりはないようだ。理由は謎だが。一度始めたことを、途中で止めたくない性格なのかもしれない。

「アメリアが、中で休みましょうと言っていますが？」

『クエクエ、クエクエ』

「どこで休めばいい？」

アメリアの言うことは、素直に聞くようだ。チョロいというか、なんというか。

そんなのあったんだ、という感じの第二部隊の客間へ案内した。アメリアはリーゼロッテの隣にしゃがみ込み、強い眼差しでじっと私を見る。まるで、「親子は引き受けた」と訴えているように見えた。それに対しコクリと頷いて「幻獣大好き暴走親子は任せた」と、アメリアの武運を願う。

廊下にでるとシャルロットとすれ違った。どうやら遅刻せずに間に合ったようだ。

「メル、バタバタして、どうしたの？」

「お客さんがきているので、お茶を淹れようと思いまして」

「暇だから、シャルがするよ。メルはお仕事始まるまで、ゆっくりしていて」

「ありがとうございます」

「薬草茶と紅茶、どっちにする？」

「紅茶でお願いします」

「了解でーす」

普段、隊員達の休憩時間には、森で摘んだ薬草を煎じたお茶を飲んでいる。苦くない若葉を摘んだもので、案外おいしいのだ。

ただ、お客さんには、野性味溢れた薬草茶は出さない。きちんと、第二部隊の予算で買った紅茶をふるまう。

お湯を沸かしている間、シャルロットの髪型を褒める。

「シャルロット、それ、ザラさんが結んだのですよね？　とっても可愛いです」

「ありがとー！　えへ、嬉しい」

狐の耳があるので、結ぶのは難しかったようだ。

「そのおかげで時間がかかっちゃって、遅刻しそうになったよ」

「間に合ったので、大丈夫です」

どうやらザラさんは馬をかっ飛ばしたようで、いつもの倍以上の速さでやってきたらしい。

「風になったみたいだったよ。楽しかった」

「だったらよかったです」

通常、メイドの出勤は騎士よりも一時間遅い。ベルリー副隊長のファンクラブのメイドさん達は、朝の出迎えをするために早く出勤しているみたいだけれど。

シャルロットには私達の出勤時間に毎日付き合ってもらって、なんだか悪いような気がする。やっぱり、馬の購入をもう一度検討しなければいけないのか。

朝礼まで十五分ほどある。ちょっとだけ、ザラさんと話をしようか。

「シャルロット、お茶の準備、頼みますね」

「うん！　シャルに任せて」

休憩所に行ったら、ザラさんがひとり、チクチク針仕事をしていた。手にしていたのは、花嫁のヴェールである。

「わっ、綺麗！　ザラさんそれ、どうしたのですか？」

「クロウのお嫁さんのヴェールよ」

「メリーナさんのですか！」

なんでも、メリーナさんは薔薇の刺繍が入ったヴェールを被りたいと望んでいたようだ。しかし、どこのお店を探しても取り扱いがなく、薔薇の精緻な模様を薄いヴェールの生地に刺すのはとても難しいということで、オーダーメイドも断られてしまったらしい。

結婚式は大変おめでたい行事である。メリーナさんは薔薇のヴェールがよかったと、落ち込んでしまった、と。

「クロウが初めてくれた贈り物が、薔薇の花だったみたい」

「ルードティンク隊長、意外とロマンチックな贈り物をしていたのですね」

「驚きよね」

ルードティンク隊長はメリーナさんに、薔薇の刺繍ができる職人を探し出すと言ってしまったのだとか。

しかし、何ヶ月と走り回っても見つけられなかった。

「最後の最後に、私に泣きついてきたのよ。なんとか、ヴェールに薔薇の刺繍ができないか、ってね」

薄い布に針を通し、複雑な薔薇模様を描く。それは最後の一刺しだったようで、糸はパチンと音を立てて裁たれた。

ザラさんはにっこり微笑みながら、ヴェールに刺した薔薇の刺繍を見せてくれる。

「ふふ、完成したわ」

「とってもとっても、素敵です！」

「ありがとう」

「すごいですね。こんなに美しく、ヴェールに薔薇を刺せるなんて」

「難しかったわ。普通の生地に刺すより時間がかかるし、職人が断るわけだと、ひしひし痛感していたの」

五枚の失敗を経て、ようやく完成したという。

「結婚式に間に合いそうで、本当によかったわ」

「ですね」

ルードティンク隊長とメリーナさんの結婚式も楽しみだ。

「クロウは、どんな顔で礼拝堂の祭壇の前に立つのかしら？」

「想像がつかないですよね」

どうか、結婚式の日だけは山賊顔を潜めてほしい。切に願ってしまう。

「あ、そうだ。メルちゃんに、見せようと思っていた物があったの」

「なんですか？」

ザラさんが裁縫道具箱の底から取り出したのは――銀糸で刺された小花模様のヴェール。とても可愛らしい上に綺麗で、一瞬にして心を奪われてしまった。

「わっ――これ、ど、どうしたのですか⁉」

「薔薇の刺繍をする前に、練習で刺したものなんだけれど、実はメルちゃんをイメージしたものなの。よかったらだけれど、メルちゃんにあげるわ。何かアレンジして、小物とか作れそうじゃない？」

これは、私のために作られた花嫁のヴェールらしい。贈ってくれるという。

ふんわりと重みを感じないヴェールを手にした瞬間、涙がダーッと勢いよく溢れてきた。

「やだ、メルちゃん、どうしたの⁉」

「す、すみません」

このままではザラさんが戸惑ってしまう。震える声で、事情を話した。

「あの、じ、実は、フォレ・エルフの村では、花嫁のヴェールで、その、必要な小物を作る、習慣がありまして。わ、私は結婚できないので、二度と、作れないものだと、思っていたんです」

「そ、そうだったの。ごめんなさい、知らずに」

「い、いえ。これは、嬉し涙です。あ、ありがとうございます」

ヴェールを胸にぎゅっと抱きしめる。空っぽだった心に、温かいものが満たされたような気がした。

「あ、あのね、メルちゃん。結婚に、ついてなんだけれど。私が――」

「おい、ザラ。メリーナのヴェールはできたか？」

ルードティンク隊長が扉を豪快に開き、やってきた。ザラさんは咄嗟に、完成したばかりの薔薇のヴェールを私の頭に被せてくれる。

「おっ、できているじゃないか！　いいな、上等だ」

ルードティンク隊長は私の頭からヴェールを取ろうとしたが、その前にザラさんが手首を掴んで制する。

「まだ、余分な糸を切ったり、形を調節したりと、細かい仕上げがあるの。夕方までには、できるから」

「ん、そうか」

返事をした瞬間、始業五分前を知らせる鐘が鳴る。

「クロウ、朝礼前よ。執務室に行きましょう」

「ああ、そうだな」

続いて、ザラさんは私の顔を覗き込む。涙でぐしゃぐしゃな顔だろう。この状態で、朝礼になんか出たくない。……なんて、ワガママは言っていられないと思うけれど。

ザラさんはふっと淡い微笑みを浮かべる。大丈夫だと、暗に言ってくれるような気がした。

「やだ、メルちゃん、ごめんなさい。糸まみれにしてしまったわね。井戸で顔を洗ってきてくれるかしら？

朝礼の内容は、私があとで伝えるから。クロウ、いいわよね？」

「ああ」

ザラさんはルードティンク隊長の背中を押して、休憩所から去って行った。

危うく、泣いているのがバレてしまうところだった。ザラさんの機転の速さに、心から感謝する。

顔を洗い、なんとか落ち着いたあと、執務室へ向かう。ルードティンク隊長からの報告が終わり、リヒテンベルガー侯爵からの話が始まるところだった。ウルガスの隣に並び、神妙な面持ちで耳を傾ける。

「王都近郊で、ある幻獣が目撃された。特徴から、おそらく一角馬《モノケロス》だろうという報告が上がっている」

第二級幻獣・一角馬——額から角を生やした、美しき白馬らしい。

「一角馬《モノケロス》は心清らかな存在を愛し、時折街に現れ、自らが好む者を見つけるまで暴れることがあるという」

なんて迷惑な幻獣なのか。

一角馬の目撃情報が相次ぐだけでなく、だんだんと王都に近づいているようだ。

「街中で暴れたら、大変なことになる。王都へやってくる前に、どうにか保護をしたい。そこで、幻獣の捕獲、遭遇、追跡に定評がある第二部隊に協力してもらうこととなった」

いつの間にか、うちの部隊は幻獣が絡んだ事件の実績ができていた。すべて、偶然の賜物だけれども。

「今回、第二遠征部隊の、狐獣人の専属メイドも、任務に参加してほしい」

「シャルロットですか?」

「ああ」

なんでも、一角馬が好むのは、八歳から十五歳までの少年少女らしい。

「少女だけではなく、少年もなのですね」

「過去の記録では、少年を愛する個体も存在した。一角馬は、雄だけではないからな」

「そうでしたね」

一角馬が雌だった場合の少年枠は、ウルガスに期待するようだ。本人は自信がないと言っていたが。

「大丈夫ですよ。ウルガスは純粋な生き物ですから」

「ありがとうございます、リスリス衛生兵……!」

ウルガスを勇気づけたところで、準備開始となる。各々別れて、遠征に向かう準備を始めた。

広場に出たら、リーゼロッテが怒る声が聞こえてぎょっとする。

リヒテンベルガー家の親子と、それを見守るアメリアの姿があった。

「お父様、幻獣の仮装は恥ずかしいから止めてって言っていたでしょう？　そんなことをして、本当に幻獣が寄ってくると思っているの？　あまりにも、稚拙《ちせつ》な作戦だわ！」

リヒテンベルガー侯爵が、娘に激怒されて凹んでいる姿が見えたような気がした。手にしているのは、角が付いた馬の被り物である。あれで、一角馬になりきるつもりだったのか。

アメリアのリヒテンベルガー家の親子を見つめる切なそうな表情が、胸を打つ。

私にはどうにもできない問題のため、即座に見なかった振りをしてこの場を去る。

任務の途中で食事を取ることとなるだろう。食料と調理器具を用意しなければ。鞄を開いたら、アルブムの姿を発見する。私の手巾《ハンカチ》を抱き枕に、眠っていた。こんなふうに鞄の中で眠るから、お持ち帰りされてしまうのだろう。

「アルブム～～、起きてくださいっ！」

『エッ、モウ、食事ノ時間⁉』

「違います。今から遠征に出かけるのですが、どうしますか？」

『ナンカ、オイシイモノガ、食ベラレソウダカラ、行ク‼』

アルブムは遠征を、ピクニックか何かと勘違いしているような気もするが……。まあ、いい。ついていくというのならば、連れて行こう。今回は、アルブムの契約主であるリヒテンベルガー侯爵もいることだし。

支度を調え、馬車に乗り込む。アメリアに跨がるのは、ベルリー副隊長だ。馬車の操縦は、ガルさんが担当する。相棒はスラちゃん。

ルードティンク隊長とザラさんも、馬に乗っていくようだ。残りのリヒテンベルガー侯爵とリーゼロッテ、ウルガスと私、あとシャルロットが馬車に乗り込んだ。

「あー、任務は初めてだから、シャル、緊張するなー」

初めて遠征に参加するシャルロットは、意外にも乗り気だった。その点はホッと安堵する。

馬車に乗り込み、ルードティンク隊長の先導で進んでいく。

「わー、広い草原があるよー。あ、あそこに山兎《ヒース》がいる！」

「え、どこですか？」

「あそこ」

「わからないです」

視力はいいほうだと思っていたが、シャルロットには及ばないようだ。遠くに跳ねる山兎を発見したという。

それに目を付けたリヒテンベルガー侯爵が、一角馬《モノケロス》探しを手伝うようシャルロットに頼み込んでいた。

「この絵と同じ一角馬を、探してほしい」

「うーん。ん？」

リヒテンベルガー侯爵が描いた一角馬だろうか。犬みたいな頭身の生き物の額から、棒が突き出ているようにしか見えない。絶望的に絵が下手だった。

リーゼロッテがリヒテンベルガー侯爵の描いた一角馬を見てギョッとし、素早く補足情報を伝える。

「この絵の情報は一切忘れて。一角馬は普通の馬に角が生えた生き物なの。少し、馬より小柄かしら？　色は白が基本だけれど、黒や茶色の個体もいるみたい」

「へー、そうなんだ。わかった。シャル、一角馬を、探してみるね」

なんとか一角馬について理解してもらえたようで、リーゼロッテはホッと胸を撫で下ろしているようだ。

一方で、絵で伝えることができなかったリヒテンベルガー侯爵は、外の景色を睨みつけているように見えた。

馬車は順調に進んでいたが、一角馬《モノケロス》の姿はなかなか発見に至らない。

一回目の休憩を取っていたら、ルードティンク隊長がおもむろに誰もいない森の奥へ入っていく。

「ねえ、メル。サンゾク、どこに行ったの？」

「どこにって……その、お花摘みですよ」

「ふうん」

納得してもらって、ホッとする。お花摘みとは、アレだ。用を足しに行くときに使う言葉である。

シャルロットと共に水分補給をしていたら、お花摘みに行ったルードティンク隊長の悲鳴が聞こえた。

「うわっ!!」

「クロウ、どうかしたの⁉」

「何事だ⁉」

お花摘みの邪魔になってはいけないので、男性隊員のみ現場に向かう。

ウルガスだけひとり、この場に残された。

「ねえ、メル。なんでサンゾクは、お花摘みをしているの？」

「えっ⁉」

「わたくしもわからないわ。ルードティンク隊長は、どうしてお花摘みになんか行ったの？」

リーゼロッテからも質問を受けてしまう。お花摘みに行くというのは、貴族のお嬢様が使うものだと思っていたが、どうやら違うらしい。

「リスリス衛生兵、俺も初めて聞きました」

ウルガスまで、知らなかったとは。

どう説明しようかと迷っていたら、ベルリー副隊長が助け船を出してくれた。

「花を摘みに行くというのは、厠に行くときに使うものだ」

「そうなんだ。シャルも、今度使ってみるよ」

元気よく言葉を返すシャルロットの頭を、ベルリー副隊長は優しく撫でていた。それを見たウルガスも、羨ましかったのか「自分も使ってみる」と宣言する。ベルリー副隊長は「そうか」と言ってスルーしていた。

ウルガスはガッカリしていたが、シャルロットと同じ扱いをしてもらえると思っている点が大いに間違っているだろう。

「それにしても、ルードティンク隊長に何が起こったのでしょうか？」

「あの叫び声の感じだと、魔物がいたわけではなさそうだが」

さすがベルリー副隊長である。ルードティンク隊長の悲鳴一つで、状況が判断できるようだ。

それから五分と経たずに、男性陣が戻ってきた。

「なっ、なんですか、それ⁉」

ガルさんの槍に、白い生き物がぶら下がっていた。一瞬、一角馬かと思ったが、体つきがずんぐりしているので違うだろう。

「あ、あれは、幻獣ですか？」

「違うわ。白い猪豚《スース》よ」

「猪豚、ですか」

なんでも、用を足していたルードティンク隊長に突進してきたらしい。

「軽く額を殴ったつもりが、打ち所が悪かったようで仕留めてしまった」

さすがの山賊力である。

それにしても、色違いの猪豚《スース》だなんて、この前起きた魔鉱石事件を思い出してしまう。もしかしたら体内に魔鉱石を持っているかもしれない。すぐさま解体する。

ルードティンク隊長がナイフを入れたが、心臓部にあったのはただのお肉。魔鉱石を持つ猪豚ではなかったようだ。

「ただの白変種みたいだな。せっかくだから、ここで食べていくか」

薄紅色の、綺麗なお肉だった。毛艶もいいので、きっとおいしいだろう。

「じゃあ、シャルが捌くね！」

シャルロットの言葉に、ギョッとしたのはリヒテンベルガー侯爵だ。

「お父様。彼女はメルと同じく、森育ちなの。狩猟をして暮らしていたから、獣の解体はお手のものなのよ」

「そうなんだな」

私はその間に、下準備を行う。

『アルブムチャンモ、手伝ウヨー』

今まで大人しくしていたアルブムがやってきて、手伝いを申し出てくる。

「アルブムは、お皿に使えるような大きな葉っぱを探してきてもらえますか？」

『ワカッタ』

アメリアはアルブムが心配なのか、あとを付いていった。

「さて、調理を始めますか！」

今回もかまど鍋を持ってきたので、それを使った料理を作ろう。

ボウルに小麦粉、酵母、砂糖、塩を入れ、水を加えてよく練る。生地が滑らかになったら、しばらく休ませておく。

「メル、お肉、解体できたよー」

「ありがとうございます」

きちんと部位ごとに切り分けてくれたようだ。柔らかいもも肉は鉄串を刺し、塩、胡椒で下味を付けておく。ウルガスやザラさんも手伝ってくれた。

「では、串打ちが終わったら、焼き始めてください」

「リスリス衛生兵、了解です！」

「シャルロット、牡蠣《オストラ》ソースを使ってタレを作ってもらえますか？」

「はーい」

続いて作るのは、先ほど作った生地に入れる具だ。脂身とバラ肉をみじん切りにして、ひき肉状にする。臭み消しの薬草や香草、キノコのオイル漬けを加えてよーく混ぜた。

そろそろ生地が休まったころだろう。一口大にちぎって麺棒で薄くのばし、中心に具を載せて包む。それを、油を塗ったかまど鍋に並べていった。

「よし。こんなものですね」

あとは焼くばかりである。蓋に炭を置き、しばし放置だ。

ウルガスとザラさんの串焼き肉も、いい感じの焼き色だ。シャルロットが作った牡蠣《オストラ》ソースを使ったタレをたっぷり塗る。

「タレ味の他に、塩、胡椒味も作りましょうか」

「いいですねー！」

ここで、アルブムとアメリアが戻ってきた。大きな葉っぱを、持ち帰ってくれる。

『コレデイイ？』

「ええ。上等な葉っぱです」

偉い、偉いと頭を撫でていたら、ウルガスの視線を感じた。羨ましそうな目で、私を見ている。

どうやら、撫でるのは私でもいいようだ。どうしようかと迷っていたら、ウルガスの頭をザラさんが撫で始める。

「よーしよしよし。ジュンはとっても偉いわ。いい子、いい子」

「わ、わーい。ありがとうござま……す……」

切なげなウルガスの表情に、笑ってしまったのは言うまでもない。

「よし。こんなものですかね！」

炭をどけて蓋を開くと、こんがり焼き色が付いた『肉包みパン』が完成する。串焼き肉も、こんがりおいしそうに焼けていた。

アルブムとアメリアが摘んできた葉っぱに、肉包みパンと串焼き肉を並べる。

お花摘みに行ったルードティンク隊長のおかげで、豪勢な昼食となった。

リヒテンベルガー侯爵用に、ナプキンとスプーンとフォーク、ナイフを用意しておく。これで問題ないだろう。

「みなさーん、食事の準備ができましたよー」

わらわらと集まり、食前の祈りを各々してから食べ始める。

『ワーイ、オイシソー』

アルブムはまず、肉包みパンを両手で持ち上げ、空に向かって掲げていた。生地の端が破け、肉汁がポタリと垂れてくる。

『ア、熱ーーーーッ‼』

「アルブム、頭の上に掲げるから、そういうことになるのですよ」

『ピエン……！』

濡れ布巾で拭いてあげる。まったく、世話の焼けるヤツだ。

「肉包みパンは熱いので、気をつけてくださいね」

ウルガスはフーフー息を吹きかけてから、慎重な様子で食べていたが、それでもアツアツの肉汁が溢れていたようだ。

「あっ、熱っ！　で、でも、おいしい！」

さて。私はどうやってこの肉包みパンを攻略するか。前に座ったガルさんが、面白い食べ方をしていた。まず、スラちゃんが肉包みパンに小さな穴を開ける。そこから肉汁を吸ったあと、かぶりつくというもの。なるほど。まず、肉汁をどうにかしないと、囓った瞬間に噴き出してしまうようだ。

リヒテンベルガー侯爵も、ナイフを入れた瞬間に肉汁がすべて零れてしまったようで、ひとり呆然としていた。

私はガルさん方式でいただく。まず、肉包みパンを縦に持ち、少しだけ囓った。

「わっ……と！」

食べたのはほんのちょっとだったのに、ツヤツヤと輝く肉汁があふれ出そうになっていた。零さないように飲んだ。生地の中で肉汁と香辛料が混ざり合い、スープのようなコクのある風味が口いっぱいに広がった。続いて、パンを頬張る。表面がかまど鍋でカリカリに焼かれ、中はもっちり。白猪豚《スース》のひき肉で作った具は、肉汁をたっぷり含んでいた。

「お、おいしい！」

ガルさんの食べ方を広めると、皆零さずに食べられたようだ。

「こんなの、一口で食べたら、零さずに済むんだよ」

ルードティンク隊長はそう宣言し、パクリと一口で肉包みパンを頬張る。

「むっ……う、ううっ!!」

猫舌なのを、すっかり忘れていたようだ。瞳は涙で潤み、顔は真っ赤になる。優しいザラさんが、水を差し出していた。

「メル、この肉包みパン、と一ってもおいしいね！　シャル、大好き！」

「よかったです」

シャルロットもお気に召してくれたようで、何よりである。

続いて、串焼き肉も食べてみた。持ち上げただけで、脂が滴る。

熟成されていないのに、お肉は驚くほど柔らかい。脂身はプルプルで、獣臭さはまったくなかった。本当に、おいしいお肉だ。味わいを引き立ててくれるのは、牡蠣《オストラ》ソースを使った特製タレである。

「シャルロットの作ったタレ、すごくおいしいです」

「そう？　よかったー」

リヒテンベルガー侯爵は串から一つ一つお肉をナイフで引き抜き、優雅に食べていた。その隣で、遠征中の食事にすっかり慣れっこなリーゼロッテが、串のお肉にかぶりついている。

アメリアも、持ってきた果物をおいしそうに食べていた。

お腹も満たされ、大満足となる。

「はー、お腹いっぱい」

十分後に出発するらしい。アルブムは仰向け状態で、手足を放り出した姿で眠っている。ふっくら膨らんだお腹を、指先で突《つつ》きたくなった。

「よし、そろそろ出発を――」

「あ、一角馬《モノケロス》だ！」

シャルロットが森の奥地を指差しながら叫んだ。

リヒテンベルガー侯爵家の親子が、素早く反応を示す。

「どこだ？」

「どこなの？」

「あっち。あ、こっちにやってくる」

何やら、音が聞こえる。シャン、シャンという、鈴の音が鳴るような美しい音色が。

「なっ、なんですか、この音は!?」

疑問に答えてくれたのは、歩く幻獣大百科であるリーゼロッテだった。

「一角馬の、求愛の音色よ」

「き、求愛⁉」

リヒテンベルガー侯爵がぶつぶつと呪文を唱えながら、地面に手のひらを突く。すると、いくつかの魔法陣が浮かんできた。

あれは、幻獣捕獲用の魔法だろう。魔法陣を幻獣が踏み抜いたら、魔法が発動されるらしい。

やっと、一角馬《モノケロス》の姿を捉える。全身が銀色で、淡く発光している。神々しい姿だが、私のほうに走ってきているように見えるのは気のせいだろうか？

距離にして、五メトルもないだろう。リヒテンベルガー侯爵が展開した魔法陣は、華麗に避けていく。

「お父様、失敗よ！　あの子、捕獲用の魔法に気付いたみたい」

リヒテンベルガー侯爵はすぐさま、作戦変更する。捕獲網が仕込まれた玉を一角馬に向かって投げたが、これも回避されてしまった。皆も、リヒテンベルガー侯爵から支給されていた玉を投げるが、どれも当たらず。ここで、ルードティンク隊長が指示を出す。

「ウルガス、やれ！」

「は、はい！」

幻獣保護局が開発した、鏃《やじり》に捕獲魔法が刻まれた矢をウルガスは放つ。

ど真ん中に当たるかと思いきや――。

『キュイイイインッ‼』

一角馬は衝撃波を放つ鳴き声を上げた。矢は勢いをなくし、その場に落ちてしまう。

衝撃波は、耳のいい私やガルさん、シャルロットにもダメージを与える。その場にへたりこんでしまった。

「うう……」

「耳が痛～い！」

一角馬の目標は変わらず、私のほうに向かっていた。

ベルリー副隊長が鋭く叫ぶ。

「ルードティンク隊長、指示を！」

「わかっている!!　クソが!!」

ルードティンク隊長は決してベルリー副隊長に対して「クソが！」と叫んだわけではない。向かってくる幻獣にどう対処していいのかわからず、思わず叫んでしまったのだろう。

幻獣なので、戦ってどうにかできる相手ではない。絶対に、捕獲しなければならないのだ。

最悪なことに、一角馬は幻獣の中でも獰猛《どうもう》な性格の個体が多く、歴史の中でも人類と仲良くなったという記録は残っていないらしい。

ただただ、一角馬が気に入る少年少女を誘拐し、行方不明となる。その後、姿を確認した者はいないという。

一角馬が、堂々とした様子で私達の前に躍り出た。銀色の、美しい姿をさらしている。

「あれは――――！」

「嘘でしょう？　銀色の一角馬なんて」

世にも珍しい、銀色に輝く一角馬らしい。今まで確認されていない、貴重な毛色だという。

「ほ、保護……しなければ」

「え、ええ、そうよ」

親子の目の色が変わる。ああなったら、落ち着かせるのは難しいだろう。

ルードティンク隊長はウルガスに、リヒテンベルガー侯爵を取り押さえておくよう命じた。

ウルガスは騎士の中では小柄な部類であるが、力はある。リヒテンベルガー侯爵を羽交い締めにして、行動を制限していた。

リーゼロッテのほうはベルリー副隊長が「落ち着くように。お前は騎士だろう？」と耳元で囁き、腕を掴んでいる。それを聞いて我に返ったのか、大人しくなった。

これで、リヒテンベルガー侯爵家の親子の暴走は阻止できた。あとは、一角馬《モノケロス》をどうするかが問題だろう。

ふいに一角馬と、目が合ってしまった。目を逸らすことができず、時間だけが過ぎていく。

「メルちゃん!!」

ザラさんが私を横抱きにし、後退した。すると、一角馬が耳をつんざくような咆哮《ほうこう》を上げる。

『キュイイイイイイイイン!!』

『クエッ、クエー!!』

アメリアが翼を広げ、一角馬に「落ち着きなさい！」と訴える。けれど、聞く耳は持たなかった。

鋭い一角をアメリアに向かって突き出し、突進してきた。

「アメリア！」

『クエッ!!』

アメリアは翼をはためかせ、飛翔する。

『キュイイン!!』

今度は、私を抱きかかえるザラさんに向かって突進してきた。

「くっ！」

一回目は回避できた。けれど、一角馬はすぐに体勢を整え、私とザラさんに向かってくる。

いくら力持ちなザラさんでも、私を抱えたまま回避行動をするのはきついだろう。

「ザラさん、私を捨ててください。このままでは、二人とも――！」

「絶対にイヤ！　何があっても、離すものですか！」

二回、三回と突進から避ける。四回目を前に、ルードティンク隊長が叫んだ。

「おい、ザラ！　リスリスをこっちに投げろ！　このままでは、二人ともやられるぞ！」

ルードティンク隊長の言う通りである。

「ザラさん、私を投げてください！」

「……」

「ザラさん！」

「ザラ!!」

「……メルちゃん、ごめんなさいね」

その言葉を耳にした瞬間、歯を食いしばる。それを確認したからか、私の体は宙を舞った。

ルードティンク隊長は見事、私の体を受け取る。

丁寧に横抱きしてくれたザラさんとは違い、ルードティンク隊長は私を小麦袋のように担いでくれた。本当にありがとうございましたと言いたい。

『キュイイーーン!!』

今度はルードティンク隊長に向かって突進してくると思いきや、一角馬は変わらずザラさんを追いかける。

「ガル、一角馬に攻撃はせずに、注意を引きつけろ」

ルードティンク隊長の命令を受け、ガルさんはコクリと頷く。一角馬《モノケロス》のもとへ駆け寄り、槍を逆に持って

ザラさんと一角馬の間へ突き出していた。

「なぜ、一角馬はザラさんに攻撃を続けるのでしょうか?」

「もしや目的はリスリスではなく、ザラだったのか?」

そんなことなど、あるのだろうか。角を突き出すのが愛ならば、あまりにも激しすぎる。

「いや、あの一角馬は、求愛行動をしているのではない」

ウルガスに羽交い締めにされながら、リヒテンベルガー侯爵が解説する。

「もしも、一角馬が気に入ったならば、求愛の音色を聞かせるはずだ」

求愛の音色とは、角から発せられるものらしい。今はただ、荒ぶっているようにしか見えなかった。

「だったらなぜ、一角馬はザラさんを執拗に狙っているのですか?」

『クエクエー』

「え⁉」

アメリアが上空から降り立ち、一角馬の言葉を通訳してくれた。

「おい、リスリス、アメリアはなんて言ったんだ?」

「えっと、その……」

非常に口にしにくいことだが、告げるしかない。

「一角馬は、私に、その、男の臭いが付いてしまったと、怒っているようです」

「ああ、そういうわけか」

どうやら、一角馬は私に求愛しようとしていたようだが、ザラさんに邪魔されてしまったと。それで、怒

っているらしい。

「リヒテンベルガー侯爵、あの一角馬は、どうすればいいんだ」

ルードティンク隊長の問いかけに、リヒテンベルガー侯爵はそっと目を伏せる。そして、カッと目を見開きながら言った。

「撤退だ」

「え？」

「一角馬は見ての通り、非常に獰猛である。一度、撤退して、落ち着かせてから捕獲するのがいいだろう」

そうこう話している間に、一角馬の角はガルさんの槍を弾き飛ばした。

『キュイン!!』

そして、角を光らせ、目標をザラさんからガルさんへと変える。

「ガルさんっ!!」

絶体絶命と思いきや――ガルさんはあるものを投げた。スラちゃんである。

スラちゃんは一角馬の角に巻き付き、近くにあった木の幹に張り付いた。見事、捕獲したようだ。

一角馬は暴れるが、巻き付いたスラちゃんから逃れることはできない。

「さ、さすが、スラちゃん!!」

『キュイイイイン!!』

そう叫んだ瞬間、一角馬は甲高い声で叫ぶ。

「ううっ！」

「これは……！」

衝撃波を含んだ咆哮だ。耳を塞ぎ、なんとか耐えたがぐったりしてしまう。他の皆も、二回目の衝撃波に地面に膝を突いていた。

息を整えていたら、一角馬《モノケロス》が私のほうを見る。ジロリと、すさまじい顔で睨まれた。

『キュイイイイン!!』

何を言っているのか謎だが、なんとなく裏切り者めとか、そういう言葉を発しているような気がした。

そして、一角馬はとんでもない行動に出る。膝を曲げ、大きく跳び上がった。すると、木が根元から引っこ抜かれたのだ。

「なっ!?」

この事態は想定外である。一角馬は木をズルズル引きずりながら、こちらへ突撃しようとしていた。

賢いスラちゃんは、一角馬から離れる。あの速さで来られたら、引きずった木もこちらの脅威となりかねないからだろう。

私は、今から一角馬の角に突かれてしまうのだろうか。

ぐっと歯を食いしばった瞬間、私の前にヨロヨロとした足取りで誰かがやってくる。シャルロットだった。

「シャルロット……ダ、ダメです。安全な、場所へ……!」

「大丈夫。メルは、シャルを、悪い奴から、助けてくれたでしょう？　今度は、シャルの、番だから」

「そ、そんな！」

シャルロットを助けるため立ち上がろうとしたが、膝に力が入らない。それだけ、一角馬の衝撃波が強力だったのだろう。ルードティンク隊長やガルさんですら、立ち上がれなくなるほどの威力だった。

シャルロットの膝が、ガクガクと震えている。恐ろしいのに、私を守るためにああしているのだ。

「シャルロット、逃げてーーーー！」

私の訴えは聞かずに、両手を広げて一角馬《モノケロス》から守ろうとしている。そして、シャルロットは叫んだ。

「もう、大人しくしてーーーーっ！」

見ていられなくなり、ぎゅっと目を閉じた。だが、シャルロットの悲鳴は聞こえない。

恐る恐る瞼を開くと、地面に座り込んだシャルロットの背中が見えた。

それから、姿勢を低くする一角馬も見える。

一角馬の角は淡く発光し、シャンシャンという音が聞こえた。

「これは、求愛の音色？」

驚くべきことに、一角馬はシャルロットを気に入り、求愛しているようだ。

「こ、これ、どうすればいいの⁉」

シャルロットは困惑の表情で私達を振り返る。答えたのは、リヒテンベルガー侯爵だった。

「契約だ。その一角馬を、使役するのだ」

「ええっ、で、でも」

「契約したら、人は襲わない。従順になる」

いきなり言われても、「はい、わかりました」と即決即断できるわけがない。

うろたえるシャルロットに、リーゼロッテが優しく声をかける。

「シャルロット、契約した幻獣は、家族になってくれるの。何があっても、あなたを助けてくれる存在になるわ」

「でも、この子は、みんなを、攻撃したし」

「そうね。ちょっと強引だったわ。それは認める。もしも、契約するのがイヤだというのならば、最終手段があるの」

幻獣を無理矢理服従させ、捕獲する魔法があるのだという。ただそれは、幻獣を強制的に失神させる上に、魔法で作り出した鎖で全身を拘束するのだ。他の捕獲方法に比べて暴力的なため、幻獣保護局としては使いたくないものだという。

「一角馬は、あなたを選んだわ。どうするか決めるのは、シャルロット自身よ」

「私、自身……!」

リヒテンベルガー侯爵も、シャルロットを諭すように言った。

「無理に契約したら、お前も幻獣も不幸になる。幻獣保護局としても、契約を推奨しているわけではない。幻獣と人は、幸せになるために、契約するのだ」

「契約は、幸せの、ため……!」

シャルロットはじっと、一角馬を見下ろす。いまだ膝を曲げて、シャン、シャン、シャンという求愛の音色を鳴らしていた。私を狙っていたときよりも、ずっと穏やかに見える。

「この一角馬は、契約したら、アメリアみたいに、ずっと一緒にいてくれるの?」

「ああ、そうだ」

「だったら、シャル、この子と契約する。家族に、なってもらう」

リヒテンベルガー侯爵が名付けの契約について説明すると、シャルロットは迷わず一角馬に名前を付けた。

「だったらこの子の名前は、ウマタロ!!」

名付けた瞬間、シャルロットと一角馬の間に契約が結ばれたようだ。魔法陣が浮かび上がり、シャルロットの手の甲に契約印が刻まれる。

一角馬《モノケロス》改めウマタロは立ち上がり、シャルロットに頬ずりした。

それにしても、ウマタロ、か……。不思議な響きの名前だ。今度、名前の由来を聞いてみなければ。

銀髪のシャルロットと、銀色の毛並みを持つウマタロは、お似合いに見えた。

姿勢を低くして、背中に乗れと言わんばかりに、甘い声で鳴く。シャルロットが跨がると、嬉しそうに尻尾を揺らしていた。

「ザラさん、見てください。シャルロット、一角馬に乗って出勤できそうですね」

「あら、そうね」

なんとも奇跡的な出会いである。これで、シャルロットが私達の通勤時間に合わせて行動することはなくなるだろう。


こうして、シャルロットは一角馬のウマタロと契約した。

ウマタロに跨がって走るシャルロットを、リヒテンベルガー侯爵家の親子が心底羨ましそうに眺めていたのは、言うまでもない。

# 大繁盛のピリ辛麺屋台と、暗躍する売人

Enoku Dai Ni Butai No Ensei Gohan

新たに、我が家に第二級幻獣・一角馬《モノケロス》のウマタロが仲間に加わった。

生活は基本、外でいいようだ。夜は、草むらの上に転がって眠るのが好きらしい。部屋の中でシャルロットとべったりな状態だったら、改装が必要だっただろう。

ザラさんと二人、ホッと胸を撫で下ろしている。

ウマタロは基本、シャルロット以外の人に興味を持たない。大英雄であるアイスコレッタ卿を前にしても、知らんぷりだ。

それは人だけでなく、幻獣にも言える。アメリアやブランシュも、基本無視だ。

まあ、幻獣にはいろいろな性格の個体がいるのだろう。

契約を交わしたら、求愛行動は取らなくなるらしい。きちんと、シャルロットを主人として扱うようだ。

今後シャルロットに恋人ができた場合も、ウマタロが嫉妬して暴れることはなく、安心していいという。

ウマタロが好むのは、花だった。毎日、幻獣保護局から美しい花々が運ばれてくる。倉庫はアメリアの果物と、ウマタロの花でいっぱいになった。

なんというか、とても華やかである。

シャルロットはウマタロに跨がり、毎日職場から家まで行き来している。

だが、彼女が家を出る時間は、これまで通り。ゆっくりしていてもいいと言ったのだが、一緒に通勤したいというのだ。

私とザラさんが、シャルロットのいじらしさにメロメロになってしまったのは言うまでもない。

＊

今日も今日とて、朝から任務を言い渡される。

「今回の任務は、ちょっと変わっているな。なんでも、夜市に紛れて、薬物の取り引きをしている輩《やから》がいるらしい。そいつらを探し当てて、拘束するのが任務である」

夜市は食べ物を中心にさまざまな屋台が並ぶ、王都名物の一つである。赤く光る提灯がズラリと並んでいて、遠くから見た景色は酷く幻想的だ。

「隠密部隊や警邏部隊が潜入捜査していたようだが、一向に尻尾を掴めなかったらしい」

そんな中で、ある情報を手に入れたという。

「どうやら薬物の取り引きは、夜市に出ている商人同士でされていると」

数名、薬漬けとなり、入退院を繰り返しているらしい。いったいどうして、そういう事態になってしまったのか。謎が深まる。

騎士隊は潜入捜査の方法を変えるとのこと。でないと、普通にお客さんとして紛れ込んでいても、見つからないからだ。

「いくつかの部隊で、夜市に商店として参加することとなった。そのうちの中のひとつが、第二遠征部隊だ」

遠征先で独自に料理をしているという話はすでに噂になっていて、今回の任務は第二遠征部隊が適任ではないのかという声が集まったらしい。

「そんなわけで、リスリス。夜市で出す料理を、考えてくれ。ちなみに売り上げは、第二部隊の臨時収入にしてもいいらしい」

「お、おお……！」

準備費に材料費、出店料は、騎士隊が負担してくれるという。つまり、利益のみ、我らの懐に滑り込むというわけだ。

「各々の役割も決めている。リスリスは料理を考える係、ザラは調理担当、ウルガスは店番、ガルとスラは怪しい者がいないか、店の周囲で見張り番をする。リヒテンベルガーは、売り上げ管理係、俺は夜市の見回りをする」

「ルードティンク隊長、私は何をすれば？」

「ベルリーは、そうだな」

ルードティンク隊長は顎に手を当て、天井を仰ぎ見ながら考える素振りを見せる。

「綺麗な恰好をして、客引きでもしてもらおうか」

「客引き……」

思いがけない役割だったのだろう。ベルリー副隊長は眉尻を下げ、戸惑いの表情を浮かべている。

「夜市はな、客引きが重要なんだ。客のほとんどは、仕事帰りの男だからな」

ルードティンク隊長は山賊顔負けの悪い顔つきで、ベルリー副隊長に言葉をかける。

「利益を上げる鍵はベルリー、お前が握っている。売り上げがよければ、豪勢《ごうせい》な打ち上げができるからな」

「……」

「頼んだぞ」

ルードティンク隊長はポン！　とベルリー副隊長の肩を叩く。

薬物を取り引きする商人を捕まえる任務から、夜市で儲ける話に変わっているような気がしなくもない。

でもまあ繁盛していたら、犯人が接触してくる可能性もぐっと高まるだろう。

「リスリスも、頼んだぞ。お前の料理に、期待している」

「ううっ……！」

何十年と商売している人達に、太刀打ちできる料理なんてすぐに作れるわけがないのに。

頭を抱えている私に、ベルリー副隊長が優しく声をかけてくれた。

「今晩、夜市に出かけて、どんな料理がでているか、見に行くか？」

「ベルリー副隊長！」

なんて優しい人なのか。涙が滲んでしまう。

終業後、シャルロットとリーゼロッテも誘って、四人で夜市に出かけることにした。

＊

一日の仕事を終え、更衣室に置いていた私服に着替える。

私は先月縫った、手作りのワンピースをまとう。分厚い布で作っているので、夜でも寒くないだろう。念のため、上から毛糸のケープをはおった。

「夜市～、夜市～！」

シャルロットは尻尾をぶんぶん振りながら、着替えている。ここに着たばかりの頃は、人込みが苦手だった。今はすっかり、平気になっている。

リーゼロッテは生成り色の、質素なワンピースを身につけていた。貴族のまとう豪華な服装だと、庶民が行き交う街では目立ってしまうので一緒に買いに行ったのだ。

ベルリー副隊長は革のジャケットに、ズボン、膝までの長靴を履いた全身黒のカッコイイ姿で現れる。

「では、行こうか」

「はーい」

アメリアとウマタロは騎士舎でお留守番。ザラさんにも、ベルリー副隊長と出かけることは伝えてある。アイスコレッタ卿と二人きりになってしまうが、なんとか頑張ってほしい。

徒歩で夜市に向かった。

夜市は久しぶりだ。最初に出かけたのは、第二遠征部隊に入隊したばかりの頃だろう。皆で屋台料理を食べ歩いたのを覚えている。

「夜市は西通りと東通り、北通りがある」

西通りは人気店が並び、毎日賑わっているという。東通りは古くから営業する屋台が並んでいるらしい。北通りは許可なく勝手に店を広げる屋台が並んだ無法地帯だという。

「北通りは近寄らないほうがいいだろう。警邏部隊が頻繁に見回りをしているようだが、開き直って居座る店が多いらしい」

「怖いですね」

「ええ、本当に」

「シャルも、市場の魚屋さんから、夜に北通りに行ったらいけないよって、言われたことがあるよ」

薬物をやりとりする者達は、北通りを出入りしているに違いない。そう見解し、徹底的に調査をしたようだが、いまだ犯人は捕まっていない。どれだけ巧妙に隠れ、商売をしているのか。

騎士舎から徒歩十五分ほどで、夜市の灯りが見えた。

屋台から屋台に連なるように、赤い提灯がかかっている。中で火が点され、煌々《こうこう》と夜道を照らしていた。

「なんか、いい匂いがするー！」

「シャルロットは、何を食べたい？」

ベルリー副隊長が優しい声で問いかける。

「うーん。寒いから、温かいものがいいな！」

「だったら、東通りの屋台がいいだろう。あそこは、スープが自慢の店が多く並んでいる」

「やったー！」

どうやら、ベルリー副隊長は夜市について詳しいようだ。

「ベルリー副隊長、よく夜市に行かれるのですか？」

「そうだな。夕食はひとりであれば、自炊するより安いしおいしい」

「なるほど」

屋台の場所代は、そこまで高くないらしい。そのため、普通の飲食店より、安価で食べ物が売っているのだという。

「夜市、楽しそうだね！」

シャルロットはわくわくそわそわしていて、今にも走って行きそうな雰囲気だった。すぐさまベルリー副隊長が手を握る。夜市で迷子になったら、合流は難しいだろう。

「リヒテンベルガー魔法兵も」

ベルリー副隊長は、リーゼロッテに手を差し出した。

「な、なんで？」

「踵の高い靴は、歩きにくいだろう。私の腕に、掴まりながら歩くといい」

ベルリー副隊長の発言を聞いたリーゼロッテは、わずかに頬を赤く染める。

歩くのが遅くなっていることに気付かれて恥ずかしかったのだろう。ベルリー副隊長の発言がカッコよくて、照れている可能性もあるが。

リーゼロッテはお言葉に甘え、ベルリー副隊長の腕を掴んで歩き始める。

「メルは、シャルが手を繋いであげるね」

「シャルロット……！」

なんて愛らしい発言をしてくれるのか。ぎゅーっと抱きしめたくなる衝動を抑え、シャルロットの手を握った。

「シャルロットの手、温かいですね」

「メルは冷たいね。スープ飲んで、温まろう」

夜市にたどり着く前に、シャルロットと私、ベルリー副隊長とリーゼロッテの二人組に別れる。でないと、人込みの中で四人が横に並んで歩くのは困難だろう。

夜市に近づくにつれて、人通りが多くなる。迷子にならないように、シャルロットはベルリー副隊長のベルトにリボンを結んでぎゅっと握っていた。すばらしい着想だ。

昔から営業を続けているという、東通りの屋台を目指す。

たどり着いた夜市は、人、人、人！　隙間もないくらい、ぎゅうぎゅうだった。

中に入る前に、ベルリー副隊長からはぐれないようにと注意を受ける。

勇気を出して、夜市へ一歩踏み出した。

「はー、夜市、すごいねえ」

「ですね」

東通りの屋台に行くために、西通りの屋台の前を通過していく。

脂が滴る子猪豚《スース》の丸焼きに、炙り肉を薄切りにしてパンに挟んだもの、果物に飴を絡めたものに、煎った豆に砂糖をまぶしたものなど、しょっぱいものから甘いものまで、なんでも売ってある。

シャルロットの耳や尻尾は楽しげに、ゆらゆら揺れていた。人込みを不快に思っていないようで、ホッと一安心である。

東通りに出てきたら、人込みも少しはマシになる。

「こっちは、歩きやすいね」

「そうだな。西通りは、人気店が並んでいるから、人も多いのだろう」

東通りは古き良き夜市、という雰囲気であった。西通りは若い商人が商売をしていたが、東通りはお爺ちゃんお婆ちゃん、おじさん、おばさんが多い。

「シャルロット、どんなスープが飲みたい？」

「うーん。シャルは、なんでも好きだけれど、特に好きなのは、お肉が入ったスープかな」

「どの肉が好きなんだ？」

「お肉だったら、どれも大好きなんだけれど、今は、鳥が食べたいかな！」

「わかった。オススメがある」

ベルリー副隊長が案内してくれたのは、大鍋があるお店。綺麗な白髪頭のお婆ちゃんがひとりで営業しているようだ。

「これは、どんなスープを売る店なの？」

リーゼロッテの呟きに、お婆ちゃんが答えてくれる。

「ここは、ホロホロ鳥のガラスープを売っているんだよ」

まるで盾みたいな、大きな鍋の蓋を開いてくれる。

「わー！」

鍋から、もくもくと湯気が上がった。中には、白濁したスープに鳥ガラが浮かんでいる。

「いい匂いー。おいしそ！」

「シャルロット、ここのスープでいいか？」

「うん！」

さっそく、四杯のスープを注文する。お婆ちゃんは陶器の器にスープを注ぎ、木のスプーンを添えて手渡してくれた。

店の裏手に広げられた敷物に座って、いただくことにする。

「それにしても、すごい見た目ね」

「ええ」

スープからは、太い骨がどーんと突き出ていた。こんな豪快なスープは初めてである。

まず、白く濁ったスープを一口。

「うわっ、濃い‼」

ホロホロ鳥の骨を長時間煮込み、薬草と塩、胡椒で仕上げたシンプルな一品のようだが、驚くほど味わい深いものだった。

スープから突き出た骨は、非常に肉付きがよい。手で掴んで持ち上げると、柔らかくなるまで煮込まれたお肉が。

パクリと頬張ると、プルプルの脂身と舌の上でとろけるお肉が至福の時を運んでくれた。

「これ、おいしー！」

「おいしいですね」

リーゼロッテは頬を真っ赤に染めながら、黙ってスープを飲んでいる。おいしい証拠だろう。

「ほら、これを肉に付けると、おいしいよ」

お婆ちゃんが持ってきてくれたのは、真っ赤なものが瓶詰めされた物。薬味だろう。

辛いもの好きなベルリー副隊長は、たっぷりお肉に載せて頬張っていた。辛かったのか、ちょっぴり涙目になっている。

私とシャルロット、リーゼロッテは少しだけ載せてみた。

「わっ、ピリ辛で、また別のおいしさがあります」

「本当。辛いけれど、おいしいわ」

「シャル、この味、好き！」

あっという間に、ペロリと完食してしまった。

「次は、リヒテンベルガー魔法兵が食べたいものにしようか」

「口の中がヒリヒリしているから、甘い物がいいわ」

「わかった」

またもや、東通りの屋台でオススメがあるようだ。少しだけ歩いた先に、その屋台はあった。

甘い香りが、ふんわりと漂っている。厳ついおじさんが、せっせと甘いお菓子を作っているようだ。

なんとなく声をかけにくいなと思っていたら、ベルリー副隊長が全員分注文してくれた。

「四つだね、まいど！」

屋台には鉄板があって、一つ一つ作っているらしい。調理工程を覗き込む。

まず、鉄板に生地を流し込み、おたまの底でくるくる回して伸ばしていく。パリパリになるまで焼いた薄い生地を三枚重ね、真ん中にカスタードクリームを載せる。ヘラで真ん中を押して、生地を折りたたんだら完成のようだ。

「ほら、お嬢ちゃん。サクサクの『焼きカスタードパイ』だ」

「ありがとー！」

「温かいうちにお食べ」

「うん！」

見た目は厳ついが、気の良いおじさんのようだ。

「じゃあ、シャル、お先に食べるね！」

「ああ」

シャルロットは焼きたての焼きカスタードパイを頬張る。狐の尻尾がピンと立ち、瞳の中にキラリと星が生まれた。

「うっわー！　これ、すごーくすごーく、おいしい！」

シャルロットが叫んだ瞬間、おじさんから焼きカスタードパイを手渡された。

「今度は、二番目に小さいお嬢さんの分だ」

「あ、ありがとうございます」

どうやら、年齢順に作ってくれるらしい。小さいお嬢さんって、おじさんには私が何歳に見えているのか。

ちなみに、リーゼロッテと私は同じ十九歳だ。同年齢に見えていないのは、なんだか解せない。

「お嬢さん、今日はお母さんと一緒にきていないのかい？」

「えっ⁉」

「店主、彼女は十九歳の淑女だ。子ども扱いは止めてくれ」

「十九⁉　本当に？」

「ええ、まあ」

「それは悪かった。てっきり、十三歳くらいとばかり！」

背が低く、体型がわからない服を着ていたからだろうか。それとも、外が暗くてよく見えなかったからか。

切なくなったが、唇を噛んで耐える。

「リスリス衛生兵、冷めるぞ」

「あ、そうでした」

まだ手の中で温かい焼きカスタードパイにかぶりついた。

「んんっ！」

生地はバターが豊かに香り、触感はサックサク。中のカスタードは濃厚だ。とってもおいしい、屋台版のカスタードパイである。

なんでも、おじさんはその昔、お菓子屋さんで働いていたらしい。独立したかったが、土地代の高い王都で店舗を開くことは難しかったと。

どうしてもお店を開きたかったおじさんは、出店料が安い屋台でお菓子を売る方法を思いついた。

「それから二十年、ここでずっと焼きカスタードパイを売っているわけさ」

「へー、そうだったのですね」

道理でおいしいわけだ。

カスタードパイは味わい深いのにクドくなくて、あっという間に食べてしまった。二個目も食べられそうなくらいだが、まだ食べ歩きをしたいので我慢しておく。

「はい、眼鏡のお姉ちゃんの分だ」

リーゼロッテからお姉ちゃんらしい。悔しさのあまり、「ぐぬぬ」と声を上げそうになってしまう。

「あら。これ、ものすごくおいしいわ」

「それはよかった」

最後に、ベルリー副隊長の分が完成する。

「ほら、お姉さんの分だ」

「ありがとう」

おじさんは年齢によって、いろいろと呼びかけを変えているようだった。一番下がお嬢ちゃんで、続いてお嬢さん、次にお姉ちゃんで最後はお姉さん。

おそらく、お姉さん以上の呼び方はないだろう。でないと、お客さんから反感を買ってしまう。

「相変わらず、おいしいな」

「そいつはよかった」

「しかし、今日は客が少ないみたいだな」

「あー……それは、ちょっとした報復を受けているんだ」

「報復？」

「ここ最近、新しい商人が新規参入しているんだが、うちの商品を自分の店で売りたいと声をかけてきて――」

契約金の金貨五枚に加えて、毎月使用料を払い、毎日あくせく働かなくてもお金が入るようになると言われたようだ。

「そんな上手い話があるわけがないと、断ったんだが、それでも食い下がってきて」

その商人は契約を結んだら、「すばらしい特典がある」とおじさんにある品を見せたらしい。

「噛み煙草みたいなやつで、異国の王侯貴族が嗜んでいる、高貴なものだと言っていたんだが」

「噛み煙草？」

「ああ。この辺ではまず見ない、葉っぱだったな」

ベルリー副隊長の目つきが鋭くなる。何か、ピンときたらしい。焼きカスタードパイを包んでいた油紙をぐしゃりと握りつぶし、身を乗り出して詳しい話を尋ねていた。

「それは、今持っているか？」

「いいや、返したよ。よくわからん変な物を口にしたら、味覚がおかしくなってしまうだろう？　俺の舌は、商売道具だからな」

「なるほど」

契約も断ってしまったので、その商人から妙な噂を流されてしまったと。

「ここのカスタードは、虫の卵から出る汁を使って、触感をなめらかにしているって、馬鹿みたいな話が広がっていたんだ」

「それは酷いな」

「だろう？　おかげで、商売あがったりだよ」

ここでベルリー副隊長は、騎士の身分を明かす。おじさんは私やリーゼロッテまで騎士と聞いて、驚いていた。

「いやはや驚いた。こんなに可愛らしい、騎士様がいるなんて」

私とリーゼロッテを、交互に見ながらおじさんはしみじみ呟く。

「騎士に可愛さは関係ないですからね」

「ええ、そうよ。大事なのは、正義感と国民のために戦うという意思」

「それから、根性だろうな」

ベルリー副隊長の言葉に、私とリーゼロッテは深々と頷いた。

おじさんから聞いた噛み煙草は、夜市で出回っている薬物で間違いないようだ。

他に、話を持ちかけた商人の特徴に、いつ頃の話だったかや、人数など、さまざまな情報が手に入る。

「店主、ありがとう。後日、捜査協力金が支払われるだろう」

「それよりも、仲間の騎士達に宣伝してくれないか？　絶品の焼きカスタードパイの店があるってね」

「ああ。なるべく多くの者に、知らせておこう」

手を振って、おじさんと別れる。人通りが閑散としている路地裏に入り込み、情報の整理をした。

「驚きました。まさか、こんなところで重要な証拠が手に入るなんて。もしかして、ベルリー副隊長は調査をするつもりで、誘ってくれたのですか？」

「いや、今日は純粋に夜市を案内しようとしていただけだった」

もしも本格的な調査をするつもりならば、ガルさんかザラさんを誘っていたと。

「店主は私達相手だったから、ポロッと喋ってしまったのだろう」

本当に、運がよかったようだ。

「もしかして――」

「リヒテンベルガー魔法兵、どうかしたのか？」

「いえ、朝に商人を薬漬けにしていたという話を聞いていたでしょう？」

リーゼロッテは推測を口にする。

薬物を売る商人は、将来有望な屋台の店主に声をかけ、契約を結んだ上に薬物を特典だと言って手渡す。

商人を薬に溺れさせ、判断能力を低下させている間に大儲け。契約を結んだ商人への支払いは途中で止めて、商売の技術を奪った挙げ句、他国に持ち込んでがっぽがっぽと儲ける。

「という仕組みではなくって？」

「可能性はあるな」

「かなり、悪質な商売です」

一刻も早く、捕まえないといけないだろう。そのためには、薬物を取り引きする商人が商売を乗っ取りたくなるようなものを作り出さないといけない。

「ベルリー副隊長、騎士隊に帰って、上層部に報告しますか？」

「いや、それは明日でいい。勤務時間ではないからな。それにまだ、お腹は膨れていないだろう？」

「ええ、そうですね」

「だったら、もう少しだけ夜市を楽しもう」

それを聞いたシャルロットは、「やった！」と叫んで喜んでいた。私達は神妙な表情で話をしていたので、もうお開きだと思っていたようだ。

「リスリス衛生兵は、食べたいものがあるか？」

「そうですね。甘いもののあとは、やっぱりしょっぱいものだと決まっていますよね」

お肉は食べたので、別の方向から攻めたい。

「今度は、魚でお願いします」

「わかった。魚だな」

魚のオススメ屋台も、心当たりがあるようだ。それは、川海老《ガルネーレ》のからあげ。

小さな川海老を泥抜きし、数日薬草を浸けた水の中に泳がせて臭み消しをしたあと、油でさっと素揚げしたもののようだ。

人気店のようで、十名ほどの行列ができている。最後尾に並んだ。

「メル、もしかして、あれを、丸ごと食べるの？」

「みたいですね」

丸ごと食べるといっても、川海老は小さい。皮は柔らかいので、口の中に突き刺さることはないだろう。

ただ、基本食品を丸ごと食べないリーゼロッテは若干引いている。

十分ほど並び、ようやく順番が回ってきた。

「すみません、川海老のからあげを三つください」

「はーい」

リーゼロッテは少しだけ分けてくれるだけでいいと言った。そのため、三人分の注文である。

店主は水槽の中から、持ち手の付いた網で川海老を掬い上げる。その瞬間、リーゼロッテの顔色が青くなった。

「まさか、生きたまま揚げる気ではないわよね？」

「いや、そのまさかかと」

川海老は水分を拭き取られ、塩胡椒のあと軽く片栗粉がまぶされる。それを目の当たりにしたリーゼロッテは、私の服を掴んで川海老について実況し始めた。

「や、やだ、メル、ボウルの中で、粉をかけられても、川海老は生きているわ」

「食材は、お皿に載る前はすべて生きているのですよ」

「わ、わかっているけれど」

そして、ボウルの中の川海老は、熱された油の中へと投下された。リーゼロッテは小さな悲鳴を上げ、私に抱きつく。エルフの耳がリーゼロッテに刺さっているが、なんのその。ぎゅーっと力強く、私を抱きしめていた。

完成した川海老のからあげは、ベルリー副隊長とシャルロットが受け取ってくれる。

「では、行こうか」

「あ、はい」

「リヒテンベルガー魔法兵は、前を向いて歩くように」

「え、ええ」

リーゼロッテは私から離れず、ふらふら歩いていた。

屋台から少し離れた場所にテーブルと椅子があったので、そこに座っていただくことにする。

「さて、いただくとしようか」

「わーい、おいしそー」

川海老《ガルネーレ》はこんがり揚がっている。さっそく、シャルロットがパクリと食べた。カリカリと、いい音が聞こえた。

「うーん！　皮はパリパリ、身はぷりっぷり！　とーってもおいしいね！」

「ああ。香ばしくて、身は柔らかく、いい味わいだ。酒が欲しくなる味だな」

続いて、私も食べてみた。

「あー、懐かしい味がします！」

フォレ・エルフの森にいたころ、弟や妹達をつれてよく川海老釣りに行ったものだ。ほとんど泥抜きなんてせずに食べたが、あのときの川海老は本当においしかった。

皆がおいしい、おいしいと食べるので、リーゼロッテも気になってきたようだ。チラチラと、川海老を見ている。

「リーゼロッテも食べてみますか？　おいしいですよ」

「そ、そうね」

リーゼロッテのために、頭と尻尾を取ってあげる。これで、食べやすくなるだろう。

「はい、どうぞ」

「ありがとう」

手のひらにちょこんと置かれた川海老を、リーゼロッテは意を決した様子で食べる。目を瞑って噛んでいたようだが、ハッと目を開く。

「お、おいしいわ」

「でしょう？」

それからリーゼロッテは、川海老を丸ごと食べられるようになった。

「確かにおいしいけれど、作り方はかなり野蛮ね」

「まあ、それは否定しませんが」

最後に、ベルリー副隊長に行きたい店を尋ねる。

「いや、私の店は――」

言いかけて、明後日の方向を見上げる。

「私はもうちょっとだけ食べられますよ」

「わたくしはお腹いっぱい」

「シャルも、少しだったら食べられる」

私とシャルロットが半分に分けて、ベルリー副隊長はひとりで食べたらいい。そう言ったら、少し困ったように眉尻を下げる。

「どうかしたのですか？」

「いや、その、私が気に入っている店は、万人向けではないから、付き合わせるのは悪いなと思って」

「もしかして、激辛料理の屋台ですか？」

ベルリー副隊長は、恥ずかしそうに頷いた。

「どんなお店か気になるわ。行ってみましょうよ」

「シャルも、気になる！」

「そうか。しかし、無理して食べなくてもいいからな」

「はい！」

そんなわけで、ベルリー副隊長のお気に入りの屋台を目指す――が。

「ゲホ、ゲホ、ゲホゲホ！」

屋台に近づいただけで、シャルロットが咳き込みだした。リーゼロッテは、目が染みるという。私は何も感じないが、二人は敏感なのだろう。

ここで、思いがけない人と出会った。

「あれー、シャルロットちゃんじゃない？」

「あ、マルだー」

女性騎士が五人ほど、ゾロゾロやってくる。仕事終わりに、食べ歩きにやってきたらしい。

そばかすがある、私と同じ年頃の女性騎士は、いつも第二遠征部隊に書類を持ってくる人だ。シャルロットは、いつの間にか仲良くなっていたらしい。

「シャル、あっちにおいしいお団子売っているお店あるよ？　食べた？」

「まだ」

「だったら、一緒に食べに行こうよ」

「うん、いいよ」

「それにしても、東通りで食べ歩きしているなんて、シャル、通じゃん！」

ベルリー副隊長に案内してもらっているとシャルロットが答えると、女性騎士達の目つきが変わる。

「やだっ、ベルリー様がいらっしゃったの？」

「ほ、本当だわ」

全身真っ黒の服を着ていたので、ベルリー副隊長の存在に気付いていなかったらしい。

ベルリー副隊長は、メイドだけでなく女性騎士の憧れでもあると聞いたことがある。

「あの、ベルリー様は、何をお召し上がりになるのですか？」

「東通りの端にある、赤麺を食べようと思って」

「赤……麺、ですか」

女性騎士達の顔色が変わった。一気に、現実に引き戻されたような表情となる。

ここで、提案をしてみた。

「えーっと、では、赤麺を食べる組と、お団子を食べにいく組に分かれましょうか」

赤麺を食べにいくのは、ベルリー副隊長と私だけ。他の人は、お団子を食べるようだ。

「リスリス衛生兵、無理をしていないか？」

「いえ、なんだか気になるので、ご一緒させていただきます」

「そうか。ありがとう」

ベルリー副隊長は淡い微笑みを私に向けてくれた。普段滅多に見せることはない、貴重な笑顔である。思わず、手と手を合わせて「ありがたや～」と言いそうになった。

「では、三十分後に、再びここで落ち合おう」

そう言って、ベルリー副隊長は私の肩を抱き、歩き始める。背後から、「羨ましいー」とか「私も赤麺にすればよかった。いや、でもあれは無理」という声も聞こえた。

赤麺とは、いったいどんな料理なのだろうか。

人通りがどんどん少なくなる。

「この辺は、東通りの中でも、変わった店が多い」

近くにあった店は、虫茶と書かれていた。その隣は、トカゲの串焼きだと。独特な香辛料の匂いがふんわりと漂っていた。

辺りを歩いている人も、なんだか個性的である。顔にナイフの絵が描かれていたり、トゲトゲした腕輪を嵌めていたり。職務質問したくなるような人達が、ウロウロしていた。

「ベルリー副隊長、よく、ここにやってきましたね」

「警邏部隊の手伝いをしているとき、怪しいと思って入ったのがきっかけだったんだ」

「やっぱり、そう見えますよね」

「しかし、ここにいる人達は個性的なだけで、悪い者達ではない」

「そ、そうですか」

金色に染めた髪を立てた男性が、ナイフをぺろ～りと舐めていた。ゾッとする仕草だが、手には炙り肉があってそれを食べているだけだった。紛らわしい。

そして、ようやく赤麺の店にたどり着いた。

「リスリス衛生兵、ここが、ケホ、ケホ！」

辛いもの好きなベルリー副隊長でも、咳き込んでしまうほどのお店らしい。私はというと、先ほどから肌がヒリヒリしていた。

「いらっしゃい！」

店主らしきお兄さんは頭にねじった布を巻き、顔を真っ赤にしながら鍋を混ぜている。

鍋の中を覗き込むと、血よりも赤い液体がぐらぐら煮えたぎっていた。

「う、うわ～～！」

「リスリス衛生兵、どうす……ケホ、ケホ、ケホッ！」

「ベルリー副隊長、大丈夫ですか？」

「ああ、平気だ。いつも、こうなる」

それは本当に大丈夫なのか。心配になる。

「おそらく、二度と食べる機会は訪れないと思うので、挑戦してみます」

「そうか。だったら、赤麺を二杯くれ」

「赤麺二杯だね！」

お兄さんが裏から、真っ赤に染まった麺を取り出した。スープだけでなく、麺も赤いとは。さすが、赤麺と名乗るだけある。

茹だった鍋に、麺が投下された。ここで、悲しい事故が起こる。鍋の湯が、お兄さんの目に飛び散ってしまったようだ。

「くぅっ！　ヒリヒリするぜ！」

ただ、赤い麺を煮ただけの湯が、ヒリヒリするとは。麺やスープは、どれだけ辛いのか。

「あの、大丈夫ですか？」

「ああ、心配には及ばねえ。俺は、辛さに屈しないから！」

「は、はあ」

よくわからないが、大丈夫だということはわかった。いや、本当に大丈夫なのか？

まあ、元気よく麺を湯切りしているから、問題ないのだろう。

三分ほどで、赤麺が完成した。お兄さんは涙を流しながら、器を差し出してくれる。恐ろしく、目に染みるのだろう。

受け取った赤麺は、地獄の業火よりも赤いのではと思うほどだった。見ているだけで、目がウルウルしてしまう。

この場で食べていたら、スープから漂う湯気で号泣してしまいそうなので、少し離れた位置で食べることにした。

ベルリー副隊長は、嬉しそうに赤麺を眺めていた。

「リスリス衛生兵のおかげで、一年ぶりに食べられる」

「あら、そうなのですか？」

「ああ。明らかに体に悪そうなので、半年に一杯と決めていたのだが、いつの間にか一年経っていた」

ベルリー副隊長は、一年ぶりに赤麺を口にする。

「ああ、この味、ケホ、ケホ、ケホ、ケホ!!」

「だ、大丈夫ですか⁉」

「平気だ――ケホッ」

呟き込みつつ、涙目でおいしいと言う。果たして、本当においしいのか。ドキドキしながら、赤麺を食べてみる。フォークをスープの中で泳がせたら、真っ赤な麺が「こんにちは」した。他に、具は入っていないような。真っ赤なスープと麺の、シンプルな一杯である。

勇気を振り絞って、パクリと食べた。

「ううっ……ん？　あ、あれ、お、おいしい！　なんか、意外にも、辛さはあまり感じなくて――ゲホッゲホッゲホッ、ゲホッ、ゲッホ‼」

砂漠の中で見つけた湖水を飲むように、ガブガブ水を飲んでから叫んだ。

「か、かかか、辛～～いっ‼」

舌がヒリヒリして、喉がカッと焼けたようで、実際に火を噴いたんじゃないかというくらい、辛かった。

「ひえええええ、辛い！　辛すぎる！　なんだこりゃ！」

「リスリス衛生兵、大丈夫か？」

ベルリー副隊長は、私に飴を差し出してくれた。シャルロットにあげるために、持ち歩いていたらしい。

「あ、ありがとうございます」

「やはり、リスリス衛生兵には、辛かったな」

「いえ、あの、まあ、はい。あ、でも、辛く感じる前はおいしかったです」

「そうか。だったらよかった」

ベルリー副隊長は「私が二杯食べるから、無理はするな」と言ったが、これも試練のような気がした。頑張って、一杯食べきる。

「はあ、はあ、はあ、はあ……か、完食、できま……した！」

涙を流しつつ、なんとか食べきった。涙目のベルリー副隊長が、偉いと言いながら頭を撫でてくれる。

「本当に、頑張ったな」

「は、はい。なんだか、汗がびっしょりですが」

「早めに帰って、騎士隊で着替えてから帰ったほうがいいな」

「え、ええ」

赤麺のお兄さんに器を返す。

「どうだったか？」

「すっごく辛かったですが、なんだか達成感がありました」

「それはよかった」

いいことだったのか、よくわからない。ただ、残さず全部食べられて、ホッとしている。

まだ、汗が全身から噴き出し、体はポカポカを通り越して熱い。辛い物を食べると体が温まるというが、これは温まりすぎだろう。

「まだ、水をもらうか？」

「いいえ。もう、お腹がパンパンで」

「そうか」

冷たい風がヒュウヒュウ吹いている。赤麺を食べていなかったら、寒がっていただろう。もう、すっかり冬だ。

「そろそろ、集合時間だな」

「ええ」

シャルロットと別れた場所に戻る。その中で、気になっていたことを質問してみた。

「あ、あの、こういう激辛料理の屋台って、夜市には多いのですか？」

「いや、辛い料理を扱っているのは、あそこのお店だけだな」

「そうなんですね」

街の食堂でも、辛い料理はあまり扱っていないのだとか。

「そもそも、辛い料理は異国の地から伝わった料理で、最近少しずつ王都でも知れ渡っているようだ」

ピリ辛料理に使われているのは、唐辛子《ピマン》と呼ばれているもの。フォレ・エルフの森でも、たまに自生しているものを採って、スープのアクセントに使うときがある。

赤麺は唐辛子をオイル漬けにしたものを、ふんだんに使っているらしい。

「辛い料理は、実家の母が好きだったんだ。たまに、涙が出るほど辛い料理を作ってくれた」

「だったら、お母さんの味でもあるのですね」

「そうだな」

赤麺のような激辛料理はちょっと苦手だけれど、舌先にほんのりピリッと感じる程度だったらおいしい。

「そういえば、ピリ辛料理もあまり見かけないですね」

「そうだな」

食べ過ぎると、体によくないらしい。広く普及していなくていいのだと、ベルリー副隊長は言い切った。

「唐辛子のオイル漬けって、どこかに売っているんですかねー」

「私の家に、作り置きがある。一瓶、分けようか？」

「いいのですか？」

「ああ」

休日の暇な日に、作っているらしい。夜市に持参し、スープや串焼き肉に垂らして食べているのだとか。

「明日、持ってこようか」

「ありがとうございます」

ベルリー副隊長のため、ピリ辛料理の研究をしなければ。

「と、集合するのはここだったな」

「ですね」

なんとか、時間通りに戻ることができた。シャルロットとリーゼロッテ、女性騎士達は、すでに戻ってきていた。

「メルー！　これ、おいしいから食べてー」

シャルロットが差し出してきたのは、生クリーム団子。

山盛りの生クリームに、白いお団子が埋まった激しく甘そうな一品である。

普段であれば絶対に食べないが、今は口の中がヒリヒリしている。そのため、ありがたくいただいた。

「ううっ、甘い……！　甘いの、最高です！」

「でしょう？」

生クリームの甘さが、舌のしびれを柔らかく包み込む。お団子のモチモチ食感も最高だ。

なんとか口の中のヒリヒリが和らいだ。シャルロットに感謝の気持ちを伝える。

「では、この辺で解散としようか」

リーゼロッテは、女性騎士達が家まで送ってくれるらしい。

今、王都の女性達の中で、モフモフした幻獣のグッズが人気を集めているようで、新商品を見せてあげるのだとか。意外にも、他の騎士と打ち解けていたので驚きだ。

「じゃあ、リーゼロッテ。また明日」

「ええ。今日は楽しかったわ」

「私もです」

「マルとみんなも、じゃあねー」

「ばいばーい」

私とシャルロット、ベルリー副隊長は騎士舎に戻る。

「私は報告書を書いて、帰るとしよう。二人は、気を付けて帰ってくれ」

「はい」

じっとり汗をかいた服を着替え、騎士隊の制服に袖を通す。

「メル、夜市、楽しかったねえ」

「ええ。今度は、ザラさんと三人で行きましょうね」

「うん！　ジュンも、誘ってあげよ！」

「そうですね」

着替え終えたあと、ベルリー副隊長に声をかけてから帰宅する。

「では、お先に」

「ばいばーい」

「ああ」

ベルリー副隊長と別れ、家路に就く。楽しい時間は、あっという間に過ぎていった。

＊

翌日、ベルリー副隊長は唐辛子《ピマン》のオイル漬けを持ってきてくれた。

「口に合えばよいのだが」

「わー、ありがとうございます」

味見をさせてもらったが、ほどよい辛さだ。昨日、失神しそうなくらい辛い赤麺を食べたおかげか、辛みの中にある旨みまでも感じてしまった。

以前、胡椒茸《ペペリ》と薬草ニンニク、唐辛子を油で煮込む料理を作ったこともあるが、それとはまったく異なる味わいと旨みがある。

「これって、中に入っているのは唐辛子と油、それから薬草ニンニクに、生姜《ゼンゼロ》、長ネギ《プリツン》……あとは、ピリッとした味わいの何かが入っていますね」

「さすが、リスリス衛生兵だな。正解は、花椒《ホアジャオ》、と呼ばれる、異国の地で生産される香辛料だ。しびれを含んだ辛みを出すことができる」

「花椒、ですか。初めて聞きました。作り方をお聞きしてもいいですか？」

「ああ」

まず、長ネギと生姜を油で揚げて、途中から唐辛子と花椒を追加する。ぐつぐつ油で煮込む間、粉末唐辛子に水を入れてしっかり練り込む。

「先ほどの香味野菜と唐辛子を揚げた油を、練った唐辛子の中に注ぎ入れ、一週間ほど置いておいたら、唐辛子のオイル漬けの完成となる」

「おおー！」

唐辛子を揚げた油で、唐辛子を漬ける。なんて危険なものが、この世に存在するのか。

「今度、作ってみます」

「ぜひともそうしてくれ」

ベルリー副隊長から貰った唐辛子のオイル漬けを胸に抱いていたら、ウルガスからそれはなんだと質問を受けた。

「粉末唐辛子を、唐辛子を揚げた油に漬けたものですよ」

「な、なんですか、それ」

普通の人ならば、こういう反応をしてしまうのは不思議でもなんでもない。この辛みが、料理のおいしさを引き立ててくれるのに。

「今度、ウルガスにも、これを使った料理を食べさせてあげますね」

「ワーイ、ヤッター……！」

ウルガスは引きつった笑みを浮かべつつ、棒読みで返してくれた。あれは、確実に喜んでいない表情だ。ぜったいに、「おいしい」と言わせてみせる。料理人としての魂が、燃えてしまった。

朝礼後、私はひとり第二遠征部隊の厨房に立つ。

温かいものがいいというので、まだ何を作るか決まっていないのに、鳥ガラを鍋で煮込んでいた。

これがあれば、どんな料理も作れるからだ。

『アルブムチャンモ、手伝ウヨ！』

「アルブム、いつの間にここに⁉」

私が料理しようとしているところに、アルブムは必ず現れるのだ。

まあ、いい。ちょうどいい機会だ。棚の中から小さな布地を取り出す。

「アルブム、はい。エプロンと三角巾です」

『エ⁉』

「え、じゃないですよ。調理中、油やお湯が飛んだら、痛いし熱いでしょう。身に付けてください」

アルブム用のエプロンは、休憩時間に毎日ちまちま作っていたのだ。目を丸くして私をじっと見つめるアルブムに、エプロンをかけ、三角巾を巻いてやる。

「なかなか似合っているじゃないですか！」

『エ、ソウ？　コレ、アルブムチャンガ、モラッテ、イイノ？』

「いいですよ。アルブム以外、誰が使えるって言うんですか」

『ソ、ソウダヨネ。エヘヘ……！』

アルブムはボウルの前に立ち、エプロンをかけた自らの姿を覗き込んでいた。

『ナンカ、イイカモ！　パンケーキノ娘ェ、アリガトウネ』

「いえいえ」

思いの外、喜んでくれたようだ。

『今日ハ、何ヲ、作ルノ？』

「夜市に出す、料理を考えているのですが」

冬なので、売れ筋は温かいものだろう。しかし、ライバル店は多い。ごく普通のスープを作ったところで、目を付けられるような売り上げを叩き出すことは困難だろう。

「珍しい、温かいもの……うーん！」

考えるが、すぐに浮かんでくるものではない。

『パンケーキノ娘ェ、コノ赤イ瓶、何ー？』

「ああ、それは、ベルリー副隊長に貰った、唐辛子《ピマン》のオイル漬けですよ。スープやお肉に垂らすと、ピリッとしておいしいんです」

『ソウナンダー。真ッ赤デ、不思議ダネエ。デモ、ナンカ、オイシソウカモ』

アルブムの食いつきを見て、ハッとなる。唐辛子のオイル漬けを使った料理を、作って屋台で売るのはどうだろうかと。

これから、ぐっと寒くなる。体が温まる、ピリ辛料理は最適かもしれない。

赤麺以外に、唐辛子を使った料理の出店はないと言っていたし。ものすごく辛いというわけでもないので、赤麺の屋台と競合もしないだろう。

「よし！　じゃあ、唐辛子のオイル漬けを使った料理を、考えてみますか！」

『ハーイ！』

どんな料理にしようか。アルブムと一緒に考える。

「スープだけではお腹が膨らまないので、何か具が必要ですよね」

『オ肉ガイイ！』

「いいですね。唐辛子《ピマン》との相性もよさそうです。あとは――」

豆か、米か、麺か。

「迷いますね」

『アルブムチャンハ、麺ガ、イイカナ』

「そうですね。手っ取り早く、お腹いっぱいになれそうな気がします。では、唐辛子味のスープに、お肉と麺を入れた料理を作ってみましょう」

『ワーイ！』

ある程度構想がまとまったので、市場に買い物に出かけることにした。ちょうど、廊下にルードティンク隊長が通りかかったので、声をかける。

「あ、ルードティンク隊長。今から、市場に行ってきますね」

「ああ、わかった。荷物持ちのウルガスは必要か？」

「いえ、アルブムがいますので」

「わかった。あ、私服で行けよ。他に潜入捜査をしている騎士の邪魔になるから」

「了解です」

私服に着替えてアルブムを首に巻き、市場を目指す。

お昼前の街は、比較的のんびりしている。もっとも人通りが多いのは、朝と夕方だろう。

市場も、人通りはまばらだった。昨日の夜市と比べたら、いないに等しい。

偶然にも、香辛料を売るお店があったので、唐辛子を追加購入することにした。

「いらっしゃい！　あれ？」

「あっ！」

香辛料を売っていたのは、昨日涙目で赤麺を作っていたお兄さんだった。

「偶然だな」

「はい。香辛料も売っていたのですね」

「こっちが本業なんだよ。うちは代々続く、香辛料売りなのさ。赤麺なんてほとんど売れない、趣味の店なんだ」

「な、なるほど」

唐辛子を売ってくれというと、お兄さんはにんまりと笑みを浮かべた。

「お客さんも、唐辛子の辛さにハマってしまったか？」

「ええ、まあ。と、いいますか、実を言いますと、唐辛子料理の屋台を出そうと思いまして」

もしかしたら、嫌がられるかもしれない。でも、黙って出店するのも、なんだか悪い気がしていたのだ。

正直に告げたあと、チラリとお兄さんを見る。無表情だった。

「それ、本当か？」

「はい。あ、その、まだ、試作品すら作っていない状況なのですが」

「そうか。すごく、嬉しい」

「え？」

「今まで、唐辛子料理を認めてくれる人はあまりいなくて……。家族からも、馬鹿なものを売ってと、呆れられていたんだ」

ただ、赤麺ほど辛い料理ではない。万人受けするような、ピリっと辛い料理である。

「今、俺が売っているのは、俺が好きな唐辛子料理《ピマン》だ。他人の好みなんか知らねえ、気に食わないヤツは買わなければいい。そう思いながら、売っている。万人受けする唐辛子料理、いいじゃないか！　俺が、できなかったことだ」

「そ、そう、ですか」

お兄さんは袋に、目一杯唐辛子を詰め込んで私に差し出す。

「あと、粉末唐辛子や花椒《ホアジャオ》もありますか？」

「ああ。これだな」

他に、オススメの辛みのある香辛料も教えてもらった。唐辛子だけでなく、いろいろあるようだ。試食させてもらったが、どれもなかなか面白い味わいだ。それも、合わせて購入することに決めた。

「ありがとうございます。全部で、いくらになりますか？」

「お代はいらねえ。持ってけ泥棒！」

「いやいや、お代は払わせてください」

「いいって」

「いいえ。唐辛子業界の未来のために、支払います」

「唐辛子業界の未来、か……。それもそうだな」

代金を受け取ってくれたので、ホッとする。このお兄さんは本当に、唐辛子が大好きなのだろう。

「出店したら、教えてくれ。食べにいくから」

「はい。ありがとうございます」

お客さんが来るかどうかの心配をしていたが、とりあえずひとりは来てもらえるようだ。ホッと胸を撫で下ろす。

お兄さんと別れ、続いて麺を買わなければ。麺を扱っているお店は、小麦粉を売る商店の隣にあった。

ふっくら体型のおばさんが、私とアルブムを迎えてくれる。

「いらっしゃい。どんな麺をお望みだい？」

「えっと……」

どんな麺をと聞かれ、商品が置かれた台の上に視線を移す。生麺に乾麺、細い麺に太い麺と、さまざまな種類の麺がこれでもかと並べられていた。

今回の唐辛子料理の主役は、ピリ辛のスープだろう。それを活かせるような麺でないといけない。

通常、麺は料理のメインである。脇役に徹するなんてことはほぼない。

「あの、スープの味が引き立つ麺はありますか？」

「スープの味を引き立たせる麺、ねえ」

「すみません、難しいことを言ってしまって。今回は、スープを主役にして、味わってほしくて」

「なるほどね、スープが主役の料理か。だったら、この乾麺をオススメするよ」

おばさんが差し出したのは、ちぢれた麺を乾燥させたものである。この前遠征用に買った麺は、まっすぐだった。このように、ぐにゃぐにゃした麺は初めて見る。

「この麺はね、スープがよく絡むように、ちぢれた形をしているんだよ」

「そうなのですね！」

驚いた。スープの味を引き立ててくれる麺が存在するなんて。

「では、これをください」

「まいどあり！」

ホクホク気分で、店を去る。最後に立ち寄ったのは、精肉店。

皮を剥いだ猪豚《スース》が、どんと店頭に置かれていた。大迫力である。

大きな包丁を握った、筋肉質なおじさんが白い歯を見せながら声をかけてきた。

「いらっしゃい。どんな肉をお望みだい？」

「そうですね……」

骨付き肉を柔らかくなるまで煮込んだものは、唐辛子《ピマン》と相性抜群だろう。けれど、それではお肉が主役になってしまう。

「迷っているんだったら、相談に乗るよ」

「ありがとうございます」

お言葉に甘えて、料理について説明してみた。

「あの、唐辛子のスープ麺に、お肉を入れようと思っているのですが、スープを主役にしたいんです。どんなお肉を入れたらいいと思いますか？」

「なるほど。スープが主役の唐辛子料理か。だったら、猪豚と三角牛《カローヴァ》の合いびき肉はどうだ？」

「ああ、ひき肉！」

なるほど。ひき肉だったら、スープの脇役に徹してくれるだろう。

「では、ひき肉をください」

「了解！」

肉の部位を指定したら、その場で挽いてくれた。脂身を多めに入れてもらう。

「よし。材料は、こんなものですかね」

唐辛子と麺と肉。これで、だいたいの材料は揃っただろうか。

『楽シミダネェ』

「そうですね」

『アルブムチャン、辛イ料理、初メテダカラ、食ベラレルカナ？』

唐辛子料理と聞いて、ウルガスも微妙な表情を浮かべていた。辛いのが苦手な人にも、食べられるような味付けにしたい。

市場で食材を探し回ったが、いまいちピンとこず。最終的に、最初に行った香辛料の店のお兄さんに質問をぶつけてみた。

「辛いのが苦手な人のために入れるものだって？　だったら、これを入れるといい」

差し出されたのは、何かのペーストが入った瓶。

「これはなんですか？」

「練り白胡麻《ルセザーム》だ」

胡麻という食材を、胡麻から作った油で練ってペースト状にしたものらしい。なんとなく、唐辛子のオイル漬けに似た調理法である。

「これを唐辛子料理に混ぜると、味わいが柔らかくなり、辛さの旨みが引き立つ」

「お、おお！」

練り白胡麻は、サラダのドレッシングに入れたり、スープにコクを加えるために入れたり、肉料理のタレに使ったりと、利用方法は多岐に亘るらしい。

「では、これをください！」

一瓶買って、いい感じのスープが作れたらまた買いに来よう。

そんなこんなで、唐辛子麺の材料は揃った。あとは、調理するのみである。

第二部隊の騎士舎に戻り、ルードティンク隊長に帰ってきたという旨を告げた。それから、台所に移動して、買ってきた品々を並べていく。首に巻いていたアルブムも、合いびき肉の包みの隣に並べた。

『チョットー。アルブムチャンモ、食材ミタイジャナーイ?』

「そう思うんだったら、自力で移動してください」

『ハーイ』

ダラダラと起き上がっていたので、エプロンをかけるように言う。すると、素早く動き始める。

『ア、ソウダッタ！　アルブムチャン、パンケーキノ娘ガ作ッタ、エプロンガ、アルンダッタ！』

アルブムはエプロンをかけ、三角巾を結び、胸を張って立つ。不思議と、立派な料理人に見えた。

「では、始めましょうか」

『ハーイ！』

まず、スープ作りから。ひき肉を唐辛子のオイル漬けの油で炒め、火が通ったら鳥ガラスープを加える。ぐつぐつ煮立ったスープに辛み成分を含んだ香辛料と練り白胡麻《ルセザーム》を、少しずつ加えていった。味見をしながら、辛くなりすぎないように気を付ける。

最後に、アルブムに味見をしてもらった。

「どうですか?」

『結構、辛イネエ』

「そうですか」

練り白胡麻を少しずつ入れて、そのたびにアルブムに確認してもらう。

『ウン！　チョウド、イイカモ！　オイシイネ！』

昨日、私は超絶辛い赤麺を食べたので、どれくらいがちょうどいいか、わからなくなっていたようだ。アルブムのおかげで、いい感じの辛さに仕上がっているだろう。

「アルブム、偉い、偉い」

『デヘヘ～～』

アルブムを褒め、頭を撫でる。

「さて、と。次は――」

ひき肉が余ったので、上に載せる用のそぼろ炒めも作ってみた。

「次に、麺ですね」

乾燥させたちぢれ麺を、ぐらぐらに茹だった鍋の中に入れて煮込む。五分ほどで、茹で上がった。

「よし、こんなものでしょう！」

器にスープを注ぎ、中に麺を入れて解す。上にそぼろを載せ、すった生姜《ゼンゼロ》を散らしたら『ひき肉唐辛子麺』の完成である。

ちょうどお昼時なので、食事に行っていない面々に試食をお願いしてみた。

ルードティンク隊長とベルリー副隊長、ウルガスの三人が集まる。

「おう、リスリス、もう試作品ができたのか？」

「はい！　自信作です！」

ルードティンク隊長は休憩所のテーブルに並んだ器を覗き込み、顔を顰めつつぼやいた。

「なんだ、この真っ赤な食いもんは。ベルリーが好きな、辛い食いもんじゃないか！」

ベルリー副隊長は嬉しそうにしていたが、ルードティンク隊長の反応を見てしょんぼりしている。

おいしいのに、食べる前から文句を言うなんて。

ウルガスも訝しげな様子で、器を持ってくんくん匂いをかいでいた。

「ルードティンク隊長、これ、すっごくいい匂いがしますよ」

「んん？　たしかに、そうだな」

「一回食べたあとで、いろいろご意見を述べてください」

「わかったよ」

ルードティンク隊長はどっかりと椅子に座ったかと思えば、繊細な様子で食前の祈りを捧げる。皆も、あとに続いた。

「よし。いただくとしようか」

そんなふうに宣言していたルードティンク隊長であるが、ウルガスが食べるのを横目で確認していた。まあ、猫舌だというのもあるんだろうけれど。ウルガスがおいしいと言ったら、食べ始めるに違いない。

ウルガスは湯気が上がるスープをフーフー冷まし、一口飲んだ。

「う……わあ！」

ウルガスの瞳が、きらりんと輝いた。

「おい、ウルガス。どうなんだ？」

「おいしいです。すっごく、おいしい。なんでしょう。なめらかなスープなんですけれど、後味がピリッとしていて、でも、辛さはあとを引かないんです」

「そうか」

続けて、ベルリー副隊長も、スープを飲んだ。

「ああ、なんて深いスープなんだ。辛みの中に、旨みがぎゅっと凝縮されている」

ウルガスとベルリー副隊長が絶賛したので、ルードティンク隊長も食べてみるようだ。

「んん⁉ なんだこれは。初めて食べる味わいだ。辛いのになめらかで、最終的にうまいと感じるのは、どういうことなんだ⁉」

「その秘密は――練り白胡麻《ルセザーム》なんです！」

「練り白胡麻だと⁉」

練り白胡麻を入れたおかげで、辛みの角をすべて削いでくれているのだろう。かといって、まったく辛みを感じないわけではないので、不思議なものである。

辛さが足りない人は、唐辛子《ピマン》のオイル漬けを追加で垂らしたらいい。

「ベルリー副隊長、追加で唐辛子のオイル漬けをかけますか？」

「いや、いい。このままでも、十分おいしい」

「それはよかったです」

アルブムは口の周りを真っ赤に染めながら、スプーンで器用にスープを飲んでいた。

『アー、オイシイ！』

口を拭いてあげたが、落ちなかった。洗剤で洗ったらきれいになるのか、若干不安になる。まあ、いい。

今は、食事に集中しよう。

続いて、麺を食べる。

アルブムは器用にフォークを操り、麺を食べていた。

「リスリス衛生兵、この麺も、スープがよく絡んでおいしいですね」

「ちぢれ麺も、スープをおいしく味わってもらえるように、吟味《ぎんみ》したんです」

「なるほど」

皆、スープの一滴まできれいに飲み干してくれた。これだけいい食べっぷりを見せてくれたら、作りがいもあるというもの。

「ルードティンク隊長、いかがでしたか？」

「問題なく採用だ。これで、ガッポガッポと儲けるぞ」

思わず、「おー！」と返事をしそうになったが、目的は屋台を繁盛させることではない。薬物の取り引きをする犯人を捜すことなのだ。

「しかしこの料理は、かなり売れるぞ。俺の一ヶ月分の給料をかけてもいい」

「光栄です」

売り上げはそれぞれの部隊の懐に入れてもいいというので、頑張ったら頑張っただけおいしい目をみることができる仕組みなのだ。そのため、ルードティンク隊長はやる気になっているのだろう。

「おい、ベルリー。何か、客寄せの服は買ったのか？」

「いいえ、特に何も」

「いつもの全身黒の、暗殺者みたいな服は禁止だからな」

ベルリー副隊長はそっと窓の外の景色を眺め、切なげな表情を浮かべていた。

「服はザラに見繕ってもらえ。代金は経費にしてもいいから」

「了解」

今の「了解」ほど、ベルリー副隊長のやる気のない言葉は聞いたことがないだろう。


終業後、ザラさんとベルリー副隊長、そして私の三人で、服を買いに出かけることとなる。

騎士服から私服に着替えて、夜の街に繰り出した。

本日のザラさんは、袖口がフリル状になった上着に、黒革のズボンを合わせている。髪は、一つに結った付け毛を地毛に結んでいた。私は腰部分をリボンで絞った、シンプルなワンピースをまとう。

ベルリー副隊長は、昨日とは異なる全身黒の装いで現れた。

「すまない。私の私服は基本、こんなものだ」

「でも、お似合いですよ」

「リスリス衛生兵、ありがとう」

シャルロットも誘ったが、「お爺ちゃんがひとりで寂しいだろうから、シャルは帰るね」と言ってウマタロに乗って帰っていった。

今日はザラさんが馬に乗せてくれるというので、アメリアもシャルロットと一緒に帰ってもらう。

「それにしても、クロウも酷いわよね。アンナひとりに、宣伝を押しつけるなんて」

「私は、他に手伝えることがないからな」

「そんなことないわよ。調理は覚えたら、すぐにできるわ」

ザラさんはベルリー副隊長ひとりに宣伝を任せることに対し、憤っているようだった。

「まあ、何事も経験だろう」

諦めの境地とばかりに、ベルリー副隊長は物憂げなため息をついていた。

「それにしても、メルちゃんのひき肉唐辛子麺の試食会をやっていたなんて」

「今日は研修会だったんですよね？」

「そうよ。おじさんの長い話を聞くだけの、大変なお仕事だったわ」

「お疲れ様です。唐辛子《ピマン》のオイル漬けの作り方を聞いたので、今度家で作りますね」

「楽しみにしているわ」

お喋りをしながらたどり着いたのは、ザラさん行きつけのお店。流行の先端を行く品々が揃えられているらしい。

そこは中央街の路地裏で、ひっそり営業していた。普通、服を扱うお店は昼間しか営業していないが、ここは夕方から日付が変わる時間帯まで開いているようだ。

「こんばんは」

カランと、鐘の音が鳴る。中には、フリルやリボンがあしらわれた、オシャレな服がこれでもかと並んでいた。

「あら、いらっしゃい！」

三十前後の、黒髪黒目の美人なお姉さんが迎えてくれる。声が低いような気がするが、もしかして——？

「メルちゃん、彼女は男よ」

「うふふ、そうなの」

「あ、そ、そうですか」

見た目は完全に女性だが、実は男性だと。ザラさんのこともあったので疑っていたら、そのまさかとは。

「王都に来たばかりのとき、ここに迷いこんで。私の服装のあまりのダサさに、ここの店長が悲鳴を上げて」

「懐かしいわー。この子、素材はいいのに、酷い恰好をしていたものだから」

「そうそう。このお店、成人男性が着られる女性物の服が揃っていて、驚いたわ」

「当たり前じゃない。今の時代、男性物、女性物と分けるというのは、古いの」

そんなわけで、ここは男性物、女性物と分けておらず、似合う服を好きなように着たらいいというコンセプトで販売しているらしい。

「今日はね、アンナに似合う服を探してほしいんだけれど」

「まあ、すてきな素材ね！」

店主さんはベルリー副隊長の顎を掴み、じっと見つめる。

「わかったわ。あなたには――これよっ！」

ベルリー副隊長の前に差し出されたのは、社交界の貴公子がまとっているような、金のモールが施された正装である。

「こ、これは……！」

「えっと、確かに、お似合いですが」

ザラさんが、店主さんに物申す。

「あの、ごめんなさい。今日は、女性物の服を、買いに来たんだけれど」

「ここは、女性物とか、男性物とか、そういう概念の服はないと言っていたでしょう？　ただ、この子に一番似合う服は、これなのよっ！」

「この恰好で舞踏会にでも出たら、それはそれは多くの女性を惹きつけることも可能でしょうけれど……」

残念ながら、ベルリー副隊長が着ていく先は、男性客ばかりの夜市だ。

「カッコイイではなく、色っぽいをテーマに探してもらえるかしら」

「色っぽい……ね」

「難しい？」

「いいえ。私の中に、難しいなんて言葉はないわっ！」

「だったら、お願いね」

店主さんは、再びベルリー副隊長に似合う服を選び始める。

「これで私に似合う服が見つからなかったとして、幻獣を模した服をまとったら、幻獣保護局の面々が集まるだろう。さすれば、店が流行っているように見えるかもしれない」

「そ、そんな。ベルリー副隊長が幻獣の扮装をするなんて！」

そういえば、昨日の夜市で、若い女性達の間で幻獣グッズが流行っていると聞いたような。もしも、幻獣の扮装をしたら、幻獣保護局だけではなく、流行に敏感な女性客も集まるかもしれない。

「幻獣グッズをおまけに付けるのも、いいかもしれないですね」

「布教にもなるから、幻獣保護局に話を持って行ったら、乗ってくれるかもしれないな」

明日、リーゼロッテに相談してみよう。そんな話題に、店長が反応を示す。

「幻獣……？　はっ、そうだわ!!」

私とベルリー副隊長の雑談から、何か着想を得たようだ。素早く、服や小物を選んでいく。

「これよっ！」

羽根飾りやら、モフモフの襟巻きやら、温かそうな素材の服を手渡していた。奥に試着室があるようで、連れて行かれる。

「案外、サックリ決まりましたね」

「そうね」

ザラさんは何か見つけたようで、手招きしてくれた。

「なんですか？」

「この服、メルちゃんに似合いそうだと思って」

それは木漏れ日のような温かさが滲む、生成り色のドレスだった。左右の腰にベルベットのリボンが結んであり、スカートのラインはストンとまっすぐ。大人っぽい意匠《デザイン》だ。

「わあ～、素敵ですね！」

普段はこんなドレスを着ていく場所なんて思いつかないが、来月にルードティンク隊長とメリーナさんの結婚式がある。ずっとドレスを着ていこうか、仕立てのいいワンピースを着ていくか、迷っていたのだ。

「私、このドレス、買い——わっ、高っ！」

そう宣言したものの、値札を見てぎょっとする。お値段は、給料二ヶ月分だった。しかし、ルードティンク隊長の結婚式に、安物を着ていけないだろう。春になったら、ガルさんの結婚式だってあるし。

お金を出すという勇気を、今こそ出さなければ。とりあえず、今日は持ち合わせがないので買えないだろう。取り置きできるか、店長さんに聞かなければ。

「ねえ、メルちゃん。これに似たドレスだったら、私、作れると思うの」

「そ、そうなのですか⁉」

「メルちゃんさえよかったら、作ってもいい？」

「あ、でも、ザラさんも、ルードティンク隊長の結婚式に着る衣装を用意しないといけないのでは？」

「大丈夫よ。私は騎士隊の正装を着ていくわ」

そうだった。騎士には、正装があるのだ。ドレスは必要ない。

「あ、じゃあ、私も正装で」

「ダメよ。私、メルちゃんのドレス姿がみたいの！　ねえ、二人で作りましょうよ。きっと、楽しいわ」

ザラさんと二人でドレス作りなんて、楽しいに決まっているだろう。

「えっと、お言葉に、甘えてもいいならば」

「じゃあ、決まりね」

会話が途切れたのと同時に、店長さんの「すばらしいわ！」という声が聞こえる。どうやら、ベルリー副隊長の試着が終わったようだ。

「ねえ、見てちょうだい！　とっても素敵でしょう？」

「わあ……！」

耳に羽根飾りを挿し、体の線がわかるぴったりとした毛糸の上着に、ズボンを合わせ、モコモコとした襟巻きを付けた全身白い恰好をした姿は、雪の精霊のように艶やかだ。

「毎朝、鳥みたいな白い幻獣が空を飛んでいるのを見かけるんだけれど、それをイメージして服を合わせてみたわ」

「鳥みたいな白い幻獣？　それって、アメリアのことじゃないの？」

「王都の空を飛んでいる幻獣は、アメリアしかいないでしょうね」

「まあ、そうだったのね」

雪の精霊ではなく、アメリアをイメージしたものだったようだ。

ベルリー副隊長の私服は硬いイメージがある革の服が多かったが、毛糸の服は印象を柔らかく、そしてどこか色っぽく見せてくれる。

「アンナのこと、初めて可愛いって思ったわ」

「私はたまに、ベルリー副隊長を可愛く思うときはありましたけれどね。でも、その服を着たベルリー副隊長、本当に可愛いです。いつもの黒い服も素敵ですが、白い装いもお似合いです」

恥ずかしいのか、ベルリー副隊長は頬を赤く染めていた。

「それで決まりね！」

他にも数着、服を購入したようだ。購入した服は、後日ベルリー副隊長の家に配達してくれるとのこと。

「じゃあ、また買いに来てねん」

店長さんの見送りを受けながら、店をあとにした。

「ふたりとも、仕事で疲れているのに、付き合ってくれて感謝する」

「気にしなくていいわ。楽しかったし」

「素敵なベルリー副隊長も見られて、役得でした」

「そうか。だったら、よかった」

ニコニコと微笑み合っていたら、突然思いがけない事態となる。道を歩いていたおじさんが、突然倒れたのだ。

「えっ、ええ⁉」

ベルリー副隊長がすぐさま駆け寄り、声かけする。

「大丈夫か？　おい！」

ガタガタと痙攣《けいれん》し、白目を剥いていた。ゼーハーと呼吸はしている。喉に何か詰まっている様子はない。

脈拍は、少し早いくらいか。

「ザラ、リスリス衛生兵、ちょっと見ていてくれ。近くに診療所があるから、医者を呼んでくる」

「ええ、わかったわ」

「了解」

ものの五分で、ベルリー副隊長は四十代くらいの医者を連れてきた。髪はぼさぼさで、髭は伸び放題。眼鏡は曇っていて、白衣はしわしわという怪しい姿だったが、ベルリー副隊長が連れてきたということは間違いなく医者なのだろう。

そんな医者はおじさんをひと目見て、ぼやくように言った。

「また、この患者か」

また、というのはどういうことなのか。聞く前に、治療が必要だろう。あとから、担架を持った診療所の看護師が現れる。一緒に、向かうこととなった。

おじさんには鎮静剤が打たれ、落ち着きを取り戻したという。今は眠っていると。戻ってきた医者に、事情を聞くことにした。

「いやはや、参った。もう、店じまいしようと思っていたのに」

ここは診療所である。お店ではない。医者はなかなか愉快な人物のようだ。

「私達は騎士隊エノクの騎士だ。詳しい話を聞かせてもらいたいのだが」

「あー、やっぱり、騎士様だったか。なんか、騎士って生き物は、ひと目見ただけでわかるんだよね。こう、なんていうの、背筋がピンと伸びた感じとか、清廉な雰囲気？」

それはわかる。私には当てはまらないが、ベルリー副隊長やザラさんは、私服を着ていてもなんとなく騎士だという雰囲気があるのだ。

「それで、何か患者について知っていることがあるのか？　場合によっては、上に報告をしなければならないのだが」

「あれは、薬物中毒だよ。今週だけで、五人目だ」

どの患者も、何日経っても意識が朦朧《もうろう》としており、まともな会話はできないという。

大変危険な薬なのだとか。

「騎士隊から、ああいう薬物中毒の患者が出たら、報告するように言われている。あんたらについても、報告しておくよ。生真面目な私服の騎士が、患者を介抱してくれたとね」

礼を言って、騎士と別れる。

「それにしても、酷い事件だ」

「ええ」

「本当に」

犯人を捕まえるためには、夜市でお店を繁盛させなければならない。

「頑張りましょう」

「ああ、そうだな」

「絶対に、懲らしめてやるんだから」

私達は犯人を拘束するため、メラメラと燃えていた。
＊

夜市に参加する日が決まった。私はシャルロットと共にスープを仕込み、手先が器用なガルさんとスラちゃんは店の看板を作ってくれる。

リーゼロッテは、お店で配る幻獣グッズの袋詰めに精を出していた。

ザラさんは、ウルガスと共に注文から提供までの流れを試している。

ルードティンク隊長とベルリー副隊長は街の商業組合に、打ち合わせをするため出かけていった。

皆、慌ただしく働いている。


それから三日後――ついに、第二遠征部隊の初出店日を迎えていた。

夕方になり、夜市の西通りにある第二遠征部隊のお店を目指した。まだ、人通りはそこまで多くない。

どの屋台も、開店前の準備をしているようだった。

「あの、ルードティンク隊長、西通りって人気店ばかりで、出店が難しいと聞きましたが」

「商業組合が、事件解決のためにと特別に貸してくれたんだよ」

「そうだったのですね」

屋台の前にたどり着く。ガルさんが作ってくれた、翼を広げた火竜の姿が刻まれた看板が目印である。ひき肉唐辛子麺から、火竜麺と名を変えた。一杯購入するごとにくじを引いて、火竜のグッズがもらえるのだ。協力はもちろん、幻獣保護局である。

店番をする私とウルガス、ザラさん、リーゼロッテの四名は、ザラさんお手製の火竜エプロンをかけていた。店の前で宣伝するベルリー副隊長はこの前買った全身白の服をまとい、火竜のぬいぐるみを胸に抱いている。

ウルガスが不安げな様子で、話しかけてきた。

「リ、リスリス衛生兵、なんだか緊張しますね」

「え、ええ」

「大丈夫よ、ふたりとも」

食堂に勤めていたザラさんは、慣れっこなのだろう。一方で、私やウルガスは先ほどから、ドキドキソワソワが止まらない。

私は火竜麺が受け入れてもらえるかの心配もあるのだ。

「アンナも、大丈夫?」

「あ、ああ」

『アルブムチャンモ、宣伝スルヨー!』

皆と同じく、火竜のエプロンをかけたアルブムも、張り切って参加しているようだ。

「ザラさん。アルブムの分まで、エプロンを作ってくれたのですね」

「ええ。彼も仲間ですもの」

ザラさんの言葉を聞いたアルブムは、頭を掻きながら『デヘヘ』と笑っていた。

ちなみにシャルロットとアメリアは、家でお留守番である。

せっせと準備をしていたら、斜め前で開店準備をしていた商人のおじさんが話しかけてきた。

「見ない顔だな。新入りか？」

「えっと、はい」

「俺はそっちの店で、猪豚《スース》の串焼きを売っている。そっちは、何を売るんだ？」

「唐辛子《ピマン》を使ったスープで食べる、麺を」

「唐辛子だと？　んなもん、売れるわけがないだろうが！」

ガハハハと、豪快に笑ってくれる。なんだか、イヤな感じだ。

「まあ、頑張ってくれ」

「ドウモ、アリガトウゴザイマス」

思わず、棒読みになってしまった。

「リスリス衛生兵、今の人、失礼ですね」

「相手をして、損をしました」

世の中、いろんな人がいる。すべての人に、誠心誠意付き合う必要はまったくないのだ。

時計塔の鐘が鳴り始める。夜を告げる、最後の鐘だ。

「さて、そろそろか」

「ですね」

仕事帰りの人々が、夕食を求めてなだれ込んでくるのだ。周囲の店から、威勢のいい声が聞こえた。

「いらっしゃい、いらっしゃい。人気の、チーズ焼きだよ！」

「ジューシーな猪豚の串焼き肉はいかがだい？」

「新鮮な魚を、葉包みして焼いた商品だよ！」

声に引き寄せられて、人が集まる。あっという間に、行列ができる屋台もあった。さすが商人、といった感じだ。

ベルリー副隊長も腹を括った表情で、宣伝を口にしようとした。その瞬間、若い女性のお客さんが話しかけてくる。

「あの、ここって、火竜グッズが貰えるお店ですよね？」

「ああ、そうだが」

「よかった。じゃあ、一杯くださいな」

「ありがとうございまーす。火竜麺、一杯でーす」

ウルガスが注文を口にし、リーゼロッテが代金を受け取って、ザラさんが乾麺を茹で始める。私は緊張しつつ、スープが煮込まれた鍋をかき混ぜた。

「メルちゃん、仕上げをお願い」

「は、はい」

仕上げと言っても、スープを注いでひき肉を上に載せるだけである。それでも、ぶるぶると手が震えてしまった。

火竜麺を作っている間、リーゼロッテは火竜グッズのくじ引きを行っていた。小さなぬいぐるみが当たったようで、喜んでいる。と、ほっこりしている場合ではなかった。

「できました」

「はーい」

ウルガスが受け取って、お客さんに差し出してくれた。

「裏手に飲食する場所があるので、そちらにどうぞ」

ちなみに、使う器は商業組合が提供してくれる、夜市専用の器。ほとんどの商店が同じ器を使っており、飲食する場所に返却用の箱が置かれている。係の人がこまめに回収し、洗ってくれるのだ。

器が足りなくなったら、商業組合に借りに行けばいい。と、このように、便利な制度が築かれている。

いつの間にか、行列ができていた。ベルリー副隊長が、整理をしてくれている。

「メルちゃん、すごいわ。行列ができている」

「ドキドキしますね」

行列には数名、幻獣保護局の見知った顔が並んでいた。火竜グッズを貰いにきたのだろう。幻獣作戦は大成功というわけだ。

それから、目が回るような忙しさとなる。作っても作っても、列が途切れない。

『火竜麺、二杯ダッテー！』

「わー、了解です。アートさん、火竜麺、二杯分お願いしまーす」

「ええ、わかったわ」

意外にも、アルブムが店番として大活躍をしていた。リーゼロッテも、器用に接客をこなしている。意外な才能だ。

「最後尾はこっちだ」

ベルリー副隊長も、頑張っている。私も精一杯、おいしい火竜麺を提供しなければ。

一時間で一つ目の鍋が空になり、二時間で二つ目の鍋が空になった。これ以上スープはないため、閉店となる。

見回りをしていたルードティンク隊長が、戻ってきた。くたびれた私服は、市民に紛れるために敢えて着ているのだろう。労働帰りの山賊、といった雰囲気であった。

「皆、ご苦労だったな。後片付けをして、解散だ」

一度騎士舎に戻り、反省会をする。

「人が多くて、わけがわからなかった」

ガルさんとスラちゃんも、コクコクと頷いている。あの人混みの中では、見回ることすら困難だろう。お疲れ様である。

ぐったり疲れている様子だったが、リーゼロッテが本日の売り上げを渡すと、ニヤリと口の端を上げていた。実に、山賊らしい表情である。

「ふっ……悪くないな」

火竜グッズは、幻獣保護局が費用を負担している。火竜麺の材料費や出店費用は騎士隊負担である。売り上げはそのまま第二部隊のものとなるのだ。

「騎士辞めて、皆で屋台を開くか！」

騎士を廃業し、屋台で働く商人となる。新しすぎる第二の人生だろう。

そんな提案に、ザラさんが苦言を呈する。

「クロウ、一日目が上手くいったからって、その先もずっと続くとは限らないのよ。今日は幻獣くじがあったし、物珍しさもあったから上手くいっただけで。こういうのは、売り上げを保ったまま続けるほうが大変なの。あなただって、騎士を続けていくのは、大変だったでしょう？　よく、考えてみて」

「ザラ……お前は俺の母親か。生き方を諭すな」

ザラさんはルードティンク隊長の先輩騎士であり、お兄さん、お姉さんでもあり、さらに、お母さんでもあるのだろう。二人の関係は、なんだか微笑ましく思ってしまう。

「ま、いろいろあったが、本日の仕事は終わりだ。帰って、ゆっくり休め」

明日は、お昼から出勤し、スープを仕込んだあと、夕方の販売を行う。犯人が捕まるまで、この特殊な勤務態勢を進めていくようだ。

ささっと帰宅して、熱いお風呂に浸かり、泥のように眠った。

二日目には、赤麺を売るお兄さんが来てくれた。

「さっき食べさせてもらったが、驚いた。新しい辛さの形だった」

「それはよかったです」

「それにしてもびっくりした。繁盛しているんだな」

「おかげさまで。ただ、味で勝負しているわけではなく、幻獣グッズのおまけ付きなので、今は幻獣ファンが押しかけている感じです」

「そうなのか。俺も、辛みを抑えたものを売ってみるかな」

「別に、赤麺は、あのままでも」

「でも、このままじゃいけないって、ずっと思っていたんだ」

「楽しみにしている人だって、いると思いますし」

お兄さんの表情が、一変する。カッと顔を赤くさせ、ジロリと私を睨みながら叫んだ。

「あんたに、何がわかるっていうんだ！　売り上げを叩きださないと、続けられないんだよ！」

「そ、そう、ですよね」

「あ……ど、怒鳴ってすまなかった」

「いえ。お気になさらず」

赤麺を売るお兄さんは「勉強させてもらった」と言葉を残し、去って行く。その後ろ姿は、寂しげだった。

「ねえ、メルちゃん。さっきの人は誰？」

「ベルリー副隊長行きつけの、東通りでお店を出している人です。実家が香辛料を取り扱うお店みたいで」

「香辛料の……そうなの。ちょっと、情緒不安定な感じね」

「同じ辛い麺が売れているのを見て、複雑になったのかもしれません」

「そう」

私は多くの人が食べやすいものをめざし、お兄さんは自分が好きなものを作った。作ろうと思った始まりが、大きく異なるのだ。売り上げに差が出るのも、無理はない。

売り出す前に、声をかけていてよかった。何も言わずに出店していたら、問題になっていたかもしれない。

「あの人、ちょっと気になるわね」

「気になる？」

「ええ。ちょっと、ガルに尾行してもらいましょう」

ちょうどお店の裏手で、ガルさんとスラちゃんが休憩していた。

「ねえ、ガル。さっき、メルちゃんと会話していた人を追跡できる？」

ガルさんはコクリと頷いた。スラちゃんも、「任せなさい！」と言わんばかりに、胸をドン！　と打っている。すぐに追跡するため、人の波の中に飛び込んでいった。

「あのお兄さん、おかしなところがあったのですか？」

「ええ。メルちゃんに怒った瞬間、目つきがギラついたというか、なんというか」

「真正面から対峙していたのに、まったく気付きませんでした」

「思い違いだったらいいけれど」

それから、忙しい時間を過ごす。昨日食べにきて、おいしかったから再訪したというお客さんもいた。なんだか嬉しくなる。

本日も、二時間半ほどで完売となった。

『スミマセンー、モウ、売リ切レデー……ピギャッ!!』

アルブムが悲鳴を上げたので、何事かと思って顔を上げる。屋台を覗き込むお客さんは、帽子を深く被り、遮光眼鏡をかけた、全身黒ずくめの男だ。明らかに怪しい。

もしや、あの黒ずくめの男が、薬物商なのか!?

偶然にも、ルードティンク隊長が店の前にやってきたので、咄嗟に叫んだ。

「ルードティンク隊長、その男、怪しいです!!」

すぐさまルードティンク隊長は全身黒ずくめの男を羽交い締めにする。

「大人しくしろ!!」

「くうっ！」

「ルードティンク隊長、その御方は!!」

ベルリー副隊長が、鋭い声で注意を促す。同時に、帽子が落ちた。遮光眼鏡がズレ、容貌が明らかとなる。

「あ、あれ、リヒテンベルガー、侯爵？」

ウルガスの確認するような声を聞いて、私も「ぴぎゃっ！」と悲鳴を上げる。

黒ずくめの怪しい男は、リヒテンベルガー侯爵だったようだ。

「まったく、怪しいとは、失礼な！」

リヒテンベルガー侯爵の抗議に、リーゼロッテが冷静に言葉を返す。

「普段と違う恰好でやってくる、お父様が悪いのでは？　なぜ、そのような姿でやってきたの？」

「くじで当たる、火竜の特大ぬいぐるみを、入手したいと思い、やってきた。金は、ある」

リーゼロッテは額に手を当て、星空を仰ぐ。ウルガスはリヒテンベルガー侯爵の回答が面白かったようで、口を押さえつつ肩を揺らしていた。

ベルリー副隊長が、申し訳なさそうに言った。

「火竜の特大ぬいぐるみは、一時間前に出てしまいました」

「な、なんだと⁉」

火竜グッズの数々はリーゼロッテが地方にある工房に発注し、特別に作らせた物らしい。幻獣保護局の局長であるリヒテンベルガー侯爵でさえ、手に入らない物なのだとか。

入手できないことがわかると、リヒテンベルガー侯爵はしょんぼりしながら帰っていった。

「お父様、暇なのかしら？」

リーゼロッテの呟きにウルガスは我慢しきれず、噴き出していた。

後片付けをしていたら、スラちゃんだけ戻ってきた。

「あれ、ガルさんは、どうしたのですか？」

スラちゃんは、ガルさんらしき姿に変化し、驚いた表情を見せる。次に、香辛料を売るお兄さんらしき姿に変化し、葉っぱを作り出したあと誰かにあげる仕草をしていた。

「も、もしかして、香辛料を売っていたお兄さんが、薬物の取り引きをしていたと⁉」

おそらく、ガルさんは追跡を続けているのだろう。武器は一応持ってきている。どうするのか、ルードティンク隊長を見た。

「ガルのもとに行くぞ。スラ、案内しろ！」

スラちゃんは手を伸ばし、ビシッと敬礼した。

騎士隊の服に着替える余裕はなかったので、私とウルガス、ザラさんにリーゼロッテは白衣にエプロン姿。ルードティンク隊長は都会の山賊を思わせる、野性味溢れる服装。ベルリー副隊長は以前購入した全身白の、美しい姿で出発する。

中央通りから外れた路地裏に、ガルさんがいた。塀の向こうに、誰かいるらしい。そっと、覗き込む。

「この薬草を噛み煙草みたいに使ったら、体調がよくなる」

「本当かよ」

「嘘だと思ったら、試してくれ」

間違いなく、香辛料を売っていたお兄さんだ。手にしているのは、報告書にあった違法薬物に間違いない。

一緒にいるのは――夜市で猪豚の串焼きを売っていた、イヤな感じのおじさんだった。

おじさんは受け取った葉っぱをくるくる丸め、口の中に放り込む。すると――。

「うぐっ！」

吐き出そうとしたが、お兄さんがおじさんの口を塞いだ。この瞬間、ルードティンク隊長が動く。塀を乗り越え、おじさんとお兄さんの前に躍り出た。他の隊員も、次々あとに続いた。

私とリーゼロッテは塀を颯爽と乗り越えることができないため、門のほうへと回り込んだ。

ザラさんがおじさんを助け、口に含んだ薬物を吐き出させる。

逃げようとしたお兄さんの首根っこを、ルードティンク隊長が掴んだ。

「おい、逃げるなよ」

「誰だ、お前は⁉」

「クロウ・ルードティンク。騎士隊エノクの騎士だ」

「嘘つけ！　お前みたいな髭がもじゃもじゃした騎士がいるわけがないだろう！　よくて山賊だっ！」

笑いのツボに入ったウルガスは、我慢せずに「うはっ！」と声を上げて笑っていた。

よくて山賊という言葉、今後、私も使ってみたい。

「ウルガスお前、覚えておけよ」

「す、すみません……！」

ガルさんが、お兄さんの懐を探る。すると、違法薬物が出てきた。

「お前、これをどこで手に入れた」

「……」

「正直に話さないと、ぶっ飛ばすからな！」

それでも話さないので、ルードティンク隊長は本当にお兄さんをぶっ飛ばした。ただ、体を地面に投げつけただけであるが。それでも、十分痛いだろう。

もう一度お兄さんを捕まえ、山賊顔負けの強面で、話すように迫る。

「山賊に事情を話しても、しょうがないだろうが！」

「俺は、山賊ではない。れっきとした、正騎士だと言っているだろうが！　もう一回、投げられたいか？」

「ヒイッ！　わかった。話す、話すから、凄むなっ！」

お兄さんの両手、両足は拘束される。これで、逃走できないだろう。

「じゃあ、質問するぞ。違法薬物は、どこで入手した？　これが、うちの国では取り扱ってはいけないことくらい、知っていただろう？」

「どこって、普通に入荷されていたんだ。ただし、よく似た薬草と間違えて届いたみたいだけれど」

仕入れ先の国では、うちの国で違法となった薬物が合法らしい。それで、よく似た薬草と間違われた状態で、数ヶ月間入荷していたと。

「初めは返すつもりだったんだ。でも――」

王都の夜市は、人情溢れる温かな場所である。しかし、ここ数年、新しい商人が出入りするようになり、夜市全体の雰囲気が変わってきていた。

「俺も、以前は西通りに出店していたんだが、追い出されたんだ。こんな馬鹿みたいな食いもんを売るより、うちの店を出店させたほうがいいと言われて……」

その商人は商業組合に金を積み、場所を奪ったらしい。その後、お兄さんを受け入れてくれたのは、東通り端にある、閑散とした場所だった。

「移動したのに、商人達からの嫌がらせは続いた。だから腹いせに、この薬物を与えたんだ」

他にも、西通りの商人から嫌がらせを受けている商人がいたらしい。その商人にも薬物を与え、仕返しするように唆したのだとか。

十名以上の商人にわけ与えたため、個人個人がどのように薬物を使っていたかは把握していないらしい。

「俺は、最初に嫌がらせをした商人と、こいつにしか薬物を与えていない。残りは、他の商人がしたことだ」

「……わかった。詳しい話は、騎士隊で聞こう」

「そんなこと言って、俺を奴隷商に売り飛ばすつもりなんだろうが！」

その言葉に、ルードティンク隊長は大声で叫んだ。「俺は山賊じゃない!!」と。


事件は瞬く間に、収束した。薬物を配り歩いていた商人は、証言通り十名だった。ほとんどは、夜市で普通に営業している、人の良さそうな商人である。

ルードティンク隊長は、明後日の方向を見ながらぽつりと呟いた。

「嫌がらせを受けた商人が、腹いせに薬物を与える、か。いくら見回りをしても、見つかるわけがないよな」

「ですね」

商人は全員拘束され、騎士達に連行されていた。

なんというか、終わってみたら悲しい事件である。

夜市はおいしい食べ物と、人情溢れる場所ではなかった。

嫉妬と羨望と、それから悪意と。とんでもないものが渦巻く、夜の市場だった。

エノク第二部隊の
遠征ごはん
Enoku Dai Ni Butai No Ensei Gohan

# 幸せの実の菓子と、ルードティンク隊長の結婚式

Enoku Dai Ni Butai
No
Ensei Gohan

本日は休日！

朝からザラさんと一緒に街に出かけ、ルードティンク隊長の結婚式で着るドレスの布を選ぶ。

ザラさんが案内してくれたのは、中央通りにある新しい布屋。ずっと気になっていたらしい。

「あの、ショーケースに飾っている玉虫色の布、素敵じゃない？」

「初めて見ます。綺麗な布ですねー」

「メルちゃん、あの布でドレスを作ってみる？」

「いえいえ。私はもっと、地味な布のほうが似合います」

「そんなことないと思うけれど」

お喋りはこれくらいにして、店の中へと入る。

店内は壁一面が棚になっていて、ぎっしりと布が詰まっていた。いろいろありすぎて、目移りしてしまう。

玉虫色の布を改めて見たが、他とは違った色合いだった。本当に、美しい布だ。

「いらっしゃいませ」

元気よく挨拶してくれたのは、十五、六歳くらいの少女だ。髪を高い位置でひとつに結んでいて、頬に散ったそばかすが可愛らしい。

店の奥にいる、エプロンをかけた白髪頭のお婆ちゃんがニコニコしながら会釈する。お孫さんなのだろうか？

「どのようなお品をお求めですか？」

「えっと、ドレスに使う布を買いに」

「あ、もしかして、社交界デビューですか⁉」

「いえ、上司の結婚式用でして」

「さようでございましたか。では、こちらに」

裁断用の細長いテーブルに、いろんな色の布を取り出してくれた。

「今年、もっとも人気が高いのは、この、薄紅珊瑚の布です」

可愛らしい薄紅色だが、私に似合うとは思えない。華やか過ぎる。

「こちらの菫色も人気が高いです」

その色合いは、肌が白い人にしか似合わないものだろう。私みたいに、健康的な色合いの肌に合わせたら、せっかくの菫色がくすんでしまう。

「では、こちらの銀朱《ぎんしゅ》色はいかがでしょうか？　人気が高い布なのですが」

リーゼロッテみたいな美人なら着こなしそうだが、私には難易度が高い色だ。

「どれも、お気に召さないようですね」

「すみません。なんだか、私にはもったいない気がして……」

せっかく張り切って接客してくれたのに、申し訳なく思ってしまう。しょんぼりしているのが気の毒なので、早く決めたいのだけれど。

「あ、メルちゃん。あの色の布はどう？　とっても、似合うと思うのだけれど」

ザラさんが棚から引き抜いたのは、明るい黄色の布だった。

とても綺麗で、うっとり見とれてしまう。けれど、私がドレスに仕立てて着ている様子は、とても想像できない。華やか過ぎるだろう。

私にはもっと、地味な色合いのドレスが似合う。

「金糸雀《カナリア》色の布ですね！　私も、大好きな色です！」

「メルちゃん、どう？」

「え、えっと……」

ザラさんがこの色を選んでくれたことは、とても嬉しい。この色のドレスを、着てみたいと思う。

でも、安い買い物ではない上に、ドレスは手作りだ。もしも似合わなかったら、申し訳ない。

即答できなかったからか、ザラさんの表情は曇る。ついでに、明るくなった店員の少女の表情も暗くなった。

だって、仕方がないじゃないか。こんな綺麗な色合いのドレスなんて、私に着こなせるわけがないから。

「お客さん、ちょっといいかい？」

「はい？」

お店の奥にいた、白髪頭のお婆ちゃんがやってくる。

「先ほどから、遠慮するように布を見ているようだけれど、そうじゃないんだよ」

「そ、そうじゃない？」

「布はね、着る人によって、どんな色にもなるんだよ。強く望んだら、それは似合う色になる。遠慮していたら、どんな色でも、くすんでしまう」

ガツンと、後頭部を打たれたような衝撃を受ける。私がうだうだ似合わないと思い込んでいたら、どんな色も褪せてしまうのだという。大きな衝撃を受けてしまった。

お婆ちゃんの言う通りかもしれない。私は、どうせ似合わないと後ろ向きになっていた。

「好きな色の布を選ぶんだよ。必ず、素敵な淑女になるだろうから」

「はい。ありがとう、ございます」

テーブルには、色とりどりの布が並べられていた。

私が迷わず手に取ったのは、ザラさんが選んでくれた金糸雀色の布だった。

「私、この色が、一番好きです。これに、します」

「メルちゃん……！」

「ザラさん、この布を選んでくれて、ありがとうございます。ドレスに仕立てて、袖を通す日を、楽しみにしています」

「ええ、私も」

ドレスに必要な長さを裁断し、糸やドレスの型、リボンなども一緒に購入した。ザラさんは半分支払おうとしたけれど、自分ですべて払った。ドレスを作る手伝いまでしてもらうのに、そこまでしてもらうわけにはいかない。

「私がメルちゃんのドレス姿を見たいから、始めたことなのに」

「それでも、私のドレスですから」

結婚式までの期日を聞かれて答えると、お婆ちゃんにぎょっとされる。早く作れるように、手際よく布を切って、あとは縫うだけにしてくれた。

「当日は、自信を持って、着てお行きね」

「ありがとうございます！」

会計後、商店街のくじを二十枚ほどもらった。期間中、噴水広場でくじを行っているらしい。一等は、金塊だとか。夢のあるくじである。

ホクホク気分でお店を出た。家に帰って、ドレスを縫うのが楽しみである。

「ザラさん。寄りたいところがあったら、どうぞ」

「いいえ、大丈夫よ。くじを引いて、帰りましょう」

「はい」

商店街のくじには、最後尾が見えないほどの長い行列ができていた。

「ザラさん、これ、並びます？」

「せっかくだから、やっていきましょうよ。金塊が当たるかもしれないし」

「そうですね」

景品はいろいろあるみたい。金塊に始まり、野菜や果物の詰め合わせに、鍋や包丁と、生活に必要な品々を中心に揃えてあるようだ。

一時間並んだあと、やっとのことで順番が回ってくる。

「二十枚ですね。では、どうぞ！」

「は、はい」

一枚引いたら、外れと書かれた札を引いた。

「残念賞ですね」

手渡されたのは、飴玉である。それから八枚連続で、残念賞の飴玉だった。

「あ、あの、最後の十枚は、ザラさんが引いてください」

「いいの?」

「はい」

今日、金糸雀色の布との出会いで、私の運は使い果たしてしまったのだろう。あとは、ザラさんに任せる。

「だったら――」

ザラさんは一気に、十枚の札を引いた。

「あら、二枚、何か当たったみたい」

覗き込んだ二枚の札には、ゴーフル焼き器と書かれてある。

「おめでとうございます。ゴーフル焼き器ですね!」

ゴーフルというのは、焼き菓子らしい。生地を上下で挟むように焼いて、こんがり仕上げるのだとか。

「ザラさん、ご存じですか?」

「ええ。実家で、よく作っていたわ」

ひとつは家で使って、ひとつは職場に持って行くことにした。

それにしても、ザラさんってば同じ品をふたつも当てるなんて運がいい。と、思っていたが、くじの景品置き場に、ゴーフル焼き器が山のように積み上がっていた。在庫処分のために、多めに入っているのかもしれない。

「メルちゃん、帰りましょうか」

「はい!」

帰りがけにシャルロットへのお土産を買って、家路に就いた。

それから、私とザラさんは家にいる間、ドレス作りに精を出す。ルードティンク隊長の結婚式まで、あと二十日くらいか。休日もバタバタしていたので、製作に取りかかるのが遅れてしまったのだ。

途中から、シャルロットやアイスコレッタ卿も手伝ってくれた。いろんな人を巻き込んで、私のドレスが仕上がっていく。

当日が、ますます楽しみになった。

＊

商店街のくじで当たったゴーフル焼き器を使い、朝から遠征に持って行く保存食作りを行う。

ゴーフルというのは、地方に伝わる小麦菓子らしい。クッキーよりも軽い食感で、サクサクしているのだとか。ザラさんにざっくりとした作り方は習っていたので、さっそく作ってみる。

ゴーフル専用の調理器は、フライパンのような長い持ち手に、コンパクトのように開く鋳鉄製の型が付いている。型に生地を流し込んで、裏表とひっくり返しながら焼くようだ。

型には、花模様が描かれている。焼いたら、どんな感じになるのか。とても楽しみだ。

さっそく、調理を開始する。ボウルに卵、牛乳、小麦粉、溶かしバター、砂糖、ふくらし粉を入れて混ぜ合わせる。

完成した生地を、油を敷いた型の片面に流し込んで蓋をする。しばらく裏、表とひっくり返しながら焼いていたら、ふんわりといい匂いが漂ってきた。

もうそろそろいいのだろうか。蓋を開き、皿の上でひっくり返してみると、花模様のゴーフルが綺麗に外れた。

「おっ、いい感じ！」

一枚、味見をしてみた。口に含むと、サクッと軽い音が鳴った。バターの香ばしさに、うっとりしてしまいそうだ。初めて作ったが、おいしく仕上がっている。

手焼きのクッキーなのかなと思っていたが、クッキーとはまた違う味わいだった。ザラさんは、チョコレートやバタークリームを挟むとおいしいと言っていたような。

甘いものだけでなく、キノコのバター炒めや肉のペーストを挟んでもおいしいかもしれない。

シャルロットが通りかかったので、手招きする。

「いい匂いだね。何を作っているの～？」

「ゴーフルというお菓子ですよ」

半分に割った残りを、シャルロットの口の中へ入れてあげる。

「わー！　サックサク！　おいしいね」

「でしょう？」

一枚一枚手焼きなので、どんどん作らなければ。手が空いているというシャルロットに、協力してもらった。

生地を注ぎ、私は焼き加減に集中する。完成したゴーフルを、シャルロットが乾燥させるために並べてくれた。乾いたゴーフルは、缶の中へ。割れやすいので、あまり遠征向きではないが、たまにはいいだろう。

「よし、こんなもんですね」

「メル、お疲れ様！」

「シャルロットも、お手伝いありがとうございました」

「いえいえー」

バターを使っているので一週間も保たないだろう。期間中に遠征がなかったら、お茶会のお菓子として出せばいい。

もしも食べるならば、濃厚なカスタードクリームをたっぷり挟みたい。きっと、震えるほどおいしいだろう。と、そんな妄想をしていたらウルガスがやってきて、執務室に集まるよう声がかかった。

「ウルガス……まさか、遠征ですか？」

「おそらく」

ウルガスと同時に、はーっと深いため息をつく。渋々と、重たい足取りで執務室へと向かった。

ルードティンク隊長は眉間に皺を寄せながら、私達に指令を出す。

「王都より馬車で半日進んだ先にある農村で、作物を荒らす虫系の巨大な魔物が出現したらしい。退治するのが、今回の任務だ」

うへぇ～と、思わず声に出てしまった。当然、ルードティンク隊長にジロリと睨まれてしまう。

魔物の種類は多岐に亘るが、約五割が獣系で、三割が水系、虫系はそれ以外の二割の中に入っている。

虫系魔物はめったにお目にかからない。

やたら大きくて、獰猛《どうもう》で、見た目が気持ち悪い。それが、虫系魔物である。

「ルードティンク隊長、形状は、どんな感じなんでしょうか？」

見たときにびっくりしないよう、心の準備が必要だ。ルードティンク隊長は報告書を読み、顔を顰めながら説明してくれた。

「体長は十メトルほど。形状は細長く、無数の脚があるようだ。尾には毒があり、注意が必要だと」

「ひえええ……！」

十メトル規模の虫系魔物なんて、想像もしたくない。

しかし、それだけ大きかったら、田畑は壊滅《かいめつ》状態だろう。

「一刻も早く、現場に向かわないといけない。準備して、三十分以内に集合だ」

「了解！」

お昼前なので、昼食も必要だろう。馬車で食べられるものを、用意しなければ。

「あ、シャルロット、今から遠征に行くのですが、二日分の食料を詰めておいてくれますか？」

「了解ー！」

「アメリアも、準備してくださいね」

『クエクエー！』

準備をしてもらっている間に、お弁当の用意をする。とは言っても、三十分しかないので、手の込んだものは作れないけれど。

卵を買い込んでいたので、一気に消費する。塩、胡椒で味付けをし、チーズを入れたオムレツを作る。それをパンに挟んだら、チーズオムレツパンの完成だ。

瓶詰めにしていた唐辛子《ピマン》のひき肉煮もあったので、それもオムレツに入れてみる。男性陣は二個、女性陣は一個ずつ作り、カゴに詰め込んだ。一応、アルブムの分も作っておく。

意外とサクサク作れたので、あと十五分ほど余裕がある。もう一品、作ってみよう。

先日仕込んでおいた塩猪豚を茹で、火が通るのを待つ間にソースを作る。

唐辛子《ピマン》のオイル漬けに生姜や砂糖、香草などを加えてソースを作った。それを、茹で上がった塩猪豚に絡めて軽く焼いたら、塩猪豚の炒め物の完成である。

「よし、こんなものですか！」

皆が忙しそうにバタバタする中に、アルブムの姿もあった。唐草模様の包みを背負い、遠征にでかける準備をしている模様。

「メルー、準備終わったよ」

「あ、シャルロット、ありがとうございます」

「気を付けて、行ってきてね！」

「はい」

「シャルは、ウマタロとお爺ちゃん、ブランシュと一緒に、いい子でお留守番しているよ」

以前と比べて、ずいぶんと賑やかになったものだ。シャルロットは寂しくないようなので、感謝しかない。

「では、行ってきますね」

「行ってらっしゃーい！」

シャルロットの見送りを受け、出発する。馬車で半日進んだ先にある、農村へと。

馬車はガルさんが安全運転をしてくれる。外を飛ぶアメリアには、ベルリー副隊長が跨がっていた。

馬車の中にいるのは、ルードティンク隊長とウルガス、ザラさんにリーゼロッテと私。それからアルブムである。

ルードティンク隊長は眉間に皺を寄せつつ、険しい顔で私達に任務について説明してくれた。

「虫は夜行性らしい。到着するころに、活発になるだろう」

魔物研究局が調べたところ、虫系の魔物は百足《ミルパット》という名前らしい。なんとも可愛らしい名である。けれど、見た目はまったく可愛くないだろう。

「目は十二個あり、通常は二つしか開いていないとか。注意すべきは、すべての目が開いて赤く光ったときらしい。信じられないくらい凶暴になると」

「イヤだなあ……」

心の声が口から出てしまったと思ったが、ウルガスの呟きだった。

「夜の任務になるから、到着までゆっくりしておけ」

ルードティンク隊長は腕を組み、寝始めようとしたので待ったをかける。

「あ、あの、昼食を作ってきたんです。途中休憩したときに、食べましょう」

「ああ、そうだな」

一時間後、一回目の休憩となる。湖の畔で馬を休ませ、私達は敷物を広げてお昼の時間だ。

アメリアはベルリー副隊長に、乗せてくれたお礼としてブラッシングされていた。毛艶がピカピカになって、喜んでいる。

ガルさんはスラちゃんと一緒に、地図を覗き込んでいた。交代なしで、現地まで連れて行ってくれるようだ。

リーゼロッテはガルさんが広げた地図と、自らの手帳を見比べていた。何をしているのかと問いかけたら、なんと、幻獣が生息している地域ではないかと調べていたらしい。

いないとわかると、深い深いため息をついていた。相変わらずの幻獣愛である。

ルードティンク隊長は、結婚式の挨拶を暗記している。そういえば、もうすぐ式があるのだ。

私のドレスは、完成間近である。休日の度にちまちま製作していた。

「私も、作りかけのドレスを持ってきたらよかったわ」

「あと少しですものね」

「メルちゃんが着た姿を見るのが、とても楽しみ」

「似合うか、ドキドキですが」

リボンとフリルがふんだんにあしらわれた、可愛らしい一着になる予定だ。今から、緊張してしまう。

「それはそうとメルちゃん。もしかして、準備する三十分の間に、お弁当を用意してくれたの？」

「はい。ルードティンク隊長が急いでいると言っていたので、休憩時間に食事を作る暇がないと思いまして」

「偉いわ」

「ありがとうございます。まあ、大したものは作っていないのですが」

カゴの中のパンを見せると、ザラさんの表情はパッと綻ぶ。

「おいしそうね。これは、何？」

「オムレツをパンに挟んだんです。中に、いろんな具が入っているんです」

「楽しみだわ」

皆にオムレツパンを配り、中心に塩猪豚の炒め物を置いた。感謝の祈りを捧げて、食べ始める。

「んー！　リスリス衛生兵、これ、うまいですね！」

「お口に合ったようで、よかったです」

お子様向けのお手軽パンである。そう思っていたが、ルードティンク隊長もおいしいと言って頷いていた。

アルブムはオムレツに挟んだチーズに気付き、目をキラキラと輝かせている。

「メルちゃん、この猪豚《スース》の炒め物、ピリ辛でおいしいわ」

「それ、塩猪豚なんです。しょっぱくないですか？」

「大丈夫。塩はきちんと抜けているわ」

「よかったです」

ベルリー副隊長やリーゼロッテも、おいしいと言ってくれる。ホッと胸を撫で下ろした。

アルブムはオムレツがなくなったパンの端に、塩猪豚の炒め物を挟んで食べていた。なんだかおいしそうなので、私も真似する。

「あ、合う、おいしい！」

『デショウ？』

胸を張り、アルブムが「どうだ」という誇らしげな顔をしていた。

アルブムのおいしいものを探す能力は、やはり突き抜けている。

「それにしても、クロウ。明日、結婚式の予行日だったのでしょう？　メリーナさんがひとりですることになるの？」

「ああ、そうだな。会場も借りたし」

「可哀想ね」

「仕方ないだろう。あいつには、騎士の妻になるのがどんなことか、きちんと教えたから」

しょっちゅう喧嘩していたルードティンク隊長とメリーナさんだが、少しずつ理解を深めているようだ。

「でも、帰ってからきちんと謝っておかないと、一生恨み言を言われてしまうから、気を付けてね」

「お前に言われなくとも、わかっているよ」

「本当かしら？」

目をゴシゴシと擦る。ザラさんとルードティンク隊長が、お母さんと手のかかる息子に見えたからだ。きっと、気のせいだろうけれど。

ザラさんの母性は半端ではないと、思った出来事である。

移動を再開させる。今度はザラさんがアメリアに跨がり、ベルリー副隊長が馬車に乗り込む。

「リスリス衛生兵、夜の任務だから、今、眠れるならば眠っておいたほうがいい。私の肩か膝を貸そう」

それって、寄りかかったり、膝枕したりしてくれるということなのか。なんという贅沢。

「え、でも、なんだか悪いです」

「悪くない。夜、眠そうにしていたら、仕事に支障がでるだろう？」

「そ、そう、ですね」

「私もしばし仮眠を取るから、気にしなくてもいい。もしかしたら逆に、リスリス衛生兵に寄りかかるかもしれない」

「で、でしたら――」

お言葉に甘えて、肩を借りることにした。

ガタンと馬車が揺れ、ハッと目を覚ます。窓の外から、夕日が差し込んでいた。

「リスリス衛生兵、まだ、眠っていてもいい。農村まで、もうしばらくかかるから」

なんだか、ぐっすり眠ったような気がする。ふかふかの枕がよかったのか。

「うーん。う？」

ふかふかの枕なんて、どこにあるというのか。だんだんと、意識が鮮明になる。

「はっ、私はいったい――⁉」

慌てて起き上がる。なんと、ありえないことに、ベルリー副隊長の膝枕で爆睡していたようだ。

「す、すすす、すみません！　ベルリー副隊長。まさか、お膝を借りていたなんて」

「いや、いい。眠りにくそうにしていたので、私が移動させたのだ」

「そ、そうだったのですね」

上司の膝を借りて眠るなど、ありえないだろう。戦々恐々としてしまう。優しい優しいベルリー副隊長は、笑って許してくれた。

だんだんと、太陽が地平線へ沈んでいく。アメリアは、夜の飛行は怖くないのか。窓の外を見たら、何やらザラさんと楽しげな様子だった。ホッと胸をなで下ろす。

一時間後、百足《ミルパット》が出た農村にたどり着いた。藁葺き屋根の、のどかそうな村だ。真っ暗で、全貌は見えないが。

騎士などめったに来ないようで、多くの村人に出迎えられる。

村長は四十代くらいの、ガッシリとした体つきの男性だった。農村の男、といった感じである。

「遠いところまで来ていただき、心から感謝します。どうぞ、家の中へ。温かいキノコ汁を用意しておりますゆえ」

「ありがたい」

村長の家では、奥さんと三人の子どもが歓迎してくれた。村の名物であるという、キノコ汁もふるまってくれる。

キノコの出汁が濃く、実はぷりんぷりんだ。非常に美味である。冷え切った体が、じんわりと温かくなった。

キノコ汁を飲み干したルードティンク隊長が、村長に質問する。

「今まで、百足《ミルパット》が出ることはあったのか？」

「ええ。ここ数年の話ですが。ヘビと変わらないくらいの大きさだったので、鍬や鎌で退治できたんです」

突然変異種なのか、巨大すぎる百足が爆誕してしまったと。

「しかし、余所の農村では、百足が出る話なんて、聞いたことがないのだが」

魔物は魔力を持つ存在にのみ襲いかかる。農作物を荒らしたという話は、初めて聞いた。

その理由を、村長さんが説明してくれた。

「うちの村では、煙玉という、魔法使い専用の煙草《タバコ》に使う植物を育てているからだと思います」

「煙玉とは？」

「魔力を多く含んだ植物なんです。煙草として加工したら、ほんのわずかですが、魔力を摂取できるようで。国内でも、栽培しているのはうちの村くらいかと」

「なるほど、な」

魔力を含む植物なので、百足が標的にしていたと。

「魔法研究局の局長から頼まれて、ここ数年栽培していたのですが」

「魔法研究局の局長だと⁉　もしかして、ヴァリオ・レフラか？」

「え、ええ」

「そうか」

ルードティンク隊長は後頭部を掻いたあと、重たい口調で語り始める。

「魔法研究局の局長ヴァリオ・レフラは、罪に問われて拘束されている」

「な、なんと!? し、しかし、つい半月前に、いらっしゃったばかりなのに」

「そのあと、拘束されたんだ」

「そ、そんな……！」

ここでリーゼロッテが、ぽつりと呟く。

「煙玉って、違法植物だったような。国内では、取り引きを禁じられていたはずよ」

「なっ……！　レフラ様は、そんなこと、一言もおっしゃっていませんでした」

「騙されていたんだろうな」

村長さんは、がっくりとうな垂れている。

「百足も、魔鉱石が埋め込まれている可能性がある」

「魔鉱石、ですか？」

「魔物を巨大化させ、凶暴にさせるものだ。ヴァリオ・レフラが、人工的に埋め込んでいたのだが……」

まさか、家畜だけでなく、魔物にまで埋め込んでいたとは。恐ろしい男である。拘束できて、本当によかった。

「レフラ様は、なぜ、そのようなことを？」

ルードティンク隊長は、明後日の方向を見上げていた。いくら豪胆な隊長でも、言えないのだろう。

代わりに、奥さんが震える声で言った。

「まさか、煙玉を栽培させていた、証拠を隠すために、そのようなことを？」

「……」

現実を受け止めるべきだ。そう思ったのか、ルードティンク隊長は静かに頷いた。

「とりあえず、その問題は後回しだ。きちんと討伐するから、安心してほしい」

「はい……ありがとう、ございます」

「現場まで案内してくれ」

村長の案内で、村の外にある畑を目指す。リーゼロッテが魔法で光球を作った。辺りが明るく照らされる。

おかげで、暗闇の中でも状況がはっきりわかった。

「これは――」

畑の土は掘り返され、植えられていたであろう煙玉は食い尽くされていた。青々と茂っていたであろう葉は枯れ、根は乾燥している。それどころではなく、周囲の草木まで枯れていた。

「百足《ミルパット》が煙玉を食い荒らし、毒をまき散らした結果、このように……」

「酷いな」

一応、対策をいろいろ試していたのだろう。壊れた柵や、有刺鉄線も周囲に散らばっている。

「人は、襲われなかったのか？」

「襲われました。幸い、怪我人はいませんでしたが」

「そうか」

村長は居心地悪そうな表情でいた。それも無理はないだろう。知らないとはいえ、国内で禁止されている煙玉の栽培をしていたのだから。

「百足は、村を襲わなかったんだな」

「え、ええ。村には、魔物避けの刻印がありまして。そのおかげか、一度も襲撃されておりません」

なんでも三世紀ほど前、森の中で倒れていた魔法使いを村人が助けたらしい。その魔法使いはお礼として、村を魔物から守る刻印を刻んでいった。以降、村人達は魔法使いを尊敬し、困っている魔法使いがいたら助けるようにしていたのだとか。

そんな村人達の純粋な気持ちを悪用するなんて、絶対に許されることではないだろう。

「以降、うちの村は、魔物に襲われることなく、平和に暮らしてきました」

「魔物避けの刻印ですって？　ありえないわ！」

リーゼロッテが驚きの声を上げる。

「どうしたんですか？」

「まず、かけた魔法が何世紀も続くなんて、ありえないのよ。通常、魔法は術者が死んだら、効果が切れるから」

魔法の持続は、術者の魔力をもって可能とする。そのため、魔法使いが死んだら、効果がなくなってしまうのだ。

ただ、例外もあるという。魔法の効果を長期間継続させる場合は、強力な魔力を持つ媒体を必要とするらしい。

「村に、何かそれらしい特別な物があるの？」

「え、ええ。杖のようなものが、刺さっています」

「それが、魔法の媒体なのね」

継続効果のある魔物避けの魔法自体、失われた高位魔法だという。三百年前には、今よりずっと多くの魔法使いがいた。多くの魔法が、残っていたに違いない。

「おかしいと思っていたの。煙玉なんかより、人を喰らうほうが効率的に魔力を得ることができるから」

「魔物避けの魔法があるから、百足《ミルパット》は近寄れなかったのですね」

ここで、リーゼロッテはハッとなる。

「思い出したわ。煙玉は、魔物が好む芳香を放つの。そのため、栽培している村が魔物に襲われる事件が多発して——だから、栽培禁止になっていたのよ」

「レフラ様は、我々を、利用した、というわけですか？」

「まあ、そうね。魔物避けが残る農村なんて、世界中探しても、ないでしょうから」

村長さんは膝から頽《くずお》れる。

「おい、リヒテンベルガー。はっきり言わなくても」

「だって、隠していても、仕方がないでしょう？」

ガルさんが村長さんに手を貸し、立ち上がらせる。フラフラな状態だったので、そのまま家まで送っていくらしい。

「よし。とりあえず、茂みに隠れて潜伏するぞ」

その前に、薬草で作った虫除けを配る。薄荷草《ミンツェ》を使って作ったものだ。

先日、草むらでの任務の際、虫にたっぷり刺されてしまったのだ。一週間くらいずっと痒くて涙していた。もう、二度と失敗は繰り返さない。そんな心意気と共に、虫除けの薬を作ったのだ。

「これを首筋、胸元、膝の裏などに塗ってください。ブーツにそのまま塗布するのも効果があります」

「胸元……？」

ウルガスが真面目な表情で、聞き返す。

「体温が高い部位――つまり、汗をかきやすい場所は、虫に刺されやすいのですよ」

「へえ、そうなんですね」

女性は胸の谷間や、胸の下によく汗をかく。しっかり薬を塗っていたら、安心だろう。

「ど、どうやって、塗るのですか？」

「こうやるのよ！」

ザラさんが、ウルガスの目元を隠す。そして、力任せに後ろを向かせた。

「メルちゃん、男は向こうを向いているから、虫除けを塗ってちょうだい」

「ザラさん、ありがとうございます」

「でも、みんなで一斉に塗るのはダメよ。見張りを二人にして、交代交代にすればいいわ」

「そうですね」

ザラさんはルードティンク隊長の肩をバシッと叩き、後ろを向かせる。その間に、虫除けを塗らせていただいた。

「こんなものですね」

「ねえメル。この薬、なんだか、スースーするわ。匂いも、独特ね」

「我慢してください」

アメリアにも、しっかり塗ってあげた。準備ができたので、灯りを落として茂みに隠れる。

「百足、今晩も出るんですかね」

ウルガスの呟きに答えるのは、リーゼロッテである。

「出ると思うわ。だって、こんなに月が明るいんですもの。魔物が活動しやすい条件が、これでもかと揃っているわ」

「ああ、そういうわけですか」

魔力は月明かりと共に、地上にもたらされる。そのため、魔物は夜に活動が活発になるのだ。

月から降り注ぐ魔力を管理するのが、世界樹である。月と世界樹は、世界を語るうえでなくてはならない存在であった。

以降、会話もなく、ただただジッとその場で息を殺し、百足《ミルパット》の登場を待つ。

だがしかし、待てども、待てども待てども――百足が現れる気配は欠片もない。

農村の冬は寒い。川から水路を引いているからだろうか。ガクブルと震えていたら、アメリアが翼を広げ、中に入るように言ってくれた。

「あ、暖かい……！」

その言葉に反応するように、ギリッと奥歯を噛みしめるような音が聞こえた気がした。暗闇の中、すさまじい視線も感じる。おそらく、リーゼロッテだろう。

「アメリア、リーゼロッテも入れてもいいですか？」

『クエ』

いいよと言ってくれたので、リーゼロッテを呼ぶ。

「そ、そんな。アメリアで暖を取るなんて」

「いいから、入ってください」

リーゼロッテはアメリアの翼の下に入り込み、恍惚《こうこつ》としたため息を落とした。

「ここは、地上の天国よ」

「大げさですね……」

それから一時間経ったが、百足《ミルパット》は姿を現さなかった。ウルガスが「ふわ～～」と欠伸したので、つられて私もしてしまう。

もう、日付が変わるような時間だろうか。そんなことを考えていたら、ぐ～～とお腹の虫が鳴る音が聞こえた。お腹の虫を鳴かせたのは、ウルガスだった。

「うっ、すみません。夕食が、キノコ汁だけだったので」

農村では、スープだけの夕食というのも珍しくないのだろう。パンや肉、魚料理がある生活は、贅沢なのだ。

「遠征に行く前に作ったゴーフルがあるんです。食べますか？」

「食べます！」

「しょっぱい系と甘い系、どっちがいいですか？」

「うーん、迷いますね」

「でしたら、両方準備します」

しょっぱい系は、肉のペーストとピリ辛ひき肉である。甘い系は、森林檎《メルメラーダ》の甘露煮とチョコレートのスプレッドだ。

手元だけを照らす小さな光球をリーゼロッテに作ってもらい、ゴーフルの間に挟む。

「はい、どうぞ」

「ありがとうございます」

ウルガスは迷わず、甘いほうから食べた。

「うわっ、これ、すごくサクサクしていますね。俺の中のサクサクランキング第一位です」

なんだ、その、サクサクランキングとは。

「しょっぱい系も、たまりません」

他の人にも配った。暗闇の中から、サクサク、サクサクという音のみが聞こえる。

食事休憩からさらに一時間。百足は現れない。

「今日は来ないか？」

ルードティンク隊長がぽつりと呟いた瞬間、私の耳が物音を拾った。同時にガルさんも、ハッとなる。

「あ、あの、ルードティンク隊長、何か、大きな生き物が、接近しています」

「ようやくお出ましか。リヒテンベルガー、俺が合図を出したら、光球を畑の真ん中に放て。目眩ましに使う」

「了解」

リーゼロッテが魔法の詠唱を始める。

非戦闘員である私でさえ、ドクンドクンと胸が高鳴っていた。ルードティンク隊長は、鞘から剣を引き抜く。アイスコレッタ卿から賜った一振り、聖剣『デュモルティエライト』である。

だんだんと、近づいているのがわかった。ザラさんが立ち上がり、聖斧『ロードクロサイト』を構えていた。

ウルガスも矢筒から矢を引き抜いて、聖弓『サーペンティン』に番える。

ガルさんは耳をピンと立て、魔物の気配を感じているようだった。聖槍『スタウロライト』を持つ手に、ぎゅっと力がこもる。

ベルリー副隊長が、聖双剣『フェカナイト』を鞘から引きつつ、低い声で囁いた。

「リスリス衛生兵、もしも危険を感じたら、アメリアに跨がって村まで逃げろ。私達がどのような状況にあり、どうなったか、上に報告するのも仕事だ。いいな？」

それは、第二部隊が壊滅した場合、逃げろという意味である。

いつもの魔物と違い、体内に魔鉱石を持っている可能性があるので、警戒しているのだろう。ただの猪豚《スース》だって、魔鉱石を埋められたら強かったのだ。魔物がどのような戦闘能力を秘めているのか、計り知れない。

「そろそろだな。総員、戦闘に突入する！　作戦名は、ぶっ殺せ、だ！」

実にシンプルな作戦名である。続けて、ルードティンク隊長は叫んだ。

「リヒテンベルガー、光球をぶちこめ!!」

リーゼロッテが聖杖『オーピメント』を掲げ、呪文を叫んだ。

「輝け、光輝球《ブルジャール》!!」

リーゼロッテは特大の光球を作ったようだ。瞼を閉じていても、その輝きがわかる。

『ギュルオオオオオオン!!』

魔物の苦しげな咆哮が聞こえた。目眩ましは成功したのか。

光が通常のものに変わった瞬間、戦闘開始となる。

恐る恐る瞼を開くと、とんでもなく恐ろしい魔物の姿を目にすることとなった。

それは、巨大なヘビが鎧のようなものをまとい、多くの脚を付けた生き物のような。あれが、百足《ミルパット》なのだろう。実に気持ち悪い形状をしている。

土が盛り上がった畑をものともせず、素早く動き回っていた。

ルードティンク隊長を先頭に、百足の前に躍り出る。ついに、討伐が始まった。

百足の表面の皮は、硬いのだろう。ルードティンク隊長の重たい一撃は、カン！　と金属音のようなものを鳴らすばかりであった。

「き、気色悪いわ。蒸し焼きに、してもいいかしら？」

「ちょっ、リーゼロッテ、待ってください。魔法は、ルードティンク隊長かベルリー副隊長が指示を出しますので」

リーゼロッテの制御不能な大魔法は、許可なく使えない。今はぐっと耐えるときである。

ガルさんが素早い一撃を突き出す。しかし、百足はひらりと回避した。デカい図体なのに、すばしっこい。

ザラさんが戦斧を叩き上げ、全力で振りおろしても、傷つかないし、ひるんだ様子もない。

「尾の毒に気を付けるんだ！」

ベルリー副隊長が叫ぶ。百足の毒はしぶきを上げるように、周囲にまき散らされていた。この畑は、しばらく使えないだろう。どうにか、毒を抜く方法があればいいが。

ここで、ルードティンク隊長が叫んだ。

「ウルガスッ！」

同時に、百足の周囲から後退する。ウルガスは狙いを定めていた矢を放つ。すると見事、百足の目に命中した。

『ギュルオオオオオオ‼』

百足《ミルパット》のすべての目が開き、赤く光った。尾をビタンビタンと地面に打ち付けると、毒を含んだ液体が雨のように降り注ぐ。

「クソ！　あれでは近づけないじゃないか！　危ないな。一時撤退！」

毒の雨から回避するため、百足から距離を取る。ここでやっと、リーゼロッテに指示が飛んできた。

「リヒテンベルガー、やれ!!」

久々に、リーゼロッテが放つ本気の炎上魔法が炸裂する。

「凍て溶け打ち破るは、熱《いき》り立つ炎獄の迸発《ほうはつ》。鎊《は》ぜろ！　――大爆発《エクスプロシオン》!!」

眩しすぎるほど煌々と輝く魔法陣が百足の下に浮かび上がり、ドン！　と花火が上がったような轟音を放つ。そして、天を衝くような火柱が上がった。

『ギュルオオオオオオンンン!!』

火柱の中で、百足が魔法陣から脱出しようともがいている姿が見える。動く度に、炎の勢いは増していた。

しかし、脱出は無理だろう。

逃げられないよう、魔法陣から太く長い杭が百足の体を地面に縫い付けるように突き出ているのだから。

「リヒテンベルガー魔法兵、え、えげつない魔法ですね」

味方の攻撃なのに、戦々恐々とするウルガスの言葉に思わず頷いてしまった。

「っていうか、熱っ！　ここにいたら、炙り焼きになってしまいますよ」

「おい、リヒテンベルガー。あの炎は、魔法陣の範囲外に出ないよな？」

「大丈夫よ。ただ、対象が死ぬまで消えないけれど」

「だったら、総員、撤退だ！　全力で走れ！」

『クエー!!』

アメリアはしゃがみ込み、私とリーゼロッテに背中に乗るよう叫んだ。お言葉に甘えて、跨がらせていただく。夜の空を舞い、リーゼロッテの作り出した巨大な火柱を振り返った。とんでもない大炎上である。魔法というより、災害レベルだ。

毒をまき散らした煙玉畑ごと、焼き尽くしている。

「思いがけず、焼き畑状態に」

「あれだけしっかり焼いたら、毒も抜けているかもしれないわ」

「だと、いいですけれど」

村に戻り、火柱を見守る。村人達も、外を明るく照らすほどの炎に驚いているようだった。

「あ、あれは、神の怒りだべ！」

「悪いことをしたら、ああやって、バチがあたるんだあ」

……神の怒りではなく、リーゼロッテの炎上魔法です。ルードティンク隊長が「あれは魔物を駆除している魔法だ」と説明したら、安心して家に帰っていった。

結局、火柱が消えたのは明け方だったらしい。私とリーゼロッテは火柱を見ながら、寝落ちしていたようだ。ザラさんとガルさんが村長の家まで運んでくれたらしい。おかげさまで、ふかふかの毛皮と布団に包まれた状態で目覚めた。

朝から現場を確認に行くと、見事に畑一面真っ黒になっていた。ルードティンク隊長は村長を振り返り、頭を下げる。

「すまない。大事な畑を、このようにしてしまって」

「いえ、いいんです。どちらにしろ、毒が散布されていたので、使えませんでしたし。この畑は放置して、また、別の場所を開墾して、新しい畑を作ろうと思います」

「そうか」

村長さんはしょんぼりしていた。それも無理はないだろう。土地を開墾し、畑を耕すのは時間と労力がかかる。それを失ったとなれば、立ち直れないくらい落ち込んでしまうだろう。

「煙玉の栽培は犯罪で……信じていた人には裏切られ……畑も一部失ってしまった。煙玉の売り上げがこれから入らないとなれば、ここの村の存在意義は、ほとんどなくなります。もう、踏んだり蹴ったりです」

肩を落とす村長さんを、アメリアは励ます。

『クエクエ、クエクエ、クエー！』

村長さんの頭上に疑問符が浮かんでいたので、アメリアの言葉を通訳する。

「あの、ここは空気が綺麗ですし、星空は美しいですし、魔物避けの魔法がある。気付いていないだけで、村はすてきなところがたくさんあるから、落ち込むなと言っています」

「そう……でしたね。私達は、すべてを、失ったわけではない」

これから、再生の道のりが始まるのだろう。

「すまない。煙玉の件で騎士隊から調査団がくると思うが」

「はい。知っていること、やっていたこと、すべて、お話しするつもりです」

最後に、村長さんは頭を深々と下げた。

「ありがとうございました。おかげで、助かりました」

「これが、騎士の仕事だからな」

そうなのだ。地方へ遠征し、問題解決する。それが、第二遠征部隊のお仕事なのである。

三日後――調査団の報告が届けられる。畑の焼け跡から、魔鉱石が発見された。やはり、あの百足《ミルパット》は強化された魔物だったようだ。

それから、リーゼロッテの魔法があまりにも強すぎると、注意も受けたらしい。しかし、リーゼロッテの炎上魔法がなかったら、百足に勝てなかっただろう。毒の雨を受けて、壊滅状態にまで追い込まれていたに違いない。

その件は、ルードティンク隊長も魔法を使用した正当性を挙げたのだとか。根気強く訴えた結果、リーゼロッテの魔法は正しい使用法だったと認められた。ホッと胸をなで下ろす。

煙玉を栽培していた村長さんの村は、罪に問われることはなかった。当たり前だろう。違法植物と知らないで育てていたのだから。

呆れたことに、魔法研究局のヴァリオ・レフラは、買い取り価格の十倍の値段で転売していたらしい。呆れた商魂である。

被害を受けた村には、賠償金がレフラ家より支払われることとなったのだとか。

いろいろあったが、無事解決しそうで何よりだ。

＊

遠征での活躍の褒美に、第二遠征部隊に一週間の休暇が与えられた。もちろん、有事の際は呼び出される形となっているが。

なんだか疲れていたので、一日目はひたすら眠ってしまった。ザラさんも疲れが抜けていなかったようで、同様に寝ていたようである。

心配したアイスコレッタ卿が、シャルロットと滋養強壮効果がある薬草スープを作ってくれた。

アイスコレッタ卿はフリフリのエプロン姿で、「あーん」までしてくれて、思わず実家の母を思い出して涙してしまったのは秘密である。

まさか、全身鎧姿の大英雄のエプロン姿を見て、母を恋しく思うなんて。きっと、疲れているからだろう。

薬草スープのおかげで、元気になった。

あとから知ったのだが、スープにコメルヴの葉っぱも入っていたらしい。世界樹から生まれたコメルヴの葉っぱは、絶大な回復効果を持つ。元気になるわけだと、納得してしまった。

休暇一日目は疲労でダウン。二日目はザラさんとドレス作りに励み、なんとかざっくり形になった。あとは、刺繍を入れたり、レースを袖に縫い込んだりと、細かい作業をする予定だ。三日目はシャルロットとアイスコレッタ卿と三人で、森に薬草採取に行った。もちろん、ドレス作りも継続して行う。あとは細かい箇所を仕上げるばかりだ。

四日目は薬草を加工したり、家の掃除をしたり、アメリアの帽子を作ってあげたり。

ここまで、なかなか充実したひとときを過ごしている。

五日目である今日は、ルードティンク隊長に時間を空けておいてくれないかと頼み込まれた。いったい、何用なのか。メリーナさんと一緒に、ここまで来るようだが。

ザラさんはアメリアとブランシュを幻獣保護局に連れて行った。定期検診があるらしい。シャルロットとアイスコレッタ卿は、ウマタロとコメルヴを連れて今日も薬草採取をするという。出かける後ろ姿は、お爺ちゃんと孫のようだった。

そんなわけで、家に残っているのは私独りなのだ。

約束の時間まで三時間もある。暇を持て余しているので、二人を歓迎するお菓子でも焼くことにした。

せっかくなので、フォレ・エルフの村に伝わる、伝統菓子を作る。それは、『砕きクッキー』と呼ばれるもの。鍋の底よりも大きなクッキーを焼き、食べる前に金槌で砕いてから食べるのだ。

砕かれた形や数を見て、占いもできる楽しいお菓子である。

まず、ボウルに常温にしたバターと砂糖を入れ、白くなるまで混ぜる。次に、卵と牛乳と塩を入れ、なめらかになるまでかき混ぜた。続いて、小麦粉をふるいながら入れ、しっかり捏ねる。一時間生地を休ませたあと、形を整えてかまどで四十分ほど焼くのだ。

まずは二十分焼き、焼き色を確認する。それからもう一回二十分、二度焼きするのだ。

四十分後――いい感じの焼き色がついていた。これにて、『砕きクッキー』の完成である。

ふうと一息ついていたら、扉がゴンゴンゴン！　と叩かれた。あの忙しない感じは、ルードティンク隊長の叩き方だろう。

「はーい、どなたですかー？」

「俺だ」

間違いなくルードティンク隊長の声だったが、念のため訝しむ。

「どこの俺さんですかー？」

「おい、リスリス、ふざけるなよ！」

いつもの暴言をはくルードティンク隊長を、叱る声が聞こえた。

「クロウ！　なんて口をきいていますの⁉」

「い、痛っ！　お前はまた、すぐに殴る！」

「その痛みは、メルさんが受けた心の痛みですわ！」

「メリーナ、お前、むちゃくちゃだよ」

「乱暴に話しかける、クロウが悪いのです！」

夫婦（※予定）漫才を聞き、やってきたのがルードティンク隊長とメリーナさんであることを確認した。

知り合いだとわかったので、扉を開く。

「ルードティンク隊長、メリーナさん、ようこそ！」

「こんにちは、メルさん」

「メリーナさん、お久しぶりですね」

「ええ！」

結婚を目前にしたメリーナさんは、以前会ったときよりもぐっと大人っぽく、綺麗になっていた。

幸せを感じる日々はもっとも上質な美容法であることが、ひと目でわかる。

「これ、よろしかったらみなさんで召し上がってちょうだい」

ルードティンク隊長が持っていた木箱には、黄色い森林檎《メーラ》がぎっしり詰まっていた。

「こ、これは、もしかして、高級品である黄金森林檎《オール・メーラ》じゃないですか⁉　こ、こんなにいただいても、いいのですか？」

「メリーナの実家からたくさん届いたんだよ。食いきれないから、遠慮なく貰ってくれ」

「ありがとうございます。大事にいただきます」

甘酸っぱくていい匂いがする。食べるのが楽しみだ。

「メルさん、ごめんなさいね。お休みなのに、押しかけてしまって」

「いいえ。一週間もお休みがあるので、暇を持て余していたところです。どうぞ、中へ」

「おじゃまいたします」

客間は数日前、ザラさんが模様替えをしてくれた。今回は、薔薇尽くしである。カーテンにテーブルクロス、長椅子にあるクッションに至るまで、薔薇、薔薇、薔薇なのだ。

「まあっ、すてきなお部屋だわ！」

「落ち着かない部屋だな」

ボソリと呟いたルードティンク隊長の背中を、メリーナさんが力いっぱい叩く。

「痛いな、クソ……！」

「失礼な感想を口にした天罰ですわ」

「お前は神なのかよ」

「クロウにだけ裁きを与える神なのかもしれません」

「神なのかよ」

二人の軽快なやりとりに、思わず噴き出してしまった。以前からも面白かったが、磨きがかかっている。最高だ。

「メルさん、ごめんなさい。クロウの言うことは気にしないで。可哀想な生き物ですの」

「大丈夫です。わかっていますので」

正直にそう答えると、ルードティンク隊長はジロリと睨んだ。だが、メリーナさんがいる手前、文句は言わずに唇を噛みしめていた。

「それにしても、このお部屋、とっても素敵ね」

「ありがとうございます」

「どちらのお店で揃えたのです？」

「これらはすべて、ザラさんの手作りなんですよ」

「ザラって、あの婚礼衣装のヴェールを作った職人？」

「ええ」

「そういえば、彼もここに住んでいるって言っていたわね」

「はい」

「ご挨拶がしたいですわ。ヴェールを作ってくれたお礼も」

「あ、ザラさんは、お出かけしているんです」

「まあ、そうですの。残念ですわ」

しょんぼりするメリーナさんの頭を、ルードティンク隊長はポンポン叩きながら言った。

「ザラも、約束を取り付けてやるよ」

「いいえ。お忙しいでしょうから、お時間をいただくわけにはいきませんわ」

なんていうか、メリーナさんは心優しい女性だ。あの、山賊と恐れられているルードティンク隊長と結婚してくれるくらいである。本当に、神なのかもしれない。

私もルードティンク隊長に対して、もっともっと優しくならなければならないのだろう。メリーナさんに向かって手と手を合わせ、ご加護をいただけるように祈りを捧げた。

「おい、リスリス、何をやっているんだ」

「いえ、なんでもありません」

暖炉にかけていたヤカンからぐつぐつ沸騰する音が聞こえる。沸いた湯でお茶を淹れた。これは先日、シャルロットやアイスコレッタ卿と一緒に採取した薬草茶である。普段、乾燥させて飲む薬草茶と違い、新鮮で豊かな香りを楽しめる。

「リスリス、この茶――雑草を刈ったあとの庭の匂いがするぞ」

「雑草茶ではないですよ」

この山賊は、本当に情緒がない。はーーと、深いため息をついてしまう。

たしかに、若干の草っぽさはあるものの、蜂蜜《ミエレ》をたっぷり入れて飲んだら、極上のお茶になるのだ。

「メルさん、このお茶、とってもおいしい」

「ありがとうございます」

メリーナさんは気に入ってくれたようで、ホッとした。

「それはそうと、その布巾が被さったお皿と、金槌は何かしら？」

「ああ、これですか。フォレ・エルフに伝わる伝統菓子、砕きクッキーです。二度焼きした大きなクッキーでして、硬いので金槌で砕いてから食べるのですよ」

「ああ、だから、砕きクッキーだと」

「はい。砕いたクッキーの形や数を見て、占いもできるのですよ」

「まあ、面白そう！」

メリーナさんは身を乗り出し、金槌で割りたいと立候補する。

「では、準備をしますね」

陶器のお皿の上で金槌を振り下ろしたら、クッキーもろとも割れる可能性があった。そのため、敷物を広げて、その上に砕きクッキーを置く。さらに、クッキーが飛び散らないよう、布を被せた。

「よしと。これで、大丈夫です。どうぞ、思いっきり叩き割ってください」

「では、いざ！」

メリーナさんは金槌を振り上げ、砕きクッキーを目がけて思いっきり振り下ろす。

ゴッ！　という鈍い音が鳴ったが、手応えは感じなかったようだ。

「あら？」

「割れたかどうだか見てみましょうか」

布をそっと剥いだが、クッキーの形は変わっていない。

「どんだけ硬いんだよ」

「わたくしの力が弱かったのかもしれません」

布を被せ、もう一度金槌を振り下ろす。二回目も、ゴッ！　という音を鳴らすばかりであった。

「おい、リスリス。お前、岩からクッキーを作り出したんじゃないよな？」

「岩ではなく、正真正銘のクッキーです」

今度は選手交代だ。ルードティンク隊長が、金槌を握って砕きクッキー目がけて振り下ろす。

ガガッ！　という、手応えのある音が聞こえた。さすが、ルードティンク隊長である。

「さっきの音、粉々になった音のように聞こえたのだけれど……？」

「そんな強く叩いていない」

と、ルードティンク隊長は言っていたが、布を外してみたら、ものの見事に粉々だった。

「まあ！　なんてこと」

「思っていた以上に、軟弱なクッキーだったんだな」

クッキーに軟弱という言葉を付けて発するのは、世界中どこを探してもルードティンク隊長くらいだろう。

まったく、力加減というものを知らないのか。

「これでは、占いは無理よね」

「そうですね……あ！」

ふたつほど、ひと口大の欠片が残っていた。拾い上げて、じっと見つめる。

「この形は——幸せと、円満な家庭です。今のおふたりに、ぴったりなクッキーかと」

ひとつずつ、クッキーを差し出す。ルードティンク隊長は照れくさそうに、メリーナさんは幸せそうに食べてくれた。

「おいしいクッキーだわ」

「歯ごたえがあるな」

ルードティンク隊長の感想は褒めているのかいないのか謎だが、とりあえずよかったことにする。

「でも、この粉々になったクッキーは、どうしますの？」

「タルト台にして、タルトでも作りましょうか？」

「えっ、クッキーがどうやったら、タルト台になりますの⁉」

「気になりますか？」

「ええ、とっても」

「だったら、お手伝いしていただけます?」

「わたくしに、できるかしら?」

「できますよ。ルードティンク隊長は、ここで待っていてください」

暇つぶしとして、アイスコレッタ卿が愛読している薬草全集を手渡しておく。

私はメリーナさんと共に、台所へ移動した。

ザラさんが作ったフリフリのエプロンは、メリーナさんによく似合っていた。長い髪も、調理の邪魔にならないよう、若草色のリボンで結んであげる。

「これで、準備は万全ですね!」

「あ、あの、メルさん。わたくし、料理は……」

「大丈夫ですよ。すっごく簡単ですから」

まず、湯煎でバターを溶かし、それをボウルに入れた粉々クッキーの中へ加える。

「よーく、混ぜてくださいね」

「え、ええ」

メリーナさんはぎこちない手つきで、ボウルの中の粉末クッキーを混ぜている。続けるうちに、だんだんと上達していった。

バターがしっかりクッキー生地に染みこんだら、タルトの型にぎゅうぎゅうに押し込む。

「拳でこう、ぐいぐいと、押さえつけてください」

「こ、こう?」

「はい。いい感じです」

焼く前に、生地の上にタルト石を載せる。

「どうして石を載せますの？」

「焼いたときに、生地が膨らまないように置くんです」

生地が膨らんだら、タルト台がボコボコに仕上がって安定感がなくなる。そのために、タルト石を置いて焼くのだ。

「では、焼きましょう」

タルト台を焼いている間に、中に入れるものを作る。

「この、黄金森林檎《オール・メーラ》を使ったタルトにしましょうか」

まず、皮を剥いて薄く切っていく。皮も黄色いが、実も黄色い。眩しい黄金色だ。少し味見してみたが、酸味が強く、シャクシャクとした食感がおいしい林檎だった。

そんな黄金森林檎に柑橘汁を絞り、その上から顆粒白砂糖を加えて混ぜる。

「あとは、バターで黄金森林檎を焼きます。メリーナさん、お任せしますね。私はその間に、ナッツクリームを作りますので」

この辺で、焼いていたタルト台が完成する。タルト石をどけて、しっかり粗熱を取らなければ。

メリーナさんはタルト台が完成したのも気付かないくらい、火にかけた黄金森林檎を焦がさないよう混ぜることに集中していた。邪魔しないほうがいいだろう。

私はナッツクリームに取りかかった。バターに砂糖を加え、卵とナッツ粉をなめらかになるまで混ぜ合わせる。仕上げに、ほんのちょっと果実系のリキュールを入れるのがポイントだ。

「よし、こんなものかなっと」

メリーナさんの黄金森林檎《オール・メーラ》も、いい焼き色がついていた。

「メルさん、これでいい？」

「ええ。すばらしいかと」

ここで、メリーナさんはタルト台が焼けたことに気付いたようだ。

「まあ！　粉々なクッキーが、こんなに立派なタルト台に⁉」

「きちんと、形になったでしょう？」

「ええ。驚きましたわ」

ルードティンク隊長が粉々にしたときは正直「あーあ」と思ったが、見事にタルト台として生まれ変わらせることに成功したのだ。達成感はひとしおである。

「では、続きを作りましょうか！」

タルト台にナッツクリームを流し込み、上から円を描くように、飴絡《キャラメリゼ》めした黄金森林檎を並べていく。さらに、水で溶いた森林檎《メーラ》のジャムをうっすら塗って、三分ほど焼いた。

かまどから取り出すと、甘い匂いがふんわりと漂う。

「黄金森林檎のクッキータルトの完成です」

「とってもおいしそう！」

「ええ。大成功ですね」

客間に戻ると、ルードティンク隊長は眠りこけていた。よく、他人の家であそこまで爆睡できるものだ。ある意味才能だと思ってしまう。

「クロウ、起きて‼」

メリーナさんが叫ぶと、ルードティンク隊長はビクリと体を震わせながら目覚めた。

「びっくりした！」

「他人様《ひとさま》のお家でぐっすり眠るあなたに、わたくしは驚きましたわ」

「だってこの本、小難しいことが書いてあったから」

まあ、気持ちはわからなくもない。私も、その本を読んで眠ってしまったことがあるから。

「それはそうと、あの粉々になったクッキーで、何を作ったんだ？」

「これですわ！」

ドン！　と、テーブルの上に黄金森林檎のクッキータルトが置かれる。

「は？　これが、さっきのクッキーを使って作ったと？」

「ええ。魔法みたいでしょう？　メルさんの料理の工夫って、本当に素晴らしいですわ」

「まあ、それは確かに」

タルトを切り分け、お皿に盛り付ける。今度は、お客様用のちょっといい紅茶を淹れた。

「先ほどいただいた黄金森林檎で、タルトを作りました。さあどうぞ、召し上がれ」

ルードティンク隊長が食べるのを、メリーナさんは緊張の面持ちで眺めていた。

「むっ――なんだこれは‼　酸味のある黄金森林檎に、うっすら飴が絡んでいて、サクサクしていやがる。さっぱりとした香ばしいナッツクリームに、ザクザク食感のタルト台の相性も抜群だ！　合わせて食べると、信じられないほどうまい‼」

流れるような口調で、感想を言ってくれた。ドキドキしている様子だったメリーナさんは、ホッと胸をなで下ろしているようだ。

「驚いたな。あのどうにもならないと思っていたクッキーが、こんなものに生まれ変わるなんて」

「あっと驚く、変わりようでしたわ」

続けて、メリーナさんもタルトを食べた。一口パクリと食べ、幸せそうに頬を緩ませる。聞かずとも、おいしかったということがわかる表情だ。

最後に、私も食べてみた。

「んっ、メリーナさんが作った飴絡め、おいしく焼けています！」

その発言に、ルードティンク隊長は目を丸くしていた。

「この黄金森林檎《オール・メーラ》の飴絡め、お前が作ったのか？」

「ええ。焦がさないように、しっかり混ぜましたの」

「大したものだ」

ルードティンク隊長が褒めると、メリーナさんは嬉しそうに頬を赤く染めていた。なんとも可愛らしいものである。

「そういえば、何かお話があったんですよね？」

ルードティンク隊長とメリーナさんは、ただ遊びに来たわけではない。私に聞きたいことがあるので、訪問してきたのだ。

「すっかり満足して、帰りそうになっていましたわ」

「おい、お前な」

メリーナさんは姿勢を正し、私に頭を下げた。

「あの、メルさんに、お願いがありまして！」

「なんでしょう？」

「その、わたくし達、もうすぐ結婚式なのですが、記念品のような品を、参列者の皆様に、贈りたくて。幸せのおすそ分けではありませんが、何か一口で食べられる、お菓子を習いたいな、と」

「ああ、そういうことでしたか」

ここで、ルードティンク隊長が口を挟む。

「この粉砕クッキーでいいんじゃないか。参列者がクッキーを割って、各々持ち帰ってもらうとか」

「ルードティンク隊長、粉砕クッキーではなく、砕きクッキーです。粉々にしないでください」

「悪かったな」

ルードティンク隊長の意見に、メリーナさんは腕を組む。

「たしかに、砕きクッキーならば、全員に行き渡る分を作ることはたやすいですが」

「ちなみに、何人分作る想定ですか？」

「あまり、大きな式ではなく、五十人程度かと」

「なるほど」

メリーナさんは眉間に皺を寄せ、何か考えているように見えた。

「なんだ、メリーナ。不満そうな顔だな」

「いえ、砕きクッキーは面白くて、占いについても盛り上がると思うのですが、当日、人だかりができて大変なことになりそうだなと思いまして」

「それは、確かにあるな」

友達同士で集まって、ワイワイ盛り上がるならば砕きクッキーは最適だと思うが、結婚式はサクサク渡せるものがいいだろう。

「おい、リスリス。他に、フォレ・エルフに伝わる伝統菓子で、結婚式に相応しいものはあるか?」

「そうですね――あ!」

いい物がひとつだけある。それは、フォレ・エルフの村に子どもが生まれたときに、隣近所に配るお菓子だった。

「幸せの実と呼ばれるものなのですが、ヘントウの実という木の実に、砂糖で作ったシロップを絡めたお菓子なんです」

砂糖に黄色や薄紅色、薄紫と色づけしてからヘントウの実に絡ませるので、見た目も華やかで可愛らしい。

結婚式にぴったりなお菓子だろう。

「いかがでしょうか?」

「気に入ったわ!」

「だったら、今から試作品を作ってみますか!」

「今から、可能ですの?」

「ええ。材料の買い置きがありますので」

そう言った瞬間、メリーナさんは胸に手を当て、ホッと胸をなで下ろしていた。

「あの、どうかしたのですか?」

「山のてっぺんとか、川の急流とか、とんでもない場所に、材料を採りに行くんじゃないかって思っていたんだよ」

「いくら自給自足生活をしているフォレ・エルフでも、危険な場所にまで行って食材は確保しないですよ」

一応、メリーナさんは素材探しをする覚悟も決めていたようで、外に停めている馬車の中には着替えのズボンとナイフ、背負い鞄などを用意していたらしい。

「俺は必要ないって言っていたんだがな」

「だ、だって、わからないでしょう？」

なんというか、食材探しからするつもりでここに来ていたなんて、立派なものである。ど根性お嬢様だ。

「メルさん、それで、ヘントウの実について、うかがっても？」

「はい。ヘントウの実は、夏期に採れる木の実なんです」

熟れたら木から落下するわけではないため、木を揺らして採らなければならない。これがまた、大変なのだ。

「木を揺らすのも力仕事ですし、落ちてくるのは木の実だけでなく、虫やヘビも落ちてくるんです。案外、大変なんですよ」

「今がシーズンではなくて、本当によかったわ」

実を剥ぎ、種の状態で日干しして、それから殻を割って果実の核となる部分がヘントウの実と呼ばれているのだ。あとは煎ったら食べられる。

「この黄金森林檎《オール・メーラ》のタルトに入っているナッツのクリームも、ヘントウの実なんですよ」

「でしたら、ヘントウの実はわたくし達貴族にも、慣れ親しんだものだったのですわね」

そうなのだ。王都では比較的安価で、ヘントウの実が売られている。なんでも、大々的に栽培している地域があるのだとか。知らなかった。それを知って以来、森に採りに行くのはやめようと心に誓っている。家族にも、王都で購入した安いヘントウの実を定期的に送っていた。

「えーっと、幸せの実作りは、ルードティンク隊長もするのですか？」

「もちろんですわ！　わたくし達ふたりの、結婚式ですもの！」

ルードティンク隊長の顔をチラリと横目で見る。ヤレヤレといった感じだった。可愛い婚約者のために、頑張るのだろう。なかなか優しいところもあるものだ。

「では、台所に移動しますね」

台所にルードティンク隊長がいる違和感を、どうしても拭えない。それよりも、大変な問題があった。

「あ、あのールードティンク隊長、エプロンを、かけたほうがいいのですが、よろしいでしょうか？」

「別に、構わないが」

ルードティンク隊長は問題ないというので、そっと差し出す。普段、ザラさんやアイスコレッタ卿が普段から使用している成人男性用のフリフリエプロンを。

「は!?　なんだよ、これは!!」

「エ、エプロンです」

「それはわかっている。どういうつもりで、俺に渡したのかと聞いているんだ」

「エプロンといったら、これしかなくて」

「いや、あるだろうが。ザラや、アイスコレッタ卿が使っているエプロンがあるだろう!?」

「これです」

「は？」

「これが、ザラさんとアイスコレッタ卿が愛用している、フリフリエプロンです」

「はあ～～～～～⁉」

ルードティンク隊長は念のためか、エプロンを開いて形状を確認する。どこもかしこもフリルだらけなのを目の当たりにすると、再び「はあ～～～～⁉」と叫んでいた。

「お前、おい、リスリス。俺が、こんなエプロンをかけられるわけがないだろうが」

「でもクロウ、エプロンをかけないと、油が飛んできたり、服に液体が付着したり、困ったことになりますわよ。よろしくって？」

「よろしくはないが。リスリス、本当に、他にエプロンはないんだな？」

「ないです」

「だったら――――！」

ルードティンク隊長は眉間に深い皺を寄せ、目つきを鋭くし、歯を食いしばってフリフリエプロンを身につけた。

「これで、いいんだろう⁉」

ルードティンク隊長はヤケクソ気味に叫ぶ。見事、フリフリエプロンを着こなしていた。

強面男性と、フリフリエプロンの世界観が違う感じが素晴らしい。違和感が、仕事をしている！

思わず私は、拍手してしまった。

「なんの拍手だよ！」

「腹を括ってくれたルードティンク隊長の勇気を称えています」

「リスリス、お前、あとで覚悟していろよ！」

フリフリエプロンをかけた状態で凄んでも、迫力はいつもの半分以下だ。それに、そんなことを言ってい

ても、何もしないのを知っている。そのため、私は遠慮なく笑わせてもらった。

「さて、では、幸せの実作りを開始しますか」

ます、ヘントウの実を一つ一つ検品する。

「実が欠けていたり、皮が剥げていたり、虫食いがあったりと、見た目が悪いものはすべて取り除きます」

綺麗な状態の実で作ることが、お決まりなのだ。ルードティンク隊長とメリーナさんは、真剣な表情でヘントウの実を調べている。

フリフリエプロンをかけたルードティンク隊長が視界に入るたびに、笑いそうになった。しかし、奥歯を噛みしめて、ぐっと堪える。

「では、最初に、ヘントウの実をから煎りしていただけますか?」

「メルさん、から煎りって?」

「油を使わずに、炒めることをいいます。余分な水分を飛ばし、香ばしい風味に仕上がるのですよ」

「なるほど」

選別したヘントウの実を鍋に入れ、ルードティンク隊長が恐る恐るといった手つきで混ぜている。

「おい、リスリス。こんな感じでいいのか?」

「はい」

だんだんと、ヘントウの実の香りが漂ってくる。これに塩をまぶして食べるとおいしいのだ。父は酒のつまみにしていた。

「あの、メルさん。タルトに入っていたヘントウの実のクリームは、どうやって作りましたの?」

「実を茹でたあと潰して、鍋で煎ったらサラサラの粉末状になるんです。それにバターや砂糖を入れて作ったのが、先ほどのナッツクリームですね」

「ああ、そういうことでしたのね」

ヘントウの実を粉末にしたものは、王都でも若干値段が張る。生の実を買い、自分で加工したほうが安上がりなのだ。

「あ、煎るのはそれくらいでいいですね」

鉄板の上に煎ったヘントウの実を広げ、粗熱を取る。

「次に、ヘントウの実に絡ませる糖衣を作ります」

色づけした砂糖を、ヘントウの実に絡ませるのだ。フォレ・エルフの村では、木の実の絞り汁で色づけしていた。採取の際は、手先が真っ赤になっていたのを思い出してしまう。

ただそれは、王都周辺には生えていない色の濃い木の実である。

「なかったら、どうしますの？」

「食紅といって、着色用の粉末があるのですよ」

貴族の食卓に上がる、派手で華やかなお菓子を作るときに使うものらしい。製菓用品を扱うお店で最初に食紅を見たときは、驚いたものだ。

「薔薇の花びらを模したものが、ケーキの上などに載っているときがあるでしょう？　あれが、食紅を使って作られたものですよ」

「ああ、そういえば、そんなものがありましたわね。綺麗なだけで、おいしいものではありませんでしたが」

どうしても、貴族の料理やお菓子は、おいしさよりも見た目にこだわってしまうのだろう。未知の世界だ。

「我が家に食紅はないので、本日は真っ白のままで作ります」

まず、糖衣を作る。

「材料は粉砂糖、卵白、柑橘汁ですね」

ボウルに粉砂糖を入れ、卵白を少しずつ入れてかき混ぜる。もったりしてきたら、柑橘汁を加えるのだ。

ルードティンク隊長が混ぜ、メリーナさんが卵白を加えている。その表情は、真剣そのもの。

「これで、糖衣は完成……で、よろしいの？」

「ええ、綺麗にできているかと」

そう言うと、ホッとした表情を見せていた。

「最後に、ヘントウの実にこれを絡ませます」

一粒一粒丁寧に。贈る人の幸せを思いながら、ヘントウの実に糖衣をつけるのだ。

ここで活躍するのが、魚の骨抜き。先端がつまめるようになっていて、ヘントウの実を挟んで作業できる。

「む、難しいですわ」

「クソ……うまくいかん」

初めこそぎこちない様子だったが、数をこなしていくうちに上達していった。

すべて絡め終え、安堵の息をはいていたがこれで終わりではない。

「一回だけではヘントウの実の皮が透けて見えるので、二回、三回と重ねがけしてください」

「そ、そうですのね」

「終わりではないのか」

だいたい二回から三回で、綺麗に糖衣は絡まった。あとは乾燥させたら、完成である。

「これが、幸せの実です」

「なかなか、難しかったですわ」

「だな」

ルードティンク隊長とメリーナさんの表情は、達成感に満ちあふれていた。

「いつ、本番用を作られるのですか？」

「挙式の前日に、朝から作ろうかと」

「お手伝いします？」

「これ以上、ご迷惑はかけられませんわ。それに、ふたりで頑張って、何かを成し遂げてみたいので」

「そうでしたか。では、心の中で、応援をさせていただきます」

「ありがとう、メルさん」

幸せの実の仕上がりは上々だ。本番は、もっと上手く作れるだろう。

乾燥したものを、味見してみた。

「あ――甘くて、香ばしくて、爽やかで、とってもおいしい」

「それはよかったです」

「これが、幸せの味ですのね」

「ええ」

ルードティンク隊長も、感慨深い様子で食べていた。

「帰りに、クロウのエプロンを買って帰りましょうか」

「ああ、そうだな」

「待ってください。市販のエプロンに、筋肉質で大柄な体型の男性用は売っていないですよ」

一度、アイスコレッタ卿が街にエプロンを買いに行ったのだが、「板金鎧の上からかけられるエプロンはなかったぞ」としょんぼりしながら帰ってきたのだ。

そのため、ザラさんが自作したエプロンをかけるしかなかったのである。

「あ、そうだ。ザラさんにあげようと思っていたエプロンがあって。それを差し上げますね」

「あ、いや、それは流石に悪い」

「気に入らない部分があって、作り直そうと思っていたのです」

私室に戻り、抽斗《ひきだし》の奥に入れていたエプロンを引っ張り出す。走って台所まで戻り、エプロンを差し出した。

「こちらです」

「こ、これは――！」

胸に可愛らしい猫の絵が印刷された布で作ったエプロンだ。

「まあ、クロウ。よかったですわね。とっても似合うかと」

「誰が似合うのかよ！　こんな、子ども向けみたいな柄！」

「文句を言うものではありませんわ。ありがたく、頂戴しましょう。服に油が飛んできたら、危ないでしょう？」

「さっきの菓子に、油なんて使っていなかっただろうが」

「何かおっしゃいましたか⁉」

「いや、なんでもない」

さすがのルードティンク隊長も、メリーナさんには頭が上がらない。結局、猫のエプロンは家に持って帰るようだ。

「メルさん、本当に、ありがとう」

「いえいえ。お役に立てて幸いです」

ルードティンク隊長も、私に頭を下げ、お礼を言ってくれた。

「リスリス、休日なのに、すまなかった。助かった」

「お気になさらず」

ルードティンク隊長とメリーナさんを、笑顔で見送る。お幸せにと思わずにはいられなかった。

＊

それから数日経って、ようやくルードティンク隊長とメリーナさんの結婚式当日を迎えた。

なんとザラさんはシャルロットの分のドレスを用意した上に、着付けと化粧を専門職とする職人さんも連れてきてくれた。

そんなわけで、朝から身支度に追われている。

力を合わせて作ったドレスは、夢みたいに美しかった。金糸雀色の生地が、窓から差し込む太陽の光を浴びて、キラキラ輝いているように見える。本当に、綺麗なドレスだ。

いつまでもいつまでも、眺めていられる。

ただ、永遠に見とれている暇はない。このあと、シャルロットもドレスに着替えて化粧をしなければいけないからだ。

こんなお姫様のようなドレスに、袖を通すのは酷く緊張する。肌に触れた生地が柔らかくて、熱い吐息がほうと零れてしまった。

私は本当に幸せ者だ。婚約者から振られ、貰い手がつかなかったフォレ・エルフなのに、こんなに綺麗なドレスを着ることができたのだ。

このドレスは正真正銘、私だけのもの。たくさんの努力をして、手に入れた一着である。

すごいと思わないだろうかと、背後でリボンを結んでくれる着付け職人さんに問いかけたい。それくらい、気分が高揚していた。

化粧を施され、髪は編み込みをした形にまとめてくれた。仕上げに、生地と同じ金糸雀色のリボンが結ばれる。

「さあ、終わりましたよ。いかがですか?」

「わっ——!」

鏡に映った私は、私でないようだった。自分で言うのもなんだけれど、すごく綺麗。

もう誰も、田舎者のエルフとは呼ばないだろう。

嬉しくて、嬉しくて、涙が溢れてしまう。が、ここで泣いたら化粧が崩れてしまうだろう。涙はぐっと堪えた。

かつての私は、自分を卑下していた。

魔力がないから、実家が貧乏だから、不器量だから、と。それが存在を評価するすべてだと、思い込んでいたのだ。

けれど、王都にやってきて、私の世界がいかに、狭くて小さなものだったかを知ることができた。

魔法が使えない私でも、できる仕事があった。

助けてくれる人がいてくれたし、助けられる人達もいた。

誰かを支えることだってできた。

何もできないと思い込んでいただけで、私はなんでもできたのだ。

そんな私を、好きになってくれる人達もいた。裕福じゃなくても、傍にいてくれる人だっていた。

どれだけありがたいか。胸が、ぎゅっと切なくなる。

これから先、自分の存在を卑下するのは止めよう。それは私を好きだと言ってくれる人までも、否定することになるから。

私は私の存在を否定してはいけない。周囲に言うことでそんな自分を許してもらえるような気分になり、一瞬気が楽になるのかもしれない。だが、発した言葉が傷となって、一生残ってしまうのだ。

人生、まだまだ先は長い。だから、なるべく自分を大切にして、それから自分を好きになって、傍にいてくれる人を大切にしよう。

一気に、さまざまな感情が押し寄せてきたので、ふーーと息をはいて落ち着かせる。

外の綺麗な空気を吸って気分転換しようと窓を開いたら、騎士隊の正装姿のザラさんが見えた。今日は三つ編みの付け毛を胸の前から垂らし、毛先をリボンで結んでいる。

正装姿がカッコイイと見とれている場合ではない。私はすぐさま、ドレスの裾を掴んで外に飛び出す。

「ザラさーーん!!」

「メルちゃん!?」

突然私がやってきたので、驚いたのだろう。庭の端で雑草を抜いていたアイスコレッタ卿も、ビクリと体を震わせていた。

「あ、あの、ドレス、着せていただきました。すごく、綺麗で、可愛くて。あ、あのドレス！　だ、だけじゃなくて、私も、綺麗にしていただいて！」

すごく、声がうわずってしまった。いつもだったら、自分まで綺麗にしてもらったとか、口が裂けても言えないだろう。

「本当に、メルちゃん、綺麗よ」

ザラさんは淡く微笑んでくれる。

今こそ、心の奥底に閉じ込めていた感情を、紐解いて伝えるときだろう。

内なる感情を吐露するのは、酷く恥ずかしい。けれど、この瞬間しかないと思った。

視界の端にアイスコレッタ卿がいるが、気にしている場合ではない。むしろ、大英雄が見守る中でなんて、一世一代の告白の場に相応しいだろう。

空は晴れ、真冬なのにポカポカだ。お日柄もよい。一生分の勇気を前借りに、思いの丈を伝えた。

「私、ザラさんのことが好きです！」

「えっ⁉」

ザラさんは驚いた表情を浮かべる。アイスコレッタ卿は何かを察して庭から退散しようとしていたが、遅かった。手に持っていたスコップをレンガの道の上に落とし、ガシャン！　と大きな音を立ててくれる。

アイスコレッタ卿があたふたしてくれたおかげで、若干落ち着くことができた。

気持ちを整理して、少しずつ伝える。

「あの、すみません。間違っていたら大変恥ずかしいのですが——ザラさんは私のことを、好きなんだろうなって、ずっと、感じていたんです。でもその好きの気持ちが、友達としてなのか、家族愛的なものなのか、それとも、異性に寄せる特別な好きなのか、ずっとわからずにいたんです」

私みたいなちんちくりんなエルフに、美貌の騎士であり、さまざまな才能を持つザラさんが、恋心を寄せるわけがないと決めつけていた。

ずっと、臆病だったのだろう。相手と同じ気持ちでなければ、告白してはいけないと思い込んでいたのだ。

「でも今日、そんなことよりも、自分の素直な気持ちをザラさんに伝えようと思ったんです。私は優しくて、穏やかで、私が大事に思っているものを大事にしてくれるザラさんが、大好きだということを」

なんとか言い切った。心臓はいまだ、爆発しそうなくらいバクバク高鳴っているけれど。

後悔はまったくない。むしろ、すがすがしい気分だ。

「メルちゃん、ありがとう」

ザラさんは私の手をぎゅっと握り、頭を下げる。

「私も、可愛くって、頑張り屋で、いつも私の心に寄り添ってくれるメルちゃんのこと、ひとりの女の子として、大好き！」

その言葉を聞いた瞬間、だーっと滝のように涙を流してしまう。せっかく綺麗に化粧をしてもらったのに、台無しだ。

勇気を出して、本当によかった。私とザラさんは、同じ気持ちだった。

今、こうして想いを伝え合えたことを、幸せに思う。

嬉しくて、嬉しくて、涙が止まらない。ザラさんも、美しい涙をポロポロと流していた。

「ご、ごめんなさい、情けないわね。なんだか、気持ちが涙となって溢れてきて」

「わ、私もです」

これからルードティンク隊長の結婚式なのに、ふたりして真っ赤な目で参列しなければならないだろう。

「ルードティンク隊長の結婚式に、感激したことにします」

「私も、そうするわ」

最後に、切った植木の枝を持ち、背景の木の振りをしているアイスコレッタ卿に声をかけた。

「アイスコレッタ卿、お邪魔しました」

「い、いや、邪魔したのは、私のほうだろう。その、なんだ。幸せにな」

「ありがとうございます」

今度こそ、アイスコレッタ卿はそそくさと退散していった。ザラさんとふたり、顔を見合わせて微笑み合う。

幸せなひとときだった。

＊

皆、バッチリ正装して、結婚式に参加していた。

ベルリー副隊長のパリッとした白の正装姿は、震えるほどカッコイイ。ルードティンク隊長やメリーナさんの親族の女性陣から、キャーキャー言われていた。

ガルさんは、いつもは無造作な毛並みを、整髪剤で整えていた。渋くて、素敵だ。ガルさんの肩に乗ったスラちゃんも、頭にリボンを付けてオシャレしている。一緒に参加していた婚約者のフレデリカさんとは、すっかりお似合いの雰囲気を漂わせていた。

リーゼロッテはリヒテンベルガー侯爵と参加していた。幻獣の宣伝をしようとしているのか、リヒテンベルガー侯爵は山猫《イルベス》のぬいぐるみを抱いていた。険しい表情でぬいぐるみを抱いているので、周囲から遠巻きにされているように見える。その、なんていうか……布教、失敗しているよと、心の中で指摘しておいた。

アルブムも、白い蝶ネクタイを着けて参加している。正装として付けているのだろうが、毛並みも白なのでパッと見普段と変わらない。

アメリアは可愛さ重視で、薄紅色のリボンを結んでいる。参列者から、可愛い鷹獅子《グリフォン》がいると注目の的だった。

アイスコレッタ卿も参列していた。大英雄だと知らない人が大半なので、「あの全身鎧の人何？　肩に大根乗せて《ラバネロ》いるし」みたいな視線を浴びていた。本人はまったく気にせず、結婚式の雰囲気を楽しんでいるように見えた。

シャルロットは愛らしい娘がいると、お婆ちゃん、お爺ちゃんからモテモテだった。孫娘的な可愛さなのだろう。迫力に圧されたからか、ウルガスの後ろに隠れていた。頼られたウルガスは、満更でもないように見える。

なかなか、総合的に濃いメンバーが集まっていた。

そんな中で、ついに結婚式が始まる。

礼拝堂では厳かな演奏の中、花嫁であるメリーナさんが入場し、ルードティンク隊長が待つ祭壇のほうへ向かう。

婚礼衣装姿のメリーナさんは本当に綺麗だ。ザラさん特製の、薔薇のヴェールがよく似合っている。

感動して、涙してしまった。

夫婦となるふたりが並ぶと、誓いの儀式が始まる。夫婦は悩めるときも、病めるときも、健やかなるときも、喜びの感情や苦労を共に分かち合うらしい。

夫婦共々「誓います」と宣言したら、誓いの口づけをする。

ルードティンク隊長は照れたのか、メリーナさんのおでこに唇を寄せていた。それで納得いかなかったメリーナさんは、背伸びをしてルードティンク隊長に口づけする。

その際の、ルードティンク隊長の驚いた顔といったら。

お似合いの夫婦に、拍手喝采が沸き起こった。

挙式が終わったら、ルードティンク隊長の実家の庭で披露宴を行う。

王都の貴族街に実家があると聞いていたが、豪邸を前に言葉を失ってしまった。

「あ、あれが、ルードティンク隊長のご実家、ですか⁉」

立派な邸宅を前に、口があんぐりと開く。同時に、今まで何度も「山賊」だと思ってごめんなさいと、心からの謝罪を呟いてしまった。隣で同じように開いた口が塞がらなかったウルガスも同様である。

「リスリス衛生兵……ルードティンク隊長って、本当の本当に貴族だったたん、ですね」

「で、ですね」

人は、見かけによらないのだ。

大広間では、立食パーティーが開かれていた。本日の主役であるルードティンク隊長とメリーナさんは、大勢の人に囲まれている。しばらく近づけそうにない。

ここからは、各々行動する。

シャルロットはウルガスとアイスコレッタ卿と共に、お菓子コーナーに向かっていた。なんというか、無邪気な三人組である。

ガルさんは、来春結婚式なので、フレデリカさんと共に知り合いに囲まれ、祝福されているように見える。

ベルリー副隊長は、女性陣に囲まれていた。ここでも、モテモテだった。

私はザラさんと一緒に行動を共にする。

どこもかしこも豪奢な紳士淑女がいて、あまりの眩しさに瞳がキラキラしてしまう。まるで、物語のような世界だ。

そんな中でも、ザラさんは思いっきり目立っていた。あの美貌は、社交界でも十分通用するのだ。

普段の私だったら、気後れしていただろう。

しかーし、今日の私は違う。力を合わせて作ったとっておきのドレスを着ているし、髪型も化粧も綺麗にしてもらった。物語の住人の仲間入りをしていることだろう。

私だって、チラチラと注目を集めている。まあ、大半はフォレ・エルフだからだろうけれど。

でも、もう人の視線なんて、気にならなくなった。大きな進歩だろう。

「ねえ、メルちゃん。あっちにごちそうがあるわ。せっかくだから、いただきましょう」

「はい！」

ごちそうが並んだテーブルの周囲には、あまり人がいない。皆、こういう場所には食事ではなく、社交を目的にやってきているのだろう。

銀のお皿の上に、大きな肉塊がドン！　と置かれていた。傍にいる給仕に「ください」と頼み込んだら、カットしてくれるようだ。外側はこんがり焼かれていて、中は赤身が残っている。きっと、いいお肉なのだろう。ナイフを入れたら、肉汁がじゅわ～～っと溢れてきていた。

薄く切り分けられたお肉は、真っ赤なソースがかけられる。とても、おいしそうだ。付け合わせの蒸かし芋も付けてもらった。

他にも、さまざまな料理を盛り付ける。別室に用意された食事スペースに行ったら、落ち着いて食べることも可能なのだ。

「おいしそうね。食べましょうか」

「はい！」

神々に祈りを捧げたのちに、いただきます。

お肉は驚くほど柔らかかった。力を入れずとも、ナイフでお肉が切れてしまう。たっぷりソースに絡め、パクリと食べた。そのおいしさは、言葉にできない。

「は～～～～……」

思わずため息が零れてしまうほど、おいしかった。さすが、貴族の料理。格が違う。

食べる前は、ドレスにソースがかかったらどうしようかと考えていた。しかし、一口頬張ったら、そんなことなど一切忘れていた。

「あ、いましたわ！」

メリーナさんの声が聞こえる。披露宴では明るい橙色のドレスをまとっていた。ルードティンク隊長も、燕尾服姿である。

「幸せのおすそ分けに来ました」

メリーナさんが持つカゴの中には、色とりどりの幸せの実が入っていた。どうやら、上手く作れたようだ。

「幸せのおすそ分けって？」

キョトンとしているザラさんに、説明した。

「このお菓子は、フォレ・エルフがお祝いするときに近所に配る、幸せのお菓子なのですよ」

「へー、そうなの」

「おひとつどうぞ」

「ありがとう」

「いただきます」

つるつるの糖衣の中には、ヘントウの実が入っていた。カリッと甘く、香ばしい。

「おいしいです」

「ええ、初めて食べるお菓子だけれど、おいしいわ」

「よかったですわ」

一日で作り上げる予定だったが、メリーナさんの母親に相談したら「もっと早く作りなさい！」と叱られたらしい。

「それで、二日前から作り始めたのですが、何回か失敗してしまい、作り終えたのは今日の夜中で」

「ギリギリだったのですね」

「ええ、驚きましたわ。クロウったら、夜中なのに、間に合わないからメルさんを呼ぶって聞かなくて」

「ルードティンク隊長……」

「仕方がないだろうが。料理は慣れていないんだ」

カゴの中にある、トゲトゲした幸せの実はルードティンク隊長があたふたしながら作った一品らしい。誰も、手を付けようとしないのだとか。

「これ、逆にどういうふうに作ったらこの形になるのか、気になります」

「そうね。普通に砂糖を絡ませただけでは、こうならないはずよ。本当に不思議だわ」

「謎ですね」

「お、お前ら、あとで覚えておけよ！」

ルードティンク隊長のお決まりの台詞に、ザラさんとふたりで笑ってしまった。

「メルさん、ありがとう」

「メリーナさん、なんのお礼ですか？」

「この、幸せの実を教えてくれたことに対するお礼ですわ」

なんでも、幸せの実は参列者に大好評らしい。手作りだと言ったら驚かれ、さらに喜ばれたのだとか。

「メルさんが作った物みたいに見た目は綺麗ではないけれど、手作りの品には気持ちがこもっている。買った品を贈るより、笑顔を見ることができましたの。完成まで大変でしたが、今は達成感で心が満たされていますわ」

喜んでもらえて何よりだ。私のほうこそ、フォレ・エルフの伝統菓子が王都の人々に受け入れられ、笑顔にできたことを誇らしく思う。

「メルさん、アートさん、楽しんで」

「はい、ありがとうございます」

このように、楽しい披露宴はあっという間に終わってしまう。

ルードティンク隊長が送迎用の馬車を用意してくれた。郊外の自宅まで、送ってくれるらしい。

アメリアとシャルロットは、アイスコレッタ卿と共に帰ったようだ。面倒見のいい大英雄に、心から感謝である。

静まり返った王都の街を、馬車は走る。車内は暗く、ザラさんの姿ですらよく見えない。

そんな暗闇の中であったが、不思議と落ち着いていた。一応、魔石灯は置かれていたが、このままでいいだろう。

ふと、振り返る。今日は夢のような一日だった、と。

「ザラさん、ルードティンク隊長とメリーナさんの結婚式、素敵でしたね」

「ええ」

ふたりとも、幸せそうだった。婚約時代から知っているので、余計におめでたいと思ってしまう。

「なんか、結婚したらルードティンク隊長は変わってしまうんじゃないかって、ちょっと寂しい気持ちだったのですが――」

「まったく変わる気配はないわね」

「そうなんですよ」

きっと、ルードティンク隊長はこれからも、私達の山賊隊長として活躍してくれるだろう。

「夫婦は悩めるときも、病めるときも、健やかなるときも、喜びの感情や苦労を共に分かち合う、か」

ザラさんがぽつりと呟いたのは、夫婦の誓いの言葉だ。

「素敵な誓いですよね。これまでひとりで抱えるしかなかった感情が、夫婦になったら分かち合えるっていうのは」

フォレ・エルフにはない文化だ。私達にとっての結婚は、魔力のある子を次代へ残し、暮らしを豊かにする意味合いが大きい。その中で、女性や生まれてきた子どもは労働力と見なされる。

「私も今までそう考えていたんだけれど、冷静になってみたら、他人同士、すべてを分かち合うのって、大変じゃない？　感情の振り幅だって、個人個人違うと思うし。クロウとメリーナさんを見ていたら、大変なんじゃないかって、思い始めて」

たしかに、前向きの人もいれば、後ろ向きの人もいる。悩みを抱えやすい人が、悩みを抱えにくい人に相談しても、その苦しみを理解するのは難しいだろう。

「フォレ・エルフの村では、生まれたときからほぼ、結婚相手が決まっています。しかし王都では、好きな人と結婚できる。だから、互いにこの人とならば、生涯を共にしたい。命さえ、分け合いたいって思うくらいの相手と結婚するのでは？」

一時期の感情の高まりで結婚し、数年で離婚する人もいると聞く。そういう人は、たぶん双方の想いにズレがあったのだろう。

「きっと王都でも、気持ちや価値観にズレが生じている夫婦は、たくさんいると思うんです。異なる環境で育った他人同士が、ある日突然家族になるのですから。無理もないです。でもみんな、どこかで妥協して暮らしている。大切なのは、相手に期待せずに、許すこと。それが、あの誓いの中に溶け込んでいると、私は感じました」

「許すこと……？」

「許した数だけ、相手も自らに対して許している。相手に合わせることはしなくていいんです。すべて理解する必要もない。ただ永遠に許し合わなければいけない。それができる人達を、夫婦と呼ぶのだろうなと」

「そういう意味があるのならば、納得できるわ。メルちゃんは、すごいわね」

「いえ。フォレ・エルフにはない誓いだったので、勝手に解釈しただけで」

「そんなことないわよ。クロウとメリーナさんも、きっと永遠に許し合える関係だと、思っているわ」

「だったら、素敵だと思います」

それから会話が途切れ、車体がガタゴトと揺れる音だけが聞こえる。

少しだけ、語りすぎてしまっただろうか。真っ暗で相手の顔が見えないので、いつもより饒舌《じょうぜつ》になっていたのだろう。相手はザラさんなので、後悔はないが。

窓の外には、真っ暗な森が広がっていた。あと少しで、家にたどり着く。

「メルちゃんは――」

「はい？」

「私のこと、許してくれるかしら？」

一瞬何を許すのかと思ったが、すぐに先ほどの話と繋がっていることに気付く。この件に関しては、即答できる。

「許せると、思います」

「メルちゃん、ありがとう」

暗闇の中だったが、ザラさんが微笑んでくれているような気がした。

そんなわけで、ルードティンク隊長とメリーナさんの結婚式は終わった。

私まで得たものが多い日々だったように思える。

何はともあれ、ふたりともお幸せに！

# 雪山と、純白スノーベリー

Enoku Dai Ni Butai No Ensei Gohan

あっという間に冬は過ぎ去ろうとしていた。まだまだ寒い日は続いているが、春の気配も感じつつある。

ガルさんの結婚式も目前だったが、ここで驚きの情報を知る。なんと、ガルさんはルードティンク隊長のように大勢の人を招いた結婚式は開かないらしい。

代わりに、親しい仲間をフレデリカさんとの新居に招いて、お披露目パーティーをするのだとか。

なんでも、フレデリカさんのお姉さんが昨年結婚するつもりだったようだが、婚約破棄となってしまったと。

通常であれば姉より先に結婚できない習わしがあるようだが、ガルさんとフレデリカさんの結婚式は以前から計画されていた。

親族は別に結婚式を挙げてもいいと言っていたそうだが、フレデリカさんのお姉さんの名誉のために止めることに決めたのだとか。

なんというか、災難だと思ったが、ガルさんとフレデリカさんは気にしていないという。結婚式のときに注目を浴びるのは恥ずかしいので、ちょうどよかったと話していたのだとか。

まあ、皆が皆、結婚式を進んでしたいわけではないのだろう。人々の関心を引くのが苦手な人だっている。

結婚式をしないのならば、皆で集まって盛大なパーティーをしようという話になった。

ザラさんやウルガスと、とっておきの食材でごちそうを作ろうという話でまとまる。

＊

今日も今日とて、遠征に出かける。

今回は王都近郊に出没する魔物、二足歩行の茸《キノコ》系魔物を退治しなければならない。

魔物研究局に情報を提出したが、今まで確認したどの魔物にも該当しないという。新発見の魔物の可能性が高いらしい。単体で行動し、旅人や商人に襲いかかっているという。

戦闘能力は低いものの、所持品を奪って逃走するのだとか。被害報告がひっきりなしに届いているという。

被害者の証言をもとに、描かれた姿絵も渡された。茶色いカサに白い軸を持ち、手足が生えた姿をしているという。

その姿絵を見たウルガスが、ボソリと呟く。

「あの、リスリス衛生兵。この魔物、なんかうまそうですよね」

「ですね」

通常、茸系魔物は赤とか青とか、毒々しい色合いをしている。王都周辺で出現する茸系魔物は、おいしそうな食用茸にそっくりな見た目だった。

魔物を前にうっかり唾を飲み込んでしまわないように、皆に声をかけておく。

「今日はタレに漬けた骨付き肉を持ってきていますからね！　昼食時に焼きますので、頑張ってください」

昼食は茸ではなく、お肉！　しっかりと、意識に叩き込んでおく。

お肉と聞いて、皆の顔つきが変わった気がした。ウルガスなんかは、キリッとしているように見える。

笑いそうになっていたら、足下で靴をコツコツ叩く存在に気付く。アルブムだ。

『アノ、パンケーキノ娘ェ、アルブムチャンノ分ノ、オ肉ハ、アリマスカ？』

「アルブムの分もありますよ」

そう答えると、アルブムの表情もキリッと締まった。これには我慢できずに、笑ってしまった。

出発前、ルードティンク隊長が檄を飛ばす。

「おい、お前ら、茸系魔物が素手でも倒せるほど弱っちいからって、気を抜くなよ」

茸系魔物は賢いようで、数日前別の遠征部隊が討伐任務に行った際、まったく姿を現さなかったらしい。

きっと、相手を見て襲う対象を選んでいるのだろうと。

そんなわけで、今回の任務は騎士隊の制服ではなく、さまざまな職業の者に変装することとなった。

ルードティンク隊長はくたびれた上着に、皺が寄ったズボンを穿いている。聖剣『デュモルティエライト』は布に包んで背負っていた。その姿はさながら——いや、皆まで言うまい。

設定が決まっているらしい。

「俺の恰好のテーマは、王都に憧れて田舎からやってきたが、途中で山賊に襲われ、身ぐるみを剥がされ、なんとか王都近郊までやってきた青年だ」

皆、黙って聞いていたが、リーゼロッテが余計な感想を漏らす。

「山賊設定ではないのね」

我慢できず、思いっきり笑ってしまった。私だけではなく、全員笑っているのでセーフだろう。

「クソ……お前ら……！」

時間がないので、続いてベルリー副隊長の姿もお披露目となる。羽根を挿したベレー帽と、袖にフリルが付いた可愛らしい服装に、竪琴を手にしていた。聖双剣『フェカナイト』は、鞄の中に入れているという。

「ベルリーは、女たらしの吟遊詩人だ」

女たらしという設定はいったい……？

ただ、舞台俳優のような、カッコイイ吟遊詩人である。ベルリー副隊長は切なそうな表情を浮かべていた。

ガルさんはピンと立った猫耳を装着していた。ボロボロの外套を着込み、聖槍『スタウロライト』に縄状に伸びたスラちゃんがぶら下がっている。

設定は、釣りをしながら各地を旅するのんびり屋の猫獣人らしい。犬系の顔なのでまったく猫には見えないが、騙す相手が魔物なので問題ないだろう。大事なのは、雰囲気だ。

「ガルは気まぐれ、ぐうたら、ワガママな猫だ。正直、ガルの真面目な性格と正反対だが、なんとか演技力で補ってほしい」

ザラさんは、女装していた。裾の長いスカートを穿き、長い髪の鬘を被ってひとつに結っている。乱れた髪に憂いを含んだように伏せた目が、どことなく色っぽさを漂わせていた。

「ザラは未亡人役だ。男だが、不思議とぴったりだろうが！」

なぜか、ルードティンク隊長が自慢げに話す。まあ、びっくりするくらい似合っているが。

ザラさん本人も、意外とノリノリで扮装していた。

聖斧『ロードクロサイト』は大きすぎて魔物が警戒するため、持ち歩かないようだ。代わりに、手に持つ布の中に大振りのナイフが包まれているらしい。物騒な未亡人だ。

ウルガスは半袖半ズボン姿に麦わら帽子を被り、手には虫取り網と虫カゴを持っていた。

聖弓『サーペンティン』は、ガルさんが背負う鞄の中に入っているようだ。

「ウルガスの設定は、子どもだ」

「ルードティンク隊長、俺だけ、設定酷くないですか?」

「安心しろウルガス。もれなく全員酷い設定だ」

「た、たしかに」

ウルガスは可哀想な生き物を見る目で、周囲を見渡していた。

リーゼロッテはドレス姿だった。ひとりだけ、キラキラ輝いている。なぜか手には、鞭が握られていた。

よくよく見たら、聖杖『オーピメント』に鞭を結んだものだった。

聖なる武器シリーズを、変装の小物として使うなんて。アイスコレッタ卿が見たら、どんな顔をするのか。

いや……アイスコレッタ卿のことだから、「そのような使い方があったか!」なんて言いそうだけれど。

ちなみに私の聖棒『ペタライト』は、必要なしと判断される。今日も、騎士隊で使ったタオル干しになっていた。

私はボロボロのワンピースを着せられ、鎖で繋がれた首輪を装着している。どうしてこうなったのだと、声高に主張したい。

「リスリスは奴隷エルフ再びで、リヒテンベルガーは奴隷エルフを買った成金貴族だ!」

「本当に酷いです」

「失礼すぎる設定だわ」

『クエッ、クエ?』

アメリアも、成金貴族に買われた幻獣役をしようかと言ってくれたが、汚れ役をするのは私とリーゼロッテだけでいい。またの機会にという流れに持ち込んだ。……いや、三度目の奴隷エルフ役なんて、したくないけれど。

アルブムは縄で巻かれ、リーゼロッテの腰ベルトにぶら下がっていた。

「あの、ルードティンク隊長、アルブムはなんの変装なんですか？」

あれを変装と言っていいものか、迷ってしまうが。

「アルブムは、エルフを落札したおまけに渡された、躾済みのイタチだ」

お昼はお肉だと言っていたからだろうか。アルブムは静かに、設定を受け入れているように見える。

なんていうか、本当に酷い。今までいろいろな変装をしてきたが、もっとも酷いのではないかと思う。

「これ、他になかったのですか？」

「設定を考えたのは俺じゃない。隠密部隊だ。文句ならば、そっちに言ってくれ。こうしている時間がもったいない。さっさと行くぞ！」

アメリアがいたら警戒されるかもしれないので、今回はシャルロットとお留守番である。

変装した姿で任務に挑む。裏口から出る中で、他の騎士達からの視線が突き刺さったが、堂々としていなければ。私達は好きで変装しているわけではなく、任務のために変装しているのだから。

目撃情報のあった場所まで、徒歩で向かった。

なるべく、気弱で悲惨そうな言葉を呟くように言われていた。いきなりそのようなことを言われても、困るのだが。

『オ、オ腹、空イタヨオ……！』

アルブムの呟きに、ルードティンク隊長がその調子だと、奮い立たせるような言葉をかけた。

リーゼロッテの顔つきが変わる。冷たい目を向けながら、叫んだ。

「ちょっと、さっさと歩きなさいっ！」

「え⁉」

「え、じゃないわよ、この奴隷エルフが！」

迫真の演技を前に、ようやく気付く。リーゼロッテは、役になりきっているのだ、と。

私も、台詞に応じて演じるしかない。

「え、えーん、えーん、おうちに、帰りたいよお……！」

泣いている振りをしてみる。いい感じではないかと思っていたが、ルードティンク隊長がボソリと呟いた。

「演技下手なのかよ。つーか、奴隷エルフ、何歳設定なんだよ」

的確なツッコミだったからか、ウルガスが「ぶはっ！」と噴きだしていた。他の人は、笑わないでいる。

さすが、プロだ。なんのプロかはわからないけれど。

しかし、ルードティンク隊長の言う通り、十九歳の女性が「えーん、えーん」とは泣かないだろう。

もう言ってしまったので、設定の変更はできないだろうが。

「奴隷エルフは、九歳なので、家族が恋しいんだよー、えーんえーん」

「設定を口で語るな！　演技で示せ！　あと、さりげなく十歳もさば読むな！　最後に、奴隷エルフを一人称として使うな！」

またしても、ルードティンク隊長から指摘されてしまう。これは、他の人達も我慢できなかったようで、大笑いされてしまった。

「リスリス、お前はもう喋るな。リヒテンベルガーが何を言っても、俯くだけにしておけ。そのほうが、それっぽく見える」

「……はい」

私には、演技の才能がこれっぽっちもないようだ。

怪しい一団は、各々自由に演技していた。

猫獣人役のガルさんは干し肉を餌にアルブムを釣り上げ、ウルガスはうっかり世界的にも珍しい蝶を発見し、捕獲してしまう。ベルリー副隊長は案外上手く竪琴を演奏して、吟遊詩人としての才能を開花させ、ルードティンク隊長は山賊さながらの横暴さで魔物が出てこないとぼやいていた。

未亡人役のザラさんは、常にけだるげな感じでいる。昨日寝不足だったために、大半は演技ではないと言っていた。

「ルードティンク隊長、これ、いつまで続けるんですか？」

「茸系魔物が出るまでだよ！」

早く終わってくれと願ったが、神は願いを叶えてはくれなかった。

昼食の時間となったので、湖の畔で準備を行う。宣言していた通り、骨付き肉を焼く。

『オ肉～～、オ肉～～肉肉～～』

アルブムは歌いながら、集めてきた枝を簡易かまどの中へ放り込む。

火を点けて網を置き、タレに漬けていたお肉を網の上に並べていく。

『アアアアア～～、イイ匂イ！』

焼きアルブムになりそうだったので、覗き込む位置を後方へ移動させる。

タレを染みこませたお肉は、とにかく焦げやすい。どんどんひっくり返す。

「よし、こんなものですか！」

こんがり焼き色が付いたら、『骨付き肉のタレ炙り』の完成だ。

「みなさん、食事の準備ができましたよー！」

待っていましたとばかりに、ウルガスが一番乗りとなる。見た目から行動まで、子どもっぽい。

他の皆も、ぞろぞろ集まってくる。

ルードティンク隊長はいつもより豪勢な昼食に、目ざとく気付いた。

「リスリス、この肉、どうしたんだ？」

「あ、えっと、お昼に新しい料理を試そうとしていたのですが、遠征任務が入ってしまって」

「そうか」

それ以上追及しなかったので、ふうとため息をつく。実はこの料理、ガルさんのお披露目パーティーで出そうとしていた料理の一つなのだ。

こっそり味見してもらおうと思っていたのに、まさか今日に限って遠征任務が入るなんて。本当についていない。

「では、いただきましょうか」

かぶりついてもおいしいけれど、タレが服に付きそうだったので、ナイフで削いで食べる。

最初に反応を示したのは、昼食のお肉を誰よりも楽しみにしていたウルガスだった。

「わー、このお肉、びっくりするくらい柔らかいです。タレの部分もカリカリとしていて、香ばしく焼けていますね。すごくおいしいです！」

アルブムは前脚で左右の骨を押さえ、豪快にかぶりついていた。

『アー、労働ノアトノ、オ肉ハ、オイシイヨオー！』

頑張って役になりきっていたので、おいしさもひとしおだろう。

皆の反応は上々だった。これならば、パーティーの日に出しても問題ないだろう。


休憩後、茸系魔物の捜索を再開させる。

トボトボ歩いていたら、ある物音を拾う。ガサガサと、草木をかき分ける音が聞こえた。ガルさんも同様に、耳をピクンと立てた。遠くから「キノキノー！」という甲高い鳴き声が聞こえてきた。

「ルードティンク隊長、何かが接近しています。妙な声が聞こえるので、おそらく魔物かと」

「やっとお出ましか。隊員、戦闘態勢で迎え撃て!!」

ギリギリまで武器を背に隠し、魔物が飛び出してきた瞬間に構える。

「キノキノー!!」

それは、ウルガスと同じ大きさくらいの、巨大茸魔物だった。

「なんだ、あれ。初めて見る――――ん、ガル、どうした？」

巨大茸魔物が逃げようとしていたので、ガルさんがスラちゃんを放つ。縄状に伸びていたスラちゃんは、巨大茸魔物を拘束した。

「うぎゃっ!!」

「うぎゃ？」

巨大茸魔物の背中に、ボタンのようなものが見えた。隙間から、肌色も見える。

「えーっと……これ、もしかして、中身、人ですか？」

ルードティンク隊長は無言で巨大茸魔物を蹴った。

「い、痛ーーーー!!」

「人、だな」

着ぐるみの下は、裸だったらしい。

皆、遠い眼差しとなる。魔物だと思って捜索していたのは、着ぐるみを着た変態盗賊だった。

すぐに拘束され、騎士隊に連行された。

後日、周辺の森を捜査し、盗賊のアジトで盗品を発見した。ほとんど手は付けておらず、無事、被害者のもとに戻っていったようだ。

それにしても、人が魔物の振りをして脅かし、物を盗むなんてとんでもない事件を起こしてくれたものだ。

無事に解決して、本当によかった。

＊

休日となり、ガルさんとフレデリカさんのお披露目パーティーに出す料理の打ち合わせをする。

ザラさんにウルガス、シャルロット、アイスコレッタ卿と共に、計画を詰めていた。

パーティーの開催場所はガルさんとフレデリカさんの新居なので、ある程度料理は用意されているだろう。

だから、たくさん持って行く必要はない。とっておきの料理を厳選して、持って行けばいいのだ。

「あとは、果物とかナッツとか、ある程度日持ちするものを持って行って、料理が足りなくなったらそれを使って料理を作ればいいかなと」

私が何か発言するたびに、アイスコレッタ卿が猛烈にメモを取っている。暗記しなければならないことや、お役立ち情報は一切口にしていないのだが。

「とっておきと言えば、この前の遠征で食べた骨付き肉のタレ炙り、おいしかったわ」

ザラさんの言葉に、ウルガスはコクコクと頷いていた。

「いいな～。シャルも、食べたかった」

「シャルロット、今度、作ってあげますね」

「やったー！」

やったー、に低く渋い声も混ざる。アイスコレッタ卿だ。シャルロットと一緒になって、無邪気な発言をするとは。なんてお茶目なお人なのか。

「うう、羨ましいです。リスリス衛生兵の家の子どもになりたいです」

「こんなに大きな子どもを持った覚えはありません」

そんなことを返しつつも、翌日ウルガスの分も届けてあげることを約束する。

「料理は骨付き肉のタレ炙りと、何がいいですかね」

「お魚！」

シャルロットは耳と尻尾をピーーンと立てながら発言する。

「シャルは、鱗鮪《マグロン》が、いいと思うな～」

お祝いの席に、豪華な鱗鮪料理。いいかもしれない。

「しかし、ちょぴっと予算を超えてしまいますかね」

「そうなんだ。残念」

しょんぼりするシャルロットを見て、アイスコレッタ卿が挙手した。

「鱗鮪《マグロン》ならば、私が獲ってこようぞ」

「え、アイスコレッタ卿、漁の経験があるんですか？」

「ないが、私に不可能なことはない！」

さすが、大英雄である。不可能はないと言い切った。

「では、鱗鮪カツでも作りましょうか」

決まった瞬間、シャルロットは満面の笑みを浮かべていた。それを見て、アイスコレッタ卿は満足げに頷いている。すっかり、お爺ちゃんと孫的な関係になっているようだ。

「では、料理は骨付き肉のタレ炙りと、鱗鮪カツの二品で、あとは、食後の甘味ですね。何にしましょうか？」

「せっかくだから、特大ケーキにしない？」

「いいですね！」

ケーキを三段に重ねて、あま～い苺を飾りたい。が、問題が。

「今の時季だったら、冬苺《フレサ》も、木苺《ルブス》も売っていないですよね」

あと一ヶ月あとだったら、春になって木苺の季節だったのに……。

アイスコレッタ卿が挙手し、再び発言する。

「雪苺《スノベリ》ならば、あるかもしれん」

「雪苺、ですか。初めて聞きます」

なんでも、雪山に自生する、真っ白な苺らしい。驚くほど甘くて、おいしいのだとか。

「私の領地にある雪山に、生えている。発見したのは大昔だったので、どこにあるかはわからないが、探しに行くか？」

「い、行きます！」

「私も行くわ」

「俺も行きます」

「シャルも行きたいけれど、足手まといにならないかな？」

「大丈夫ですよ。シャルロットは私より運動神経がいいですし、体力もありますので」

「だったら、シャルも行く！」

全員で、ガルさんとフレデリカさんのために、雪苺探しに出かけることとなったが――まさかの新メンバーが介入する。

『アルブムチャンモ、行ク!!』

いつからうちに来ていたのか。ひょっこり顔を覗かせ、勝手に仲間入りしていた。

しかしまあ、アルブムの食材探し能力は頼りになる。雪苺探しにも、役立ってくれるだろう。

「では、一時間後に出発、でいいだろうか？」

「はい！」

雪山だというので、厚着していったほうがいいだろう。

「あ、俺、どうしましょう」

「ジュン、私の外套を貸してあげるわ」

「わー、ありがとうございますって、アートさんの外套を俺が着たら、裾を引きずりそうなんですが」

「大丈夫よ。ちょっと引きずるくらい」

「あ、そっちの大丈夫ですか」

ウルガスとザラさんを笑顔で見送り、続いてシャルロットの準備を手伝う。魔物が出る場所につれて行くのは初めてだ。

「シャルロット、この前買った、厚い革の外套を着ていきましょうか」

「うん、そうだね」

護身用のナイフや、縄を持たせておく。はぐれたときのために、革袋に入れた木の実や堅焼きビスケットを携帯させておくのも忘れない。

「襟巻きは――」

近くにいたアルブムを掴み、シャルロットの首に巻いてあげた。

「わー、アルブム、すっごく温かいねー！」

『当タリ前ジャン』

シャルロットの準備はこれくらいでいいだろう。次に、アメリアだ。

「アメリア、今から雪山に、雪苺《スノベリ》を採りに行きます。寒いので、襟巻きとマントを用意しますね」

『クエー！』

製作期間三ヶ月の大作系襟巻きを巻いてあげ、翼を広げても邪魔にならないマントをかけてあげる。足下も寒くないよう、幻獣保護局から支給された鷹獅子《グリフォン》専用ブーツを履かせた。

「アメリアはこれでよし、と」

最後に私も服を着込み、もっとも温かいと思われる外套を着た。一週間かけて編んだ襟巻きも巻いておく。

あとは鞄に食料を詰め、アメリアに持ってもらった。あっという間に一時間経つ。

庭に集合した皆は、真冬の装いだった。唯一、アイスコレッタ卿だけはいつもの全身鎧姿であるが。異なる点は、もふもふが付いたマントだけか。

「では、行こうか」

足下に魔法陣が展開される。転移魔法だろう。呪文が淡く光り、ふわっと体が浮いた。

「わっ！」

手足をばたつかせていたら、ザラさんが腕を掴んで傍に引き寄せてくれる。

「ジュン、シャルロットをお願い」

「あ、はい」

ザラさんがそう言った瞬間、転移魔法が発動する。景色がくるりと回り、一瞬で変わった。

浮遊感はなくなって、地面に着地する。

「うわー！」

強風で姿勢を崩し、ザラさんを下敷きにするように倒れ込んでしまった。雪の上だったので、モフっとしただけだったけれど。

「メルちゃん、大丈夫？」

「ええ、大丈夫です。ザラさんは？」

「平気よ」

シャルロットやウルガス、アメリアも無事着地したようだ。アルブムもはぐれないよう、必死の形相でシャルロットの首にしがみついていた。

降り立ったのは一面銀世界の雪山だ。見渡す限り、雪、雪、雪、そして雪である。

空は曇天《どんてん》。吹雪とまでは言わないが、風が強かった。

「悪天候だな」

アイスコレッタ卿はぽつりと呟く。肩に乗るコメルヴは、飛ばされないように必死にしがみついていた。

「あの、アイスコレッタ卿、今日は、食材探しを止めますか?」

「いいや、大丈夫だ」

アイスコレッタ卿は水晶剣《クリスタル・ソード》をスラリと引き抜いて、何やら呪文をボソボソ呟く。すると、魔法陣が浮かんだ。光の柱が浮かび上がって天を衝くと、青空が覗いた。雲をどんどん横へ横へと流していく。

あっという間に、晴天となった。強かった風も止み、食材探し日和となる。

「これで問題ないだろう」

「は、はあ」

なんというか、すごすぎる。大英雄というのは、天候ですら操ってしまうようだ。

「雪が深いことに変わりはない。足下に気を付けられよ」

「は、はあ」

このようにして、雪山での探索が始まる。

白い息をはきながら、上へ、上へと登っていく。ゆったり緩やかな斜面だが、体力をじりじりと奪ってくれる。

そしてたまに、魔物が出る。雪の中に潜伏していた、鋭い角のある兎が襲いかかってきた。

「――角兎《クローリク》よ!」

叫びながら、ザラさんは大きな戦斧で角兎を両断する。ウルガスは矢で、角兎の脳天を貫いていた。

アイスコレッタ卿は、水晶剣で次々と角兎を倒していく。

「すごーい。みんな、強い！」

そういえば、シャルロットがきちんとした戦闘の様子を見るのは初めてだったか。私も、最初に見たときは驚いたものだ。普段の様子と、ギャップがありすぎるから。

戦闘終了後、シャルロットがウルガスに「カッコよかったよー」と言ったら、デヘデヘ笑って喜んでいた。彼は褒められたら伸びるタイプなので、どんどん褒めちぎってほしい。

「それにしても、食材っぽいものは見当たらないですね」

「そうね……」

木々が生えているばかりで、苺らしき植物は見当たらない。

「アイスコレッタ卿は、よく発見しましたね」

「若い頃、この山に行方不明になった親戚を捜しに行ったのだが、そのときに雪苺《スノベリ》を発見したのだ」

もう、五十年以上前の話らしい。

「木に蔓が絡みつくようにして、実が生っていたぞ」

「なるほど」

雪の下に埋まっているわけではないという。ならば探しやすいかと思ったが、蔓が巻き付いた木すら発見できない。

「はあ、はあ、はあ……！」

だんだんと、斜面が急になってくる。酸素も薄い気がした。

『クエ〜？』

「あ、はい、大丈夫、です」

『クエクエ』

アメリアが心配し、「背中に乗る?」と聞いてくれた。ちょっとだけ、お言葉に甘えようか。

ちらりと横目でシャルロットを見る。さすが、獣人だ。元気、元気である。初めての雪山に、楽しくて仕方がないと言わんばかりに、瞳がキラキラ輝いていた。

私も瞳の輝きを取り戻したい。そう思って、提案する。

「あの、みなさん、し、食事にしませんか?」

「む、そうだな」

アイスコレッタ卿は深く頷く。洞窟みたいなところで休みたかったけれど、都合よくあるわけがない。しゃがみ込むだけでも、疲れは取れるだろう。

「少し、離れておけ」

「え? はあ」

いったい、何をするのか。アイスコレッタ卿は水晶剣《クリスタル・ソード》を抜き、呪文を唱える。

すると、積もった雪に魔法陣が浮かび上がり、ボコッと盛り上がった。

それは、見上げるほど大きな雪の塊となる。続いて、雪全体に圧力がかけられ、綺麗な半円状となった。

「こ、これはいったい……?」

「まだ、終わりではない」

ザラさんはすぐにピンときたようで、ハッとした表情を浮かべていた。

私とシャルロット、ウルガスの頭上には、疑問符《はてな》が浮かんでいる。

続けて魔法が発動され、今度は雪の塊の中に火の玉が投げ込まれた。

火の玉はどんどん雪を溶かし——雪の中に空洞を作り出す。

「あ、わかりました。雪の小屋を作っているのですね！」

「正解だ」

本当にアイスコレッタ卿はすごい。魔法でこんなものを作ってしまうなんて。

崩れないように魔法がかけてあるらしい。さっそく、入らせてもらった。中は広く、大人が十人ほど入っても余裕があるくらいだ。

「わっ、意外と暖かいです！」

地面も壁も天井も雪なのに、不思議なものだ。敷物を広げ、寛げるようにする。

「雪の家、すごーい！」

「こんなの初めてです。ザラさんはすぐにわかったのですね」

「ええ。子どものころ、よく作っていたの。もっと、小さなものだったけれど」

「そういえば、アートさんは雪国出身でしたね」

ザラさんにとって、久しぶりの雪の小屋だったようだ。瞳の奥に、故郷への懐かしさが滲んでいるような気がした。

「では、みなさんはここで休んでいてください。外で、何か作ってきますので」

立ち上がろうとしたら、アイスコレッタ卿に制止される。

「待たれよ。ここで作っても、構わんぞ」

「でも、火を焚いたら、雪の小屋が溶けてしまうのでは？」

「これは私が魔法を解かない限り、崩れたり溶けたりしない。安心せよ」

「そ、そうなのですね」

「食事は、皆で用意しよう」

「はい！」

調理用の火を、アイスコレッタ卿が魔法で点してくれた。魔法陣の上に置いただけで、加熱されるらしい。

まず、塩漬けしていた猪豚とキノコ、玉葱《ルーク》を鍋に入れ、上から雪を詰める。

「せっかくなので、雪を使ったスープを作りましょう」

「ウルガスとシャルロット、鍋に雪をぎゅうぎゅうに入れてもらえますか？　終わったら、魔法陣の上に置いてください」

「わかった」

「了解です」

二品目の用意に取りかかる。

「ザラさんは丸芋《ポトト》をくし形に薄く切ってください。アイスコレッタ卿は、ベーコンを分厚く切るようお願いします」

「わかったわ」

「承知した」

『アルブムチャンハ、何ヲスルノー？』

「スープの鍋番をしていてください」

『ワカッタ！』

鍋に油を広げ、ザラさんが切ってくれた丸芋を塩胡椒で炒める。火が通ったら、ベーコンを加える。

『パンケーキノ娘ェ、スープ、沸騰シテイルヨオ！』

「シャルロット、スープに薬草と香草を加えて、味を調えてください」

「はーい！」

丸芋とベーコンも、カリカリに焼き上がってきた。最後に、この上に切ったチーズをかけ、火から下ろす。

蓋を閉め、しばし待ってチーズをトロトロになるまで溶かすのだ。

スープを味見する。キノコからいい出汁がでていた。こんなもんだろう。鍋の中のチーズも溶けたようだ。

あっという間に、二品完成する。『雪解け塩猪豚スープ』と『丸芋とベーコンのチーズ絡め』の完成だ。

アイスコレッタ卿がカットしたパンを皆に配り、食事の時間とする。

「この丸芋とベーコンのチーズ絡めは、パンの上に載せるとおいしいですよ」

アルブムは両手でパンを持ち上げ、私にお願いしてくる。

『オオ、オイシソウ！　パンケーキノ娘ェ、アルブムチャンノパンニ、載セテー！』

「はいはい」

とろーりとろけるチーズに丸芋とベーコンを絡め、パンの上に載せてあげる。他の人のパンにも、たっぷり載せた。

ホカホカ湯気が上がるパンを、皆で頬張る。とろけるチーズに、丸芋とベーコンの組み合わせは最強だろう。口の中においしさが大集結している。

『アアアア～～～!!　オイシイヨオ!!』

「メルちゃん、おいしいわ」

「おいしーねえ」

「うまい！」

皆のお口に合ったようで何よりだ。塩猪豚のスープは玉葱《ルーク》がとろとろで、キノコはコリコリ。塩猪豚の脂身はプリプリで、ほどよい塩気がたまらない。疲れを活力へ変えてくれるような、おいしいスープだった。

食事を取って元気になったところで、再び雪苺《スノベリ》探しをする。

スープをたっぷり飲んだので、体がポカポカしている。先ほどのように、ガタガタ震えることはない。

「メル、暑いから、アルブム返すね」

「え、ええ」

ホカホカのアルブムは、ぐうぐう寝息を立てていた。落とさないよう、鞄の中に詰めておく。

「これから先、道のりが険しくなる。メル嬢とシャルロット嬢は、アメリア嬢に乗っていたほうがいいかもしれん」

『クエクエ～』

アメリアは「乗ってもいいよ」と言ってくれた。足手まといにならないため、お言葉に甘えさせていただく。

シャルロットと共にアメリアに跨がり、雪山での雪苺探しが再開となる。

アイスコレッタ卿の言っていた通り、すぐに道が険しくなった。岩から岩を進むような、急斜面も進んでいく。ザラさんやウルガスは、さすが遠征部隊の騎士というべきか。息を上げることなく、アイスコレッタ卿の後ろを進んでいた。

崖を登っているうちに、天候が悪化してくる。厚い雲が流れてきて、またたく間に周囲が暗くなった。風も強くなり、雪がちらつく。

だんだんと勢いが強くなり、吹雪のようになっていった。

「皆の者、大丈夫か？」

「お、俺は平気です。アートさんは？」

「私は大丈夫。アメリア、メルちゃんとシャルロットは？」

『クエクエ、クエクエクエ』

「大丈夫だよー！」

「アメリアの背は、安定感があります」

風にも負けず、雪にも負けず、なんとか登っていたが、とんでもない存在《もの》が待ち構えていたようだ。

「――む？」

頂上を覗き込んだアイスコレッタ卿は、動きを止めたかと思えば、一息で崖の上まで跳び上がった。

「え、な、なんですか⁉」

私の疑問に、シャルロットが答える。

「魔物かも！」

「ええっ！」

上に上がった途端、魔物と遭遇するなんて。本当にツイていない。

『グルオオオオオオ‼』

「う、うわ！」

咆哮一つで、雪山が揺れる。もしかしたら、雪崩が起きるかもしれない。急いで上がったほうがいいだろう。

ザラさんとウルガスが、戦闘に加わる。私達も頂上にたどり着いたが、アイスコレッタ卿が退治している魔物を見て驚いてしまった。

「あ、あれは、雪熊《シュネオサ》っ⁉」

全長十メトル以上ありそうだ。恐れ戦くシャルロットの体を、ぎゅっと抱きしめる。

運が悪い。最低最悪の魔物に出遭ってしまった。

初めて出遭ったのは、いつだったか。あれは貴族の子息が駆け落ちし、行方不明になった雪山だったような気がする。

人を捜していたのに、森で熊さんに出遭ってしまうなんて……。しかも、ありえないほど強い熊だった。

当たり前だろう。野生の熊でさえ、とんでもない戦闘能力を持っているのだ。それが魔物とあれば、信じられないくらい強力なのは子どもでも理解できる。

しかも、今回の雪熊は、この前出遭った個体より一回り以上大きかった。咆哮を上げただけで、地面が揺れるほどだ。

前回は、第二部隊の隊員が力を合わせてなんとか倒したが、今回は――。

ザラさんの戦斧は厚い毛皮のおかげで歯が立たず、ウルガスがなんとか風を読んで当てた矢も弾き返してしまった。全身、氷のような毛皮をまとっているのだろう。

それでも、果敢に攻撃を続けていた。

どうやったら勝てるのか。神様に、祈りを捧げることしかできない。

しかし突然、雪熊の体がブルリと震え、倒れてしまう。

「え⁉」

その先には、水晶剣《クリスタル・ソード》を雪熊から引き抜くアイスコレッタ卿の姿が見えた。

なんとまあ、驚いたことに、雪熊の心臓を一突きで倒してしまったようだ。

ウルガスは安堵で膝を突き、ザラさんは戦斧を地面に落としていた。

「皆の者、無事か⁉」

「ぶ、無事ですー！」

「そうか。それはよかった」

皆の無事を確認し終えたあと、アルブムが鞄の中でモゾモゾ動き、ひょっこり顔を出した。

「アルブム、どうかしたのですか？」

『ナンカ、甘イ、匂イガスルヨー！』

「ほ、本当ですか？」

『本当ダヨ。コッチ！』

アルブムの先導で、森の中を進んでいく。すると――木に巻き付いた白い苺を発見した。

「こ、これが、雪苺《スノベリ》、ですか？」

「そうだ」

やっと発見できた。頬ずりしたいくらい嬉しい。

そこはたくさんの雪苺が生っていた。ひとつもいで、食べてみる。

果肉は表面だけうっすら凍っているが、中からは果汁が溢れてくる。

「あ、甘っ‼」

これだけ寒い中で、凍っていないのだ。中にはたっぷり甘い果汁が含まれているのだろう。

「ザラさん。これだったら、ガルさんとフレデリカさんも、喜んでくれますよね？」

「もちろんよ。アイスコレッタ卿のおかげで、すばらしい食材が手に入ったわ」

カゴいっぱいに雪苺《スノベリ》を採る。あとは、家に帰るばかりだ。

山頂に近いこの場所は魔力が安定しないようなので、少しだけ下山するらしい。

崖の下を覗き込み、ヒュッと肝を冷やす。ここから落ちたら、助からないだろう。

「メル嬢とシャルロット嬢は、アメリア嬢に乗って下山してほしい」

「はい、わかりまし――あ！」

ふいに、突風が吹いた。体が、崖のほうへ傾く。

「メルちゃん‼」

「メル嬢‼」

ザラさんとアイスコレッタ卿が同時に手を差し伸べたが、どちらも掴むことができなかった。

景色が、ゆっくりゆっくり変わっていく。

最後に、曇天が見えた。

「うわあああああああっ‼」

「メルー‼」

「リスリス衛生兵っ‼」

だんだんと、皆の顔が遠くなっていく。アメリアが翼を広げて飛んで来たが、風に煽られていて上手く飛べていない。

『クエッ、クエッ、クエエエエエエエ!!』

アメリアの涙が混じったような、悲痛な叫びが聞こえた。

時間が、ゆっくり、ゆっくりと流れていく。

今、思うのは、遠慮せずに、雪苺をもう一個、食べておけばよかっ――。

『クエエエエ!!』

「うわっ!!」

落下する私を、飛行する黒い物体が受け止めた。美しい、漆黒の翼がはためく。

「あ、あなたは!」

突如として、私を助けてくれたのは黒い鷹獅子《グリフォン》だった。どうして、ここに?

それよりも、私は助かったのだ。

黒い鷹獅子が、私をみんなのもとへと運んでくれる。

「メルちゃんっ!!」

『クエーーーーー!!』

駆け寄ってくるザラさんを追い抜かし、アメリアが私の胸に飛び込んできた。

『クエクエ、クエクエクエ、クエクエクエーー!!』

涙をポロポロ流し、無事でよかったと喜んでくれる。私はアメリアをぎゅっと抱きしめ、心配させてごめんなさいと謝った。

アメリアが離れたあと、ザラさんがやってくる。

「メルちゃん、よかった……」

「黒い鷹獅子《グリフォン》のおかげで、助かりました」

「ええ」

ザラさんはぎゅっと抱きしめてくれる。ようやく、心が落ち着いた。

「それにしても、驚いたな。いきなり黒い鷹獅子が現れるとは」

『クエクエ、クエクエクエ』

アイスコレッタ卿の疑問に、黒い鷹獅子が何かを答える。

それに対して、アメリアは「そんな馬鹿な！」と驚いていた。

「アメリア、どうしたのですか？」

『クエクエ、クエクエクエ、クエ』

「えっ……！」

なんと、この黒い鷹獅子、ずっとアメリアのあとを追っていたらしい。転移魔法で移動した先にも、気配を探って飛んで来たのだとか。

『クエクエ、クエクエクエ、クエ』

『クエ……』

私はアメリアと契約を結んでいるため、私が死んだら死んでしまう。だから、助けたのだと。アメリアのおかげで、私の命は助かったのだ。

『クエ、クエクエ、クエ……クエ』

アメリアは「勝手につけ回すなんて最低。でも、ありがとう」と言い、黒い鷹獅子に頬ずりしていた。

黒い鷹獅子は羽をぶわりと膨らませ、獅子の尻尾をぶんぶん振って喜んでいる。

ふたりの関係は、一歩進んだ、と言っていいのか。ほのぼのしてしまった。と、思っていたが――アメリアが黒い鷹獅子に、「ついてくるのは止めて！」と怒っていた。

ならばと、黒い鷹獅子はとんでもない発言をする。

『クエクエ、クエクエクエ、クエ！』

『クエーー!!』

アメリアは嘴をパカッと広げ「エーーー！」と驚いていた。

「あの、アメリア、彼はなんと言ったのですか？」

『クエ、クエクエ、クエ』

「えーー!!」

私までも、アメリアと同じ反応をしてしまう。

「メルちゃん、アメリアはなんて言ったの？」

「黒い鷹獅子が、この先ずっとアメリアの傍にいるために、私と契約したいと」

アメリアが死ぬときは、自分も死ぬときだという。ようやく、決心が付いたと。

「っていうことは、メルちゃんが命名したら、彼は契約を受け入れる、ということなのね」

「ですね」

「どうするの？」

一頭鷹獅子が増えても、幻獣保護局がいるので生活には困らないだろう。空いている部屋だってある。

ただ問題は、アメリアの気持ちだ。

「アメリアに聞いてみます。アメリア、この黒い鷹獅子は契約を望んでいますが、どうしますか？」

『クエー……。クエクエ』

うーんと迷っている素振りを見せたが、あっさりと「別にいいよ」と了承してくれた。

『クエクエ、クエクエクエ、クエ、クエ』

「な、なるほど」

どうせ付いてくるなと言っても、付いてくるだろう。だったら、最初から傍にいるほうがいいと。

『クエクエ、クエクエ、クエー！』

アメリアは黒い鷹獅子《グリフォン》に宣言する。「契約したからといって、別に求婚を受け入れるわけではないからね」、と。

黒い鷹獅子は、「それでもいい」と返したようだ。

「でしたら、命名しますね」

久々の名付けに、緊張する。ガルさんがここにいたら、名前を考えてもらったのだけれど。

「うーーん。名前、どうしましょう」

「リスリス衛生兵、クロちゃんはいかがですか？」

「ルードティンク隊長の名前がクロウなので、似た名前になってしまいますよ」

「あ、そうでした」

ウルガスの名付けのセンスは相変わらずだ。悩んでいたら、アメリアが『クエクエ』と鳴く。

「え、リーフですか？」

古い言葉で、風という意味らしい。

「いいですね。お似合いな気がします。では――命じます。あなたの名前は、リーフです！」

パチンと、弾ける音が聞こえた。背中がヒリッとしたので、契約の刻印が刻まれていることだろう。

黒い鷹獅子《グリフォン》改め、リーフは私に膝を折る。しゃがみ込んで、額をよしよししてあげた。

そんなわけで、濃い一日が終わった。全身筋肉痛なのは言うまでもない。

＊

今日は朝から、ガルさんとフレデリカさんのお披露目パーティーの準備をしていた。

シャルロットは、尻尾をゆらゆら揺らしながら、アイスコレッタ卿が獲ってきた鱗鮪《マグロン》でカツを作っている。

ザラさんは骨付き肉のタレ炙りを担当し、私は雪苺《スノベリ》のケーキを担当する。

まず、卵を黄身と白身にわけ、白身はフワフワのメレンゲになるまでかき混ぜた。黄身は砂糖を加え、白っぽくなるまで撹拌。メレンゲと黄身を混ぜ、小麦粉を加えて優しくかき混ぜる。牛乳と溶かしバターを入れてなめらかに仕上げ、バターをたっぷり塗った型に生地を注いで二十分ほど焼く。

すると、ふんわりしっとりのスポンジケーキが完成した。これを、大、中、小と三段に重ねられるよう、三つ作った。それぞれ二枚に切り分け、粗熱をしっかり取る。

粗熱が取れたスポンジケーキにクリームを塗り、カットした果物を並べる。味に飽きないよう、それぞれ違うものを挟んでみた。

一段目は生クリームとスライスした雪苺。ケチらず、たっぷり入れる。

二段目はジャムクリームと、森林檎《メルメラーダ》の甘露煮。

三段目は、チョコクリームと煎って砕いたヘントウの実。

丁寧に積み上げ、生クリームを塗る。最後に生クリームを絞って、雪苺を載せていったら『雪苺の純白三段ケーキ』の完成だ。

「できました！」

「まあ、メルちゃん、すばらしいわ」

「おいしそうだね！」

ケーキを運ぶ大仕事は、アイスコレッタ卿に任せる。転移魔法でガルさんとフレデリカさんの家まで届けてくれるようだ。

今日はお祝いなので、アイスコレッタ卿は首元に白い蝶ネクタイを巻いていた。私も、この前作った金糸雀色のドレスをまとう。

アルブムは、シャルロットが真っ赤なリボンをつけてくれたようだ。何回も『アルブムチャン、カワイイ？』と聞いてくる。適当に「可愛いですよ」と返したら、『今、アルブムチャンヲ、見テイナカッタデショー！』と怒られてしまった。

アルブム、面倒くさ可愛いヤツめ。

本日は家の中での催しなので、ブランシュも招かれた。尻尾に、白いリボンを結んでもらっている。

アメリアとリーフも、お揃いの緑色のリボンを巻いていた。二頭で寄り添い、『クエクエ』と何やら会話をしている。

新しく我が家の一員になったリーフであったが、契約前より落ち着いた性格になった。アメリアだけでなく、他の人にも優しい態度を示してくれている。よかったよかったと、一安心だ。

今日はウマタロも、連れて行くらしい。角にリボンを巻いていたが、位置はそこでいいのかと気になってしまった。

「さて、もうそろそろ時間だな。皆の者、ゆくぞ！」

コメルヴが、『ガル卿とその妻フレデリカ邸行き』と書かれた旗を掲げる。皆、贈り物と料理を持って、魔法陣の中に入った。

魔法陣が淡く光り、景色が一瞬にして入れ替わった。

ガルさんとフレデリカさんの家は、中央街の住宅街の端にひっそりとあった。二階建ての、温かみのある茶色いレンガと赤い屋根が可愛らしい家だ。

「みなさん、よく、いらっしゃいました」

フレデリカさんが、白い婚礼衣装姿で出迎えてくれた。すごく、綺麗だ。ガルさんとスラちゃんも、遅れてやってくる。

「ガルさん、フレデリカさん、結婚、おめでとうございます！」

「ありがとう」

他の人達は、すでにやってきているようだ。ルードティンク隊長と一緒にいるのは、メリーナさんである。私に気付くと、ぶんぶんと手を振ってくれた。

家に上がらせてもらい、食堂にある大きなテーブルに、雪苺《スノベリ》の純白三段ケーキをドン！　と置いてもらった。

ガルさんとフレデリカさんは目を丸くして、そのあと笑顔になる。喜んでもらえて何よりだ。

パーティーが始まる。

ごちそうが次々と運ばれてきた。ホロホロ鳥の丸焼きに、沢蟹《ルクラブ》の酒蒸し、帆立貝《スカラプ》の濃厚スープに、三角牛《カローヴァ》のパイなど。

皆、笑顔で飲んだり食べたりしている。最後の最後に、雪苺の純白三段ケーキを食べることとなった。

王都の結婚式の伝統である、夫婦でケーキ入刀をしたいところだったが、崩れそうだった。慣れているザラさんに切り分けてもらう。

アイスコレッタ卿が、雪苺を手に入れるまでの話を臨場感たっぷりに話す。一緒にいたはずのウルガスやシャルロットまでドキドキハラハラしていた。いや、君らは、結末を知っているだろうに。笑ってしまう。

『アー、アルブムチャンは、イッパイ、イッパイ、食ベラレルヨ』

アルブムはお皿を持ち、ザラさんにケーキのどの部位がほしいか指示を出していた。いったい何様なのか。

アメリアとリーフは、部屋の端っこで仲良く果物を突《つつ》いていた。ブランシュは、暖炉の前で体を丸めて眠っている。ウマタロは庭で日なたぼっこをしていた。幻獣組は自由だ。

フレデリカさんは、メリーナさんとふたりで、何やら盛り上がっているようだった。奥様トークをしているのかもしれない。

ベルリー副隊長は、うっとりしながら辛口のお酒を飲んでいた。大事に大事に飲んでいたようだが、その隣でルードティンク隊長が同じ酒を一気飲みしていたので、もっと味わって飲んだほうがいいと説教していた。酔っ払っているのだろうか。ルードティンク隊長に怒るベルリー副隊長は初めて見た。笑ってしまう。

「はい、メルちゃん、ケーキをどうぞ」

「あ、ありがとうございます」

ザラさんが切ってくれた、雪苺のケーキを頬張る。生地はふわふわなめらかで、甘さ控えめのクリームとよく合う。主役の雪苺《スノベリ》は完熟で、身震いするほど甘くておいしかった。

「メルちゃんのケーキ、おいしいわね」

「はい！　自分で言うのもなんですが、おいしく仕上がっています」

ザラさんと、微笑み合う。

楽しい一日は、あっという間に過ぎていった。


翌日から、ガルさんとフレデリカさんは一週間の新婚旅行に出かけた。

私達はもちろん――仕事である。

ガルさんのいない一週間は、遠征の任務を入れないようにしているらしい。

だったらと、気合いを入れて保存食を作ることにした。

「ルードティンク隊長、今から市場に買い物に行ってきます」

「おう。ザラかウルガスを荷物持ちに付けなくてもいいか？」

「大丈夫です」

重たい物は騎士舎に届けてもらえる。人手は必要ない。

外に出ると、アメリアとリーフが日なたぼっこしていた。実に、気持ちよさそうだ。

「アメリア、リーフ、市場に行ってきますねー！」

『クエクエー』

『クエー』

アメリアは「知らない人についていったらダメだからね」と注意を促す。三歳児じゃないんだから。

リーフは、「風に攫われるなよ」とぶっきらぼうに言う。葉っぱじゃないので、風に飛ばされることはない。契約を結んでからというもの、リーフのクエクエ語も理解できるようになった。口は悪いが、心優しい鷹獅子《グリフォン》男子である。

カゴを片手に、騎士隊の門をぐぐった。今日は天気がいい。朝干した洗濯物は、きっと昼過ぎには乾いているだろう。

今日は早く帰って、キノコのスープでも作ろうか。メインは、何がいいか。

そんなことを考えていたら、背後より声がかけられる。

「――メル!!」

聞き覚えのある声に、驚いて振り返った。

銀色の髪に、尖った耳。深い森色の瞳に、整った目鼻立ち。

森の紋章が描かれた詰め襟の服に、黒いズボン姿は典型的なフォレ・エルフの若者の服装である。

すらりと背が高いエルフの青年は――私の元婚約者であるランスだ。

「なっ⁉」

驚きすぎて、口をあんぐりと広げてしまう。

そんな私にランスはツカツカ接近し、腕を掴んで言った。

「おい、フォレ・エルフの森に帰るぞ」

突然の宣言に、返す言葉が見つからなかった。

――七巻に続く

# あとがき

お久しぶりです、江本マシメサです。

去年の四月に五巻が発売してから、長らくお待たせをいたしました。続刊のお話をいただいた時点で、すでに年内のスケジュールはすべて埋まっておりまして、刊行が遅くなってしまいました。

通常、ライトノベルはスピードと鮮度（？）が命なのですが、寛大なGCノベルズ様は「仕方がないにゃ～」と待っていてくださいました。心から、感謝をしております。

さらに太っ腹なことに、七巻まで出していいとお許しいただいたのです。

そんなわけで、『エノク第二部隊の遠征ごはん』、二月、三月と二ヶ月連続刊行となります。

来月発売する七巻で、完結です。

昨今のライトノベル界は、五巻辺りまで出せたら御の字と言われるところを、七巻まで出していただけるなんて……！　感謝の気持ちでいっぱいです。


話は変わりまして。

去年の十一月に、コミック版『エノク第二部隊の遠征ごはん』の四巻が発売となっておりました。

四巻も、福原連士先生の美麗な作画と楽しい漫画が堪能できます。こちらの漫画は四巻で完結となりました。連載が終わると聞いたときにはションボリしていたのですが……そんな中で朗報が！

なんと、遠征ごはんを再びコミカライズしていただけることになったのです。

作画を担当いただくのは武シノブ先生で、連載媒体は『コミックPASH!』です。

この本が発売しているころには、おそらく連載が始まっているのかな……と。

武先生の描かれるメルはキュートで、愛らしいです。第二遠征部隊のメンバーも、活き活きと描いていただいております。ルードティンク隊長の山賊っぷりも、もちろん健在です。

ご期待いただける内容になっておりますので、漫画でのメルの新しい冒険にお付き合いいただけたら嬉しく思います！


六巻の内容につきましては、今回も遠征に出かけ、手にした持ち家で充実した私生活を過ごす、という流れになっております。

一巻から五巻の中でほとんど進まなかったメルとザラの関係も、ガラリと変わっているかなと。

大変なところで『続く！』となっているのですが、来月に七巻が発売しますので、ご安心ください。


五巻のあとがきに書いていた北海道旅行ですが、無事に行けました！

北海道に行くのは二度目だったのですが、初めて桜のシーズンに当たり、二度目のお花見ができました。

北海道の桜の木は、驚くほど高くてびっくりでした。

食べ物も、どれもおいしくて……！　中でも、バターコーン味噌ラーメンがおいしかったです。

他にも、生まれたばかりの小グマに会えたり、野生のキツネを見かけたり、ポニーと触れ合えたりと、とても楽しい旅行でした。

また今年も、どこかで旅行に行けたらいいなと思っております。

最後になりましたが、担当編集様をはじめとする、GCノベルズの編集様には大変お世話になりました。

それ以外にも、『エノク第二部隊の遠征ごはん』の刊行にかかわるすべての方に、感謝を申し上げます。

イラストレーターの赤井てら先生には、今回も大変可愛らしい表紙を始めとする。カラー口絵やイラストを描いていただきました。

シリアスなものから、コミカルなものまで、すてきに描いていただき、心から感謝しております。

物語にお付き合いいただきました読者様にも、多大なる感謝の気持ちを伝えさせていただきます。ありがとうございました。

それでは、最終巻である第7巻で会いましょう！

## おまけ　ウルガスと○○○○の絶品遠征クッキング

「こんにちは、今日も遠征クッキングを始めます――ってあれ？　リスリス衛生兵がいない？」

『アルブムチャンガ、イルヨ！』

「アルブムチャンさん！　リスリス衛生兵はどこに？」

『ウーン、ワカンナイ。デモ、セッカクダカラ、何カ、作ロウヨ』

「うーん、まあ、そうですね。よくわからないのですが、アルブムチャンさんと遠征クッキングを始めます！　とは言っても、俺は教えられる料理なんてないのですが」

『ダッタラ、アルブムチャンガ、教エテアゲルヨ！』

「おお、アルブムチャンさん、お料理ができるのですね」

『マアネ！　毎日毎日、オ腹ガ空イタ！　ッテ、言ッテイタラ、パンケーキノ娘ガ、教エテクレタンダ』

「へー、そうなんですね。それで、何を作るのですか？」

『蒸シ鳥ゴハン、ダヨ！』

「へえ、おいしそうですね。材料は――骨つき鳥もも肉と白米、生姜《ゼンゼロ》、香菜、その他調味料ですね」

『ソウ。デハマズ、鳥モモ肉ニ、ナイフヲ突キ刺シテ、穴ヲ、アケテ』

「こうですか？」

『ウン、上手！　次ニ、塩、コショウデ下味ヲ付ケル。次ハ――』

「研いだ白米に水を注ぎ、スライスした生姜と酒、塩、すり下ろした薬草ニンニクを入れた上に、魚醤を垂らす、ですね」

『ソウ。ソノ上ニ、サッキノ、骨付キ肉ヲ置イテ、シバラク炊クンダ！』

「了解です。しかし、驚きました。アルブムチャンさん、本当にお料理できるんですね」

『偉イデショウ？』

「はい。とっても偉いです。俺なんか、自炊せずに、毎日食べに行ってしまいます」

『ソレデモ、イインジャナイ？　楽ダシ』

「アルブムチャンさん……ありがとうございます。と、そろそろ炊けたみたいですね」

『ワ〜イ！』

「これに、魚醤と牡蠣《オストラ》ソース、柑橘汁に刻んだ香菜を刻んだソースを垂らすのですね？」

『ソウダヨ〜。ソノアトハ、鳥肉ヲ、ナイフデ削イデ、混ゼル』

「了解です。…………と、こんな感じでしょうか？」

『イイ感ジ！』

「では、アルブムチャンさん特製、蒸し鳥ごはんの完成です！」

『ヤッタネ！』

「では、味見をしてみましょう」

『ワ〜イ！　イタダキマ〜ス！　モグモグ、モグモグモグモグ！』

「アルブムチャンさん、いかがですか？」

『スッゴク、オイシイネエ！』

「わ〜、よかったです。俺も、味見をしてみます。…………おお、おいしい！」

『でしょう？』

「はい！　鳥の出汁が、ごはんに染みこんでいます。鳥肉もふっくら蒸し上がっていて、バクバク食べちゃいます！」

『タクサン、食ベテネ～』

「はい！」

＊

「アルブムチャンさん、本日はありがとうございました」

『イイヨ～』

「次回は、リスリス衛生兵は、戻ってくるのでしょうか。ドキドキです。何はともあれ、アルブムチャンさんのおかげで、なんとかやりきりました。本当に、ありがとうございました」

『デヘヘヘヘ～』

「そんなわけで、アルブムチャンさんの、絶品遠征ごはんでした！」

GC NOVELS

# エノク第《だい》二《に》部《ぶ》隊《たい》の遠《えん》征《せい》ごはん 6

2020年3月5日　初版発行

著者
江《え》本《もと》マシメサ

イラスト
赤《あか》井《い》てら

発行人
武内静夫

編集
伊藤正和／川口祐清

装丁
横尾清隆

印刷所
株式会社平河工業社

発行
株式会社マイクロマガジン社
〒104-0041　東京都中央区新富1-3-7 ヨドコウビル
[販売部]TEL 03-3206-1641／FAX 03-3551-1208
[編集部]TEL 03-3551-9563／FAX 03-3297-0180
http://micromagazine.net/

ISBN978-4-89637-984-6　C0093


本書は小説投稿サイト「小説家になろう」（http://syosetu.com/）に掲載されていたものを、加筆の上書籍化したものです。